Jürgen Heimbach

Johannes' Nacht

Ein Mainzer Detektivroman

SOCIETÄTSVERLAG

Satz: Nicole Proba, Societäts-Verlag
Druck und Verarbeitung: Ebner & Spiegel GmbH, Ulm
Umschlaggestaltung: Katja Holst, Frankfurt am Main
Printed in Germany 2008

ISBN 978-3-7973-1079-8

Für meinen Schwiegervater Charly,
der die Veröffentlichung dieses Buches leider nicht mehr erleben kann

Dies ist die Geschichte von drei jungen Menschen, die noch genug mit sich selbst zu tun haben und die in eine Geschichte hineinschlittern, die nicht nur gefährlich ist, sondern durch sie auch erfahren, dass Menschen aus Geld- und Machtgier, aber auch aus Angst bereit sind, anderen fremden Menschen Ungerechtigkeit zuteil werden zu lassen. Aus welchem Land diese Menschen kommen, ob aus Afghanistan oder dem Irak, dem Sudan oder aus Indien oder einem anderen Land, spielt dabei keine Rolle.

Die Geschichte in diesem Buch ist fiktiv, und die Menschen in diesem Roman haben keine Vorbilder in der Realität, aber bei so vielen Menschen, die um uns herum leben, darf es nicht verwundern, dass es vielleicht doch Übereinstimmungen mit realen Personen gibt. Die wären aber rein zufällig und nicht beabsichtigt.

Dienstag, am Abend

1

„Los, beeil dich." Johannes treibt seinen Freund Vulkan zur Eile an. „Ich muss heim!"

„Ein Rennen gefällig?", fragt Vulkan zurück. „Vielleicht gewinnst du ja heute mal?" Er klingt sehr siegesgewiss. „Wer als erster bei der nächsten Kreuzung ist!"

„Okay!", antwortet Johannes.

Der Bürgersteig, auf dem sie fahren, ist links von Straßenbahnschienen und auf der rechten Seite von einem dichten Gebüsch begrenzt, durch das große, dicke Rohre führen. Dahinter ist ein hoher, ebenfalls dicht bewachsener Wall zu erkennen. Bis zu der Kreuzung sind es bestimmt noch über einhundert Meter.

„Nimm den Mund nicht so voll. Bis jetzt hast du immer nur Glück gehabt." Johannes schaut kurz zu seinem Freund, der jetzt neben ihm auf seinem Skateboard rollt.

Vulkan lacht, sagt kurz „Los!", holt mit seinem rechten Bein weit aus, beschleunigt und gewinnt gleich einige Meter Vorsprung.

Johannes versucht mitzuhalten. Endlich mal gegen Vulkan ein Rennen zu gewinnen ist die eine Sache, die andere, so schnell wie möglich nach Hause zu kommen. Er ist nämlich mal wieder zu spät dran, das Donnerwetter ist vorprogrammiert. Um halb neun, hatte seine Mutter festgelegt, soll er zu Hause sein. Das ist in den nächsten zwei Minuten gar nicht mehr zu schaffen, selbst wenn er jetzt alle Geschwindigkeitsrekorde auf seinem Skateboard brechen würde. In letzter Zeit ist er mehrmals zu spät heimgekommen, und nun droht ein längerer Hausarrest.

Seine kurzen blonden Haare stellen sich im Fahrtwind auf. Er holt weit und kräftig mit seinem rechten Bein aus.

Auf dem rauen Asphalt verursachen die sich immer schneller drehenden Räder ihrer Skateboards einen ziemlichen Lärm. Der Vorteil ist, dass jeder Fußgänger oder Radfahrer, der sich ihnen in den Weg stellen könnte, schon von Weitem gewarnt ist.

Langsam kommt Johannes seinem Rivalen näher. Er mobilisiert alle seine Kräfte, um an ihm vorbeizuziehen. Da springt plötzlich auf halbem Weg zwischen den beiden und der Kreuzung ein Mann aus dem Gebüsch, bleibt für einen Moment stehen, versucht den Lärm zu orten, sieht die beiden Jungs, spurtet in die andere Richtung los und rennt bis zu einer hinter der Kreuzung stehenden dunklen Limousine, reißt die Beifahrertür auf und hechtet mit einem Sprung hinein. Noch bevor die Tür geschlossen ist, fährt der Wagen mit quietschenden Reifen davon.

An der Stelle, an der der Mann aus dem Gebüsch gesprungen kam, bremst Vulkan unvermittelt mit einem Powerslide ab. Johannes, der fast auf gleicher Höhe mit ihm ist und sich ganz auf seinen ersten möglichen Sieg konzentriert hat, kann im letzten Moment ausweichen.

Er ist stinksauer: „Was soll das? Heute hätte ich gewonnen!“, fährt er entrüstet seinen Freund an.

„Okay, okay“, erwidert Vulkan, „diesmal geht die Runde an dich. Aber hast du nicht den Mann gesehen, der hier rausgesprungen ist? Ich will mal nachsehen, was der da gemacht hat.“ Schon hat Vulkan sein Skateboard unter einen Busch geschoben und sucht sich einen Weg durch die eng stehenden Sträucher.

„Hier muss er durchgegangen sein.“

„Nicht jetzt, Vulkan, ich muss nach Hause. Sonst kann ich die nächsten Tage vergessen“, ruft Johannes ihm nach.

„Es dauert nicht lange“, erwidert Vulkan, der schon nicht mehr zu sehen ist, aus dem Gebüsch. „Komm schon!“

Johannes bleibt einen Moment auf dem Bürgersteig stehen und wägt ab. Er denkt an den Ärger zu Hause, wenn es noch später wird. Aber es könnte ja ein Abenteuer dabei rausspringen. Und da kann er nur schwer nein sagen.

Er schiebt sein Skateboard ebenfalls unter den Busch und folgt Vulkan. Der klettert schon den dicht bewachsenen Wall hinauf. Nach kurzer Zeit ist er oben angelangt und wartet, bis Johannes ihn erreicht hat. Auf dem Wall führen Eisenbahnschienen entlang – doch im Augenblick ist kein Zug zu hören oder zu sehen. Schnell laufen sie über die Gleise, müssen sich durch ein paar Meter Gestrüpp kämpfen, um nochmals Gleise zu überqueren, bevor sie dann den Wall auf der anderen Seite so weit hinuntergehen können, bis sie auf einer Mauer stehen, die gut eineinhalb Meter hoch ist.

Vor den beiden liegt ein weitläufiges Gelände. Eine Reihe hoher und dicht bewachsener Kastanienbäume verdeckt den Großteil eines Gebäudes, das hinter den Bäumen steht.

„Das schauen wir uns an", sagt Vulkan, und bevor Johannes einen Einwand vorbringen kann, ist er in die Hocke gegangen und springt hinunter. Geschickt rollt er sich unten ab und richtet sich gleich wieder auf.

Johannes tut es ihm nach. Einen kurzen Moment bleiben sie nebeneinander stehen, dann gehen sie gleichzeitig zu einem der Kastanienbäume und stellen sich hinter den breiten Stamm. Jetzt können sie das Gebäude besser erkennen. Es ist sehr groß, mindestens drei Stockwerke hoch, und die meisten Fenster sind verhangen.

Sie schauen sich alles ganz genau an, aber sie können nicht die Spur eines Menschen entdecken.

Unverhofft stößt Vulkan Johannes in die Seite. „Was zischt denn da?", fragt er.

„Ich höre nichts." Johannes horcht angestrengt.

„Ich höre es ganz deutlich. Sei mal ganz leise!"

Johannes lauscht weiter, schüttelt den Kopf. Plötzlich zupft er Vulkan am Ärmel und zeigt nach rechts auf das Gebäude.

„Da hinten brennt doch was, oder?"

„Wo?", fragt Vulkan. Seine Augen suchen hektisch das Gelände ab.

„Na, da, die Decke neben dem kaputten Fenster da unten. Bei den Flaschen."

Endlich sieht auch Vulkan die Decke.

„Was sollen wir machen?", fragt Johannes und schaut Vulkan fragend an.

„Mist!“, flucht der, springt auf und läuft zu der Stelle, wo die glimmende Decke liegt.

Johannes bleibt unter dem Baum stehen und beobachtet gebannt, was sein Freund da macht.

Vulkan packt die Decke an einer Ecke und schleift sie von dem Gebäude und den Flaschen weg mitten auf den Platz. Dort tritt er mit seinen Schuhen auf den glimmenden Teil. Dabei wedelt er mit seinen Händen in der Luft.

„Hast du dich verbrannt?“, ruft Johannes ihm zu und verlässt jetzt erst die Deckung des Baumes.

„Ist okay, nur ein bisschen heiß!“, antwortet Vulkan, dreht sich dabei um und erschreckt. Eine Gruppe älterer Jungs läuft auf ihn zu. Sie rufen ihm etwas in einer Sprache zu, die er nicht versteht. Johannes konnte sie von seiner Position aus nicht sehen, da sie sehr nahe an den Bäumen entlanggelaufen sind und er völlig fixiert auf Vulkans Löscharbeiten war.

„Achtung, Johannes, Gefahrenstufe rot! Schnell weg!“, brüllt Vulkan seinem Freund zu, während er schon in Richtung Mauer läuft.

Johannes schaut sich kurz um, sieht die Gruppe und läuft nun ebenfalls los. Da er sich nicht so weit wie Vulkan von der Mauer entfernt hat, erreicht er sie bald, springt hoch, sucht mit den Händen Halt an der oberen Kante und zieht sich hastig nach oben. Dort angelangt, bleibt er auf dem Bauch liegen, dreht sich um und streckt eine Hand nach unten, um Vulkan beim Hochklettern zu helfen. Der merkt im Laufen, dass sein Vorsprung nicht groß genug ist, um diesen Fluchtweg auch wählen zu können. Die Verfolger bekämen ihn sicherlich an den Beinen zu packen und würden ihn wieder herunterziehen.

„Hol die Boards und renn' zur Kreuzung. Ich komme schon irgendwie raus“, ruft er Johannes im Rennen zu, schlägt einen Haken und läuft an der Mauer entlang.

Die Jungs sind dicht hinter ihm. Vulkan läuft so schnell er kann. Er ist nicht schlecht in Sport, sogar einer der Besten in der Klasse, aber seine Verfolger sind auch nicht ohne. Und sie sind einige Jahre älter. Mit ihren längeren Beinen sind sie klar im Vorteil. Sie rufen sich gegenseitig Sätze zu, die er nicht versteht.

Vulkan spürt, dass Panik in ihm aufsteigt. Wenn die mich kriegen, machen die mich fertig. Gegen so viele habe ich keine Chance, da ist sich Vulkan sicher. Er muss einen kühlen Kopf bewahren, alle seine Kräfte mobilisieren.

Also rennt er weiter. Doch einer seiner Verfolger ist schon ganz nahe hinter ihm, greift nach ihm. Vulkan spürt, wie die Hand ihn streift, da schlägt er einen schnellen und unerwarteten Haken. Der andere will es ihm nachtun, verliert dabei sein Gleichgewicht und stolpert. Vulkan hat einige wichtige Sekunden Vorsprung gewonnen. Da erblickt er nicht weit entfernt eine Tonne, die direkt an der Mauer steht. Er spurtet auf die Tonne zu und hechtet mit einem Panthersprung auf sie drauf. Nun ist es ein leichtes, auf die Mauer zu gelangen. Beim Hochklettern stößt er mit seinem rechten Fuß die Tonne nach hinten weg, die seinem nächsten Verfolger vor die Füße rollt und ihn zu Fall bringt. Vulkan rennt, ohne sich umzuschauen, über die Bahngleise und rast den Wall auf der anderen Seite herunter ohne Rücksicht auf die Äste, die gegen seinen Körper und sein Gesicht schlagen. Schnell hat er den Gehweg erreicht. Nicht weit entfernt steht Johannes auf seinem Skateboard und hält das von Vulkan unter seinem Arm. Vulkan läuft auf ihn zu, Johannes stellt das Board auf den Bürgersteig. Aus dem Lauf heraus springt Vulkan drauf. Hastig skaten sie davon.

Als ihre Verfolger die Straße erreicht haben, sind die beiden schon in unerreichbarer Ferne. Dennoch rasen sie bis zum Gartenfeldplatz ohne Pause durch, meiden die großen Straßen und nutzen die verwinkelten Hinterhöfe der Häuser in der Neustadt.

Am Gartenfeldplatz verziehen sie sich schnell in eine der Hütten auf dem Spielplatz, denen sie schon seit einigen Jahren entwachsen sind, die aber durch Sträucher und Spielgeräte gut vor Blicken von außen geschützt ist.

Sie legen die Skateboards neben sich auf den Boden und lehnen sich gegen die Wand der Hütte. Einige Sekunden lang atmen sie tief durch.

„Was war das denn?“, fragt Vulkan schließlich und schüttelt den Kopf. Seine dunkelbraunen Haare sind vom Schweiß ganz verklebt. „War ja wie in einem schlechten Film!“

Johannes wartet einige Sekunden mit einer Antwort, denkt nach. „Die haben bestimmt gedacht, wir hätten die Decke angefackelt." Er macht eine kurze Pause, bevor er weiterspricht. „Zum Glück sind wir entkommen. Die hätten uns fertig gemacht." Johannes atmet noch mal tief durch. „Die hätten uns nie geglaubt, dass wir das nicht waren."

„Das war bestimmt der Typ, der über die Mauer gesprungen ist", mutmaßt Vulkan.

„Aber warum? Ob der das Haus abfackeln wollte? War nicht gerade profimäßig!"

Sie schweigen ein paar Sekunden. Da fällt Johannes mit einem Mal ein, dass er ja schon viel zu spät dran ist: „Mist, ich muss heim. Da kann ich mir jetzt was anhören. Lass uns morgen weiterreden!"

Er schnappt sich sein Skateboard, schiebt es nach draußen und krabbelt selbst auf allen Vieren aus der Hütte.

Vulkan folgt ihm. „Ich komme erst zur dritten Stunde, muss noch zum Arzt wegen einer Impfung", ruft er ihm nach, „kannst du das Frau Marten schon mal sagen?"

„Mach ich!", sagt Johannes, läuft eilig über die Straße und ruft seinem Freund dabei einen Abschiedsgruß zu.

Gleich gegenüber von dem Spielplatz wohnt Johannes in einem der schönen alten Häuser mit den hohen Decken und den großen Fenstern. Er verschwindet hinter einem großen braunen Holztor.

Vulkan bleibt noch einige Momente stehen und schaut auf das Haus, in dem Johannes jetzt wahrscheinlich ein großes Donnerwetter über sich ergehen lassen muss. Er kennt diese Probleme nicht. Seine Eltern sind beide berufstätig und abends selten vor neun oder zehn Uhr zu Hause. Er hat früh gelernt, alleine zurechtzukommen.

Dann packt er sein Skateboard und schlendert gemächlich die paar Straßenzüge weiter zu seiner Wohnung.

2 MITTWOCH

Frau Marten, die Klassenlehrerin der 9b, hat große Mühe, ihre Schüler und Schülerinnen ruhig zu halten. Alle sind schon ganz aufgeregt wegen der freien Tage und nicht mehr sehr aufmerksam. Sie können es kaum abwarten, dass die Klingel ertönt. Bis nächsten Dienstag bleibt die Schule geschlossen.

Vulkan ist erst während der dritten Stunde in die Klasse gekommen und hat Frau Marten einen Brief gegeben, den sie geöffnet und kurz überflogen hat.

Johannes schreibt eine Nachricht auf ein Blatt Papier. Er faltet das Blatt und drückt es mehrmals fest zusammen.

Währenddessen beobachtet Frau Marten den kleinen Henry, der seinem Vordermann Richard auf den Kopf schlägt und ihm zuzischelt: „Das ist Pressluft“. Henry findet das sehr lustig. Richard, der schon öfters unter den seltsamen Späßen von Henry zu leiden hatte, sieht das allerdings anders. Er dreht sich um und schnauzt Henry an. Der lacht, was Richard nur noch wütender macht. Frau Marten schreitet ein.

Johannes nutzt die Gelegenheit und gibt den zusammengefalteten Zettel an Jenny weiter, die hinter ihm sitzt.

„Gib das Vulkan, mach schon!“, flüstert er ihr zu.

Vulkan sitzt hinter Jenny. Wie oft hat Johannes sich schon geärgert, dass alle seine Nachrichten den Weg über diese Streberin nehmen müssen. Jenny ist die Klassenbeste.

„Was hast du denn da geschrieben?“, fragt sie und schaut ihn offensiv an.

„Das geht dich gar nichts an!“, zischt er über seine Schulter nach hinten.

„Und ob“, belehrt sie ihn, „ich lasse mich nicht einfach so als Postbotin missbrauchen. Also: Was kriege ich dafür?“

Johannes ist sauer, immer dasselbe mit Jenny. „Du bekommst nachher einen festen Tritt in den Hintern.“

Jenny weiß ganz genau, dass Johannes sich das nie wagen würde. Das wäre schon eher eine Sache für Vulkan, an den der Brief gerichtet ist. Der ist ein verschlossener Typ, der nur wenige Menschen an sich heranlässt und der oft wirkt, als sei ihm alles gleichgültig. Aber wehe, wenn er so richtig sauer wird. Dann verliert er total die Kontrolle über sich, schlägt in seiner Wut zu, mehr mit den Fäusten als mit Worten, und seine großen dunklen Augen bekommen einen ganz seltsamen Ausdruck. Deshalb hat er auch schon ganz schön Ärger gehabt. Und weil er so schrecklich aufbrausend sein kann, hat er seinen Spitznamen Vulkan bekommen. Sein richtiger Name ist Konstantin Nicodemus, aber alle sagen nur Vulkan zu ihm. Weil er so heftig ausbrechen kann wie ein Vulkan.

Frau Marten diskutiert noch immer mit Henry und Richard. Die Unruhe in der Klasse wird dabei nicht geringer.

„Du drohst mir ja schon wieder. Du weißt, dass man sich Damen gegenüber so nicht verhält“, sagt Jenny keck zu Johannes.

Das macht ihn wütend. Wegen der Unruhe in der Klasse brauchen sie auch gar nicht mehr richtig leise zu flüstern.

„Gib den Zettel endlich weiter!“

„Dann verrate mir doch, was drin steht, oder soll ich selber nachschauen?“

Vulkan hat von all dem nichts mitbekommen, oder er lässt es sich nicht anmerken. Er hat auf solche Streitereien keine Lust. Lieber zeichnet er seine Comicfiguren. Seitdem er im Videoschrank seiner Eltern „Krieg der Sterne“ entdeckt hat, entwirft er unablässig fremde Planeten und fantastische Kreaturen während des Unterrichts, wenn ihn etwas nicht interessiert.

„Verdammt noch mal, du blöde Kuh, jetzt gib den Zettel endlich weiter, es ist megawichtig“, schnauzt Johannes Jenny an, richtig laut.

Alle schauen, auch Frau Marten, die die beiden Streithähne vorne endlich zur Ruhe gebracht hat. Aber das haben Johannes und Jenny gar nicht mehr mitbekommen und sind völlig überrascht, als ihre Klassenlehrerin vor ihnen steht.

Frau Marten ist eine sehr geduldige Frau. Sie versucht, Streitereien immer erst mal friedlich zu lösen. Aber sie kann auch verdammt energisch werden. Besonders dann, wenn sie den Eindruck hat, dass man sie nicht ernst nimmt.

„Sie ist hart, aber gerecht!" – den Spruch hat Melanie geprägt. Melanie, die Älteste in der Klasse, liebt Sprüche, die die Dinge auf den Punkt bringen und die nach abgeklärtem Erwachsensein klingen.

Und wenn es Ärger mit Frau Marten gibt, macht schnell die Einsicht die Runde: „Sie ist hart, aber gerecht."

Nun steht sie vor Johannes.

„Was ist los?", will sie von ihm wissen. „Worüber streitet ihr beiden denn schon wieder?"

„Äh, gar nichts", stottert Johannes.

Und Jenny fällt ihm ins Wort: „Zum Eis essen will er mich einladen. Ich will aber nicht. Und da ist er sauer geworden."

Alle lachen.

Jenny ist schon komisch. Sie ist zwar die Klassenbeste, aber manchmal kann sie richtig cool sein. Dann hat sie ganz lockere Sprüche drauf, die sich sonst niemand trauen würde. Und sie bringt ihre Sprüche so, dass niemand sauer auf sie ist.

Auch mit ihren Klamotten ist das so eine Sache. Nicht, dass sie extravagant oder hässlich wären. Aber so, wie es sich für eine Klassenbeste gehört, ist sie bestimmt nicht angezogen. Es sind Kleinigkeiten wie ein ausgefallenes Kopftuch heute oder eine ungewöhnliche Farbkombination am nächsten Tag. Es ist vielleicht auch, dass sie sich nicht festlegen lässt auf einen bestimmten Typ, wie die meisten anderen in der Klasse das tun. Was eine Klassenbeste anzieht, könnte Johannes nicht sagen, aber das sicher nicht. Und genau das ärgert ihn: Dass sie so anders ist. Und mit ihren grünen Augen unter dem braunen Pony kann sie richtig frech und provozierend schauen. Manche schüchtert sie mit ihrem Blick auch ganz schön ein.

Frau Marten lacht auch. Sie mag es, wenn sich die Mädchen in der Klasse mit Witz und Mut gegen die oftmals arroganten Jungs wehren.

„Gut gekontert, Jenny“, sagt sie, „aber jetzt mal Spaß beiseite: Was ist los?“

Sie schaut Johannes tief in die Augen. Der hält den zusammengefalteten Zettel hoch.

„Und was ist damit?“, will Frau Marten wissen.

„Den sollte Jenny an Vulkan weiterreichen. Aber diese neugierigen Mädchen...“

„Halt, halt!“, unterbricht ihn Frau Marten. „Keine Vorurteile. Da haben wir doch erst letzte Woche drüber gesprochen.“

Sie streckt Johannes ihre offene Hand entgegen.

„In fünf Minuten ist die Stunde rum, und du hast dann fünf Tage frei. Ich denke, da ist genug Zeit, deinem Freund alles Wichtige zu erzählen, oder?

Johannes reicht ihr den Zettel. Er weiß, dass sie ihn nicht lesen wird. Das macht sie nie. Sie ist hart. Sie nimmt ihn und zerreißt ihn. Sie will gar nicht wissen, was darin steht. Sie ist gerecht.

Frau Marten geht nach vorne und wirft die Schnipsel in den Papierkorb. In dem Moment klingelt es. Die ersten sind schon aufgesprungen, haben ihre Hefte und Bücher hastig in die Taschen gestopft, da klopft es an die Tür.

Frau Marten sagt: „Herein“. Die Tür wird geöffnet, es ist Herr Paul. Er unterrichtet Deutsch und Kunst und leitet die Foto AG. Er tritt in den Klassenraum.

„Entschuldigen Sie bitte, liebe Kollegin“, wendet er sich an Frau Marten, „ich muss nur ganz kurz stören.“ Und er wendet sich den Schülern zu: „Ich möchte diejenigen von euch, die in der Foto AG sind, bitten, bevor ihr nach Hause geht, für ein paar Minuten ins Labor zu kommen.“

„Danke“, sagt er zu Frau Marten, und „Bis später“, ruft er der Klasse zu, nickt nochmals freundlich Frau Marten zu und verlässt das Klassenzimmer.

Mit einer kurzen Handbewegung unterdrückt Frau Marten die gleich wieder aufkommende Unruhe.

„Ich wünsche euch allen schöne freie Tage und viel Spaß auf dem Johannisfest."

Vereinzelte ‚Danke'-Stimmen antworten ihr, die meisten Schüler räumen schnell ihre Sachen vom Pult in ihre Schulranzen, dann rennen die ersten schon eiligen Schrittes nach draußen. Frau Marten rufen sie dabei ein kurzes „Tschüss" zu.

Nicht alle sind so schnell. Johannes dreht sich zu Vulkan und sieht Jenny, die in aller Ruhe ihre Tasche packt. „Das hast du ja mal wieder toll gemacht. Kannst du uns nicht einfach in Ruhe unseren Kram machen lassen?"

„Ich verrate dir ein Geheimnis, mit dem geht manches leichter im Leben: Du musst lernen, freundlicher zu sein."

Ohne die Antwort von Johannes abzuwarten, geht sie aus dem Zimmer.

Vulkan ist noch so in seine Zeichnungen vertieft, dass er gar nichts von all dem Streit um ihn herum mitbekommen hat.

„He, Vulkan, wir haben frei, kommst du noch mit in die Foto AG? Herr Paul hat gesagt, wir sollen mal vorbeikommen."

Widerwillig steckt Vulkan seine Stifte zusammen, packt sein Mäppchen und seinen Block in seine Tasche und verlässt, ohne ein Wort zu sagen, mit Johannes die Klasse. Mit einer Handbewegung über seine Stirn zum Kopf schiebt er seine etwas längeren braunen und wuscheligen Haare, die ihm oft ins Gesicht fallen, nach hinten.

3

„Diese blöde Kuh!“ Johannes ist noch immer sauer.

Vulkan antwortet nicht. Ein paar Meter gehen sie schweigend nebeneinander her zum Labor.

„Heute bekomme ich eine Überraschung.“ Er schaut Vulkan erwartungsvoll an.

„Ich habe eigentlich keine Lust, jetzt in die Foto AG zu gehen“, zeigt sich Vulkan unbeeindruckt von Johannes’ Ankündigung.

„Hast du überhaupt mitbekommen, was da eben abgegangen ist? Außerdem gibt’s wegen gestern Abend ein paar wichtige Informationen. Warum bist du nicht früher gekommen heute?“

„Ich war beim Arzt. Und außerdem habe ich eben rein gar nichts mitbekommen. Was hat denn der Paul gewollt?“

„Das habe ich gerade gesagt: Wir sollen in die Foto AG kommen. Aber ich habe eigentlich gar keine Zeit. Darum habe ich doch auch den Zettel geschrieben.“ Er wird wieder wütend. „Den diese Streberin einfach nicht weitergegeben hat.“

„Welchen Zettel? Mensch, Johannes, du sprichst heute in Rätseln.“

Jenny hat sich von hinten an die beiden herangeschlichen. Sie hat die letzten Worte von Vulkan aufgeschnappt.

„Der spricht nicht in Rätseln. Der spricht ziemlich viel Schrott.“

Noch bevor sich Johannes umgedreht hat, ist sie schon weg. Er läuft ihr nach. Vulkan setzt sich auf eine Treppenstufe.

Johannes Kippenberg ist zu Beginn dieses Schuljahres neu in die Klasse gekommen. Weil sein Vater eine neue Arbeit bei Schott im Entwicklungsbüro angefangen hat, sind sie aus Mönchengladbach nach Mainz gezogen. Es gab die üblichen Anfangsschwierigkeiten. Alle hielten eine gewisse Distanz zu ihm, man unterhielt sich über den Lieblings-Fußballverein und solche Sachen. Auch Johannes hielt den Abstand zu seinen neuen Klassenkameraden in der nötigen Balance, um weder anbiedernd noch arrogant zu wirken. Das hätte sicher alles seinen guten Weg genommen, wenn nicht Johannes' Gerechtigkeitssinn dazwischen gekommen wäre. Und Vulkan.

Vulkan kennt die meisten aus der Klasse schon ziemlich lange. Einen Teil sogar noch aus dem Kindergarten, andere von der Grundschule und einige vom Spielen auf der Straße. Mit vielen hatte er schon Krach gehabt. Und Krach heißt bei Vulkan, wie schon gesagt, dass es so richtig kracht. Und dass oftmals die Tränen fließen. Dabei ist er ein langmütiger Mensch. Lange passiert nichts, aber dann umso heftiger.

Seine Eltern waren wegen seiner Wutausbrüche auch schon beim Arzt mit ihm, aber der meinte, eigentlich sei alles in Ordnung, er sei ein ganz normaler, intelligenter Junge mit einer schnellen Auffassungsgabe. Ihm brenne halt nur manchmal eine Sicherung durch, die bei anderen etwas länger halte. Dem Rest in der Klasse geht er damit ziemlich auf den Zeiger, keiner will mehr so richtig was mit ihm zu tun haben. Und was die anderen am meisten ärgert: Vulkan ist das ziemlich egal.

Die allgemeine Stimmung, als Johannes neu in die Klasse kam, war, ihm mal so richtig eins auszuwischen, ihn am besten ganz loszuwerden.

Nach dem letzten Streit, bei dem Vulkan einen Mitschüler recht heftig vermöbelt hatte, hatte der Direktor ihm angedroht, dass er ihn beim nächsten Vorfall dieser Art von der Schule verweisen müsse. Er habe langsam keine glaubwürdigen Argumente mehr gegenüber den Eltern, die sich bei ihm immer wieder über diesen brutalen Schüler beschwert hätten.

Dies wollten einige Mitschüler ausnutzen und überlegten sich eine Falle. Sie wollten Vulkan so provozieren, dass ihm mal wieder alle Sicherungen durchbrennen; danach wollten sie Vulkan gemeinsam beim Direktor als den Schuldigen anzeigen und auf diesem Wege erreichen, dass er die Schule verlassen musste.

So geschah es auch, und Johannes, der die ganze Aktion beobachtet hatte, wurde mit den anderen zum Direktor gerufen.

Auf dem Weg dorthin hatte ihn der eine oder andere zur Seite genommen und ihm zugeflüstert, er solle das sagen, was die anderen auch sagen werden. Die vagen Andeutungen, was geschähe, wenn er dies nicht tue, verstand Johannes nur zu gut.

Er nickte, aber ihm war nicht wohl dabei. Er überlegte mehrmals, was genau geschehen war, und er war sich sicher, dass die anderen Vulkan provoziert hatten. Der hatte ihm in den paar Tagen, die er jetzt neu in der Schule war, noch nichts getan, aber Geschichten hatte er schon ein paar gehört. Doch Geschichten gibt es immer viele. Das hatte ihm sein Onkel Arthur gesagt. Und alle Geschichten sind irgendwie richtig, alle, hatte er betont, irgendwie.

Als die Schüler nun in dem Zimmer des Direktors versammelt waren, sollten die Zeugen den Vorfall schildern. Das taten sie auch. Wie verabredet.

Dann war Vulkan dran, der sich erst weigerte, sich zu verteidigen. Der Direktor versuchte ihm zu helfen, sprach mit Engelszungen auf ihn ein, und nach und nach erzählte Vulkan, wenn auch sehr widerwillig, seine Version des Vorfalls.

Der Direktor fragte nun Johannes als den Neuen, der noch nicht in all den alten Geschichten drinhänge, was er denn gesehen und gehört habe.

Alle Augen richteten sich auf Johannes. Der überlegte, ob er sich alle zum Feind machen sollte oder nur den einen, der dann sowieso die Schule verlassen müsste. Würde er sagen, was die anderen alle hören wollten, hätte er schnell neue Freunde in der Klasse gewonnen. Aber es gefiel ihm einfach nicht, dass jemand so gelinkt wurde. Selbst wenn dieser Vulkan ein Arschloch war, wie alle immer sagten. Außerdem schien der Direktor den anderen nicht so richtig zu glauben.

Er forderte Johannes auf, doch endlich seine Aussage zu machen. Johannes überlegte weiter, ohne sich richtig konzentrieren zu können, dann gab er sich einen Ruck. Er erzählte die Geschichte so, wie er sie gesehen hatte. Die anderen Schüler waren empört, bezichtigten ihn der Lüge. Jetzt blieb er erst recht dabei. Der Direktor schaute ihn anerkennend an, fragte aber nochmals, ob er wirklich die Wahrheit sage. Das bejahte Johannes mit ernstem Blick.

Als Vulkan aus dem Raum ging, raunte er Johannes ein leises „Danke!“ zu.

Vulkan musste nicht von der Schule, und es entwickelte sich langsam eine Freundschaft zwischen den beiden. Vulkan wurde etwas ruhiger, zog sich öfters in sich zurück und widmete sich noch mehr seinen Comics und seinen Zeichnungen, wenn er nicht mit Johannes am Nachmittag oder am Wochenende zusammen abhing.

„Komm, lass uns ins Labor gehen. Ich kriege diese Streberin auch noch nach den Ferien.“

Vulkan steht auf und gemeinsam gehen sie die Treppe hinunter in den Keller, wo sich das Labor befindet.

„Was war denn das jetzt mit der Überraschung?“, fragt Vulkan. „Du machst es ja ganz schön spannend.“

„Wie, ich mache es spannend? Das hat dich doch gar nicht interessiert.“

„Los, beeilt euch ein bisschen, die anderen warten schon alle“, fordert Herr Paul die beiden auf. Er steht in der Tür zum Labor und winkt sie zu sich.

4

Alle Stühle in dem kleinen Raum sind besetzt. Johannes und Vulkan lehnen sich an das große Waschbecken.

Den Laborraum hat Herr Paul mit den Schülern eingerichtet. Bis letztes Jahr durften nur Schüler ab dem zehnten Schuljahr in die Foto AG, aber Herr Paul war der Meinung, dass auch die Jüngeren ein Interesse dafür hätten, und je früher sie damit beginnen würden, desto besser. Am Anfang kamen auch sehr viele, aber nachdem die erste Neugierde befriedigt war und es ans regelmäßige Arbeiten ging, zogen es die meisten vor, am Nachmittag, wenn die AG stattfand, draußen mit ihren Freunden zu spielen.

Johannes hatte gedacht, in einer so kleinen Runde und bei der gemeinsamen Arbeit in der AG würde er leichter Anschluss finden. Nach dem Vorfall beim Direktor wurde er zwar nicht geschnitten oder gar verprügelt, aber es blieb eine gewisse Distanz. Nur eine suchte den Kontakt zu ihm, aber die konnte er überhaupt nicht leiden: Jenny, diese neugierige, neunmalkluge, besserwisserische und arrogante Zicke.

„Ich will es kurz machen“, eröffnete Herr Paul das Gespräch. „Ich habe eben im Lehrerzimmer eine Nachricht erhalten, die euch alle sicher interessiert und die ich euch daher vor den freien Tagen mitteilen möchte. Das Land Rheinland-Pfalz hat zum ersten Mal einen Schüler Film-Wettbewerb ausgeschrieben. Es gibt Preise für die verschiedenen Altersstufen, und jede Altersstufe hat ein bestimmtes Thema. Die jeweilige Gewinnergruppe bekommt einen Kurs im ZDF, mit allem, was dazu gehört, mit einem richtigen Kameramann, einem richtigen Schneideraum etc. Euer Thema ist das Porträt eines bemerkenswerten Menschen aus Mainz oder Rheinland-Pfalz, den ihr auswählen könnt. Der Film soll zwischen zehn und zwanzig Minuten lang sein. In den nächsten Tagen habt ihr ja Zeit, euch zu überlegen, wen ihr für so bemerkenswert haltet, dass ihr ein Porträt über ihn oder über sie machen wollt. Wenn wir uns nächste Woche wiedersehen, tauschen wir die Ideen aus und werden auch gleich anfangen mit einem Kurs an der Kamera, die ich hier schon im Schrank habe. Habt ihr Lust dazu?"

Ein mehrstimmiges Ja ist die Antwort, und binnen kurzer Zeit verwandelt sich das Labor in ein Tollhaus, als sei eine chemische Reaktion in Gang gesetzt worden. Alle reden durcheinander. Da werden gleich Matt Damon und Rihanna vorgeschlagen und nach deren Wurzeln in Rheinland-Pfalz gefahndet, Kurt Beck fehlt auch nicht, und selbst Henry weiß sich einzubringen: „Mein Papa ist beim SWR, der kann alles. Wenn der mitmacht, gewinnen wir bestimmt. Das gibt Pressluft."

Herr Paul freut sich auf die freien Tage.

5

Johannes und Vulkan laufen über die Grünanlage in der Kaiserstraße, die zu beiden Seiten von mehreren Fahrspuren begrenzt ist. Diesen Weg nehmen sie mittags immer nach Hause. Ein Umweg, der sich zu einem alltäglichen Ritual entwickelt hat.

„Endlich mal Ruhe", beginnt Johannes sogleich ein Gespräch. „Hast du heute Morgen die Zeitung gelesen?", fragt er nach einer kurzen Pause.

Vulkan verneint.

„Gestern an dem Haus, die brennende Decke, das war wahrscheinlich ein Anschlag. Die Polizei hat eine Benzinbombe und eine Gasflasche gefunden. Jemand hat versucht, das Haus abzufackeln."

Vulkan schaut Johannes an. Sein Interesse ist geweckt.

„In dem Haus wohnen Ausländer. Die haben gesagt, sie hätten zwei Jungs wegrennen sehen."

„Scheiße!", kommentiert Vulkan diese Neuigkeiten seines Freundes. „Da haben wir jetzt ganz schön Ärger an der Backe. Was sollen wir machen? Zur Polizei gehen, erzählen, wie es wirklich war?"

„Die glauben uns doch nicht. Und zu Hause gäbe es auch wieder Zoff, gestern Abend der hat mir fürs Erste gereicht", wendet Johannes ein. „Wir haben nichts Schlimmes gemacht. Und es wurden zwei Jungs gesehen. Davon gibt's viele in Mainz. Also ändern wir nichts, wenn wir was sagen, oder?"

„Na ja", sagt Vulkan nachdenklich, „aber wir haben den Typ gesehen, der weggerannt ist. Der könnte es gewesen sein."

„Hast du ihn genau gesehen oder dir das Nummernschild gemerkt?" Vulkan verneint mit einer Kopfbewegung. „Außerdem:

wenn die Schule das spitz kriegt, dann haben die ihren Grund, dich rauszuwerfen"

Vulkan nickt kurz, dann spricht Johannes weiter: „Also können wir auch niemandem helfen. Und ich kann im Moment auch keinen Ärger gebrauchen."

„Vielleicht hast du recht. Trotzdem...", sagt Vulkan, als sie von der Kaiserstraße in die Boppstraße abbiegen. Auch dieser kleine Umweg ist ein Ritual. „Komm nachher zu mir, dann überlegen wir weiter."

„Nee, ich kann heute nicht. Mein Onkel aus Amsterdam kommt zu Besuch."

„Ein Onkel aus Amsterdam?"

„Onkel Arthur. Das wollte ich dir doch die ganze Zeit sagen. Das stand auf dem Zettel." Johannes ist entrüstet, wie ignorant Vulkan manchmal sein kann. „Onkel Arthur ist ziemlich cool. Der ist Künstler und lebt in einer Windmühle in der Nähe von Amsterdam und baut Maschinen."

„Du hast mir nie von dem Onkel erzählt", unterbricht ihn Vulkan.

„Das ist der Bruder von meinem Vater, aber er ist ganz anders. Meine Mutter sagt immer, wenn es nicht im Pass stehen würde, käme niemand auf die Idee, dass sie Brüder sind. Für sie ist er ein Chaot."

„Und was macht der hier?"

„Uns besuchen. Macht er manchmal, wenn er auf der Durchreise ist. Meistens bleibt er nur ganz kurz, weil er gleich wieder einen Termin hat. Jetzt fährt er nach München zu einer Ausstellung und will bei uns Kaffee trinken. Mein Vater hat sich heute Nachmittag extra freigenommen, und meine Mutter ist in Panik, weil er immer erst so kurz vorher Bescheid sagt und sie nichts vorbereitet hat. Und neugierig sind sie, weil er eine neue Freundin mitbringt. Und mir eine Überraschung. Was ganz Tolles, hat er gesagt, kann ich bestimmt gut gebrauchen."

„Und was macht denn dein Onkel für Sachen?"

„Er baut Kunst aus Schrott, das sieht ziemlich lustig aus und so Sachen mit Video macht er."

„Dann mal viel Spaß. Wir können ja später telefonieren wegen der Feuergeschichte. Wenn ich nicht zu Hause bin, versuch' es übers Handy“, verabschiedet sich Vulkan.

Sie haben den Gartenfeldplatz erreicht. Johannes gefällt es hier sehr gut. Auf dem Platz stehen viele große Bäume, mitten drauf befindet sich ein Spielplatz. Nicht weit entfernt ist ein Café, das meist von jungen Leuten besucht wird. Im Sommer sitzen sie draußen an den Tischen auf dem Bürgersteig. Seine Eltern regen sich über diese Leute und den Lärm auf, den sie manchmal machen. Ihm macht das nichts aus. Er hat sich vorgenommen, dort seine Sommerabende zu verbringen, wenn er groß genug ist. Und auch die Nachmittage.

Johannes' Eltern wären zwar lieber in einen der hübschen Vororte gezogen, aber über die neue Arbeitsstelle seines Vaters hatten sie diese sehr schöne und große Wohnung vermittelt bekommen. Und bei dem Preis, sagt sein Vater oft, konnte er sie einfach nicht ablehnen. Zumal, wie er ergänzt, auch nicht sicher ist, ob er ewig bei der Firma bleiben wird. Johannes ist auf jeden Fall froh, dass sie hier wohnen, direkt in der Stadt und recht nahe an der Schule.

6

Johannes läuft die Treppe hoch. Es riecht wieder schrecklich nach Bohnerwachs. Frau Aschenbacher, die im Parterre wohnt, putzt und wachst jeden Mittwoch das Treppenhaus. Es bedarf gar nicht des großen dreieckigen Schildes, das auf die gebohnerten Treppen und die Ausrutschgefahr hinweist. Es riecht einfach dermaßen penetrant, dass ihm jedes Mal übel wird. Nachmittags sitzt Frau Aschenbacher an ihrem Fenster und beobachtet ganz genau, was auf der Straße vor dem Haus passiert, auch die Kinder und Jugendlichen auf dem Spielplatz. Jede Handlung, jedes Geräusch registriert sie. Und irgendwie hatte sie es auf Johannes, seit er eingezogen war, besonders abgesehen und seiner Mutter jede seiner Verfehlungen bis ins kleinste Detail beschrieben. Details, an die er sich oftmals gar nicht mehr erinnern konnte.

Aber das änderte nichts daran, dass seine Mutter ein Riesendonnerwetter auf ihn heruntergewittern ließ. Am Abend erfuhr sein Vater dann von seinen wirklichen oder vermeintlichen Schandtaten auf dem Gartenfeldplatz und erlegte ihm zu dem Donnerwetter der Mutter noch eine Strafe auf. Was Johannes besonders ungerecht empfand. Denn, wie sein Onkel Arthur mal ganz richtig gesagt hatte, man darf für ein Vergehen nur einmal bestraft werden.

Heute eilt Johannes die Treppe hinauf, ohne einen Gedanken an Frau Aschenbacher zu verschwenden. Onkel Arthur! Das ist das Stichwort, die Treppe schneller als gewöhnlich hochzugehen. Was heißt hier gehen? Ein Rennen ist es. Mit dem entsprechenden Trampeln und der dazugehörigen Lautstärke. Klar, dass sich leise die Türe von Frau Aschenbacher öffnet und ihr neugieriges Gesicht in dem schmalen Spalt erscheint.

„Ist er schon da?“, brüllt er in die Wohnung, nachdem er die Tür geöffnet hat.

„Robert, bist du es?“, ruft es ihm aus der Wohnung entgegen.

„Nein“, ruft Johannes, „ich bin es, Johannes.“

„Johannes“, die Mutter ist aus der Küche gekommen, „würdest du bitte dein Zimmer aufräumen, bevor Onkel Arthur kommt?“

Johannes ist wegen des anstehenden Besuches sehr gut aufgelegt. „Aufräumen! Das würde Onkel Arthur doch viel zu sehr erschrecken, wenn es aufgeräumt ist.“

Frau Kippenberg lacht kurz, dann schaut sie wieder ernster.

„Mein lieber Herr Neunmalklug. Dann soll er sich mal ganz gehörig erschrecken, dein lieber Onkel Arthur. Das soll nämlich bei manchen Menschen lernfördernd sein.“

„Onkel Arthur hat gesagt ...“

Frau Kippenberg unterbricht sofort ihren Sohn: „Das, genau das, ist der Einfluss von Onkel Arthur. Genau aus diesem Grunde habe ich gar keine Lust, dass er so kurzfristig kommt. Dann gibt es immer Durcheinander und Ärger. Und ich bin mit dem Kuchen immer noch nicht fertig. Das einzigste Gute ist, dass er sich sowieso verspätet.“

„Einzig“, verbessert sie Johannes, „es heißt einzig und nicht einzigst. Wenn es von einem Ding nur ein ...“

Die Mutter unterbricht ihn: „Das ist mir egal. Du weißt, was ich meine.“

Die gute Laune von Johannes kann nur in einem Riesenkrach enden. Oder wie Onkel Arthur mit ganz ernster Miene zu sagen pflegt: Lieber einen guten Freund verlieren, als auf einen guten Witz verzichten.

„Papa kommt gleich. Hilfst du mir den Tisch decken!?“

Eigentlich ist Johannes in der Stimmung, seine Mutter weiter zu reizen, aber vielleicht ist es besser, den Mund zu halten, sonst ist der Nachmittag versaut. Und Onkel Arthur ist da radikal: Wenn er merkt, dass die Stimmung mies ist, verduftet er. Ganz schnell.

„Wo ist Susann?“, fragt Johannes, um dem Gespräch eine Wendung zu geben.

Susann ist Johannes' kleinere Schwester. Sie ist gerade neun geworden. Sie verstehen sich eigentlich ganz gut, Johannes passt oft auf, dass seiner Schwester nichts passiert und niemand ihr blöde kommt. Aber im letzten Jahr ist er doch meist seine eigenen Wege gegangen und spielt nicht mehr so oft mit ihr. Und seitdem sie nach Mainz gezogen sind, in diese Wohnung, in der jeder von beiden ein eigenes großes Zimmer hat, gibt es auch nicht mehr die Gelegenheit wie früher, sich nach dem Ins-Bett-Gehen noch zu unterhalten. Schade findet er es schon, aber irgendwie ist sie auch zu jung geworden. Für ihn und seine Probleme.

„Sie isst heute bei Marnie zu Mittag. Sie schreibt morgen ein Diktat in der Schule, und da wollen sie später noch zusammen üben."

Seine schlaue Schwester, denkt Johannes, die wird mal eine Streberin wie diese Jenny und vielleicht auch so eine Nervensäge.

Zunächst aber freut er sich, denn nun hat er Onkel Arthur ganz für sich. Die Überraschung ist sowieso für ihn.

„Du musst dir heute Mittag ein Brot machen. Kochen und Kuchen backen – das wäre ein bisschen viel gewesen."

Johannes nimmt das Brot, schneidet sich zwei Scheiben ab.

Er sucht eine freie Stelle, an der er sich das Brot schmieren kann. Die ganze Küche ist von seiner Mutter belegt. Die macht einen Aufwand, als ob die ganze Verwandtschaft käme. Er öffnet den Kühlschrank, sucht die Butter, kann sie nicht finden, dafür ist die Thunfischcreme an ihrem Platz. Er liebt Thunfischcreme. Natürlich die mit dem Zeichen, dass keine Delphine beim Fangen verletzt wurden. In der Nähe des Herdes steht die Butter. Er geht rüber, nimmt sie und schmiert dann die beiden Scheiben über dem Kühlschrank. Die legt er auf einen Teller und geht in sein Zimmer.

„Du kannst die Butter wieder dahin zurückstellen, wo ..."

Die letzten Worte hat er schon nicht mehr verstanden, weil er schnell die Tür zu seinem Zimmer geschlossen hat.

Er setzt sich an seinen Computer. Die Zeit des Ärgerns beginnt, denkt er, wie immer, wenn er die alte, lahme Mühle anschmeißt. Aber ohne geht's auch nicht und eine neue will sein Vater ihm nicht kaufen, noch nicht einmal eine gebrauchte. Er will doch nicht das allerneuste und allerschnellste, aber ein bisschen mehr Speed sollte schon sein. Andererseits kommt Onkel Arthur bestimmt wieder mit Verspätung, da kommt es jetzt auf Superschnelligkeit auch nicht an.

Während er so vor sich hinsinniert und an seinem Computer spielt, hört er seinen Vater die Wohnung betreten.

Die Stimme von Johannes' Mutter hallt durch die Wohnung. „Ich glaube, er kommt." Sie steht am Fenster und versucht genaueres festzustellen. Johannes ist schon auf dem Weg nach unten auf die Straße. Frau und Herr Kippenberger folgen ihm. „Wo hat denn Arthur den tollen Wagen her, Robert? Unglaublich, hast du das gesehen?"

„Wir werden ihn fragen, dann wissen wir es", antwortet Johannes' Vater.

„Vielleicht ist er berühmt geworden, und er bekommt ein Vermögen für seinen Schrott."

Sie haben Arthur erreicht. Johannes ist ganz fasziniert von dem großen schwarzen Wagen.

„Hallo Robert, schön, dich zu sehen".

In seiner herzlichen Art umarmt Arthur seinen Bruder und über dessen Schulter ruft er seiner Schwägerin zu: „Im Schrott liegt die Zukunft, liebe Karin, du wirst das noch erleben." Er macht eine kleine Pause. „Oder vielleicht auch nicht." Er lacht lauthals drauflos.

Arthur geht zu Frau Kippenberg, umarmt auch sie sehr herzlich, dann wendet er sich Johannes zu, der sich unruhig dem Begrüßungszeremoniell zugeschaut hat.

Johannes springt seinem Onkel in den Arm. „Keine Sorge, ich habe dich nicht vergessen." Nachdem er ihn lange und fest gedrückt hat, stellt Onkel Arthur Johannes wieder auf seine Füße. „Darf ich euch Klaudia vorstellen." Erst jetzt nimmt Johannes die große Frau mit den sehr kurzen dunklen Haaren und dem schwarzen Anzug wahr.

Vater und Mutter reichen ihr die Hand.

„Und das ist mein Lieblings-Neffe Johannes." Klaudia schaut ihn neugierig an.

„Lebst du auch in der Mühle?", fragt Johannes sie.

„Klar. Du kannst uns ja mal besuchen kommen", antwortet sie ihm mit einer dunklen Stimme, die er nicht vermutet hätte, und lächelt ihn an.

„Da haben wir auch noch ein Wörtchen mitzureden", unterbricht Johannes' Mutter. „Wenn ich mir ..."

Sie kommt nicht weiter. „Und die Überraschung, Onkel Arthur. Du hast mir eine ganz wahnsinnig tolle Überraschung versprochen. Wo ist sie denn?"

„Langsam, langsam", versucht der ihn zu beschwichtigen, „alles zu seiner Zeit, die müssen wir erst einmal ganz vorsichtig aus dem Auto nehmen."

„Nichts da", unterbricht diesmal Frau Kippenberg. „Jetzt trinken wir zuerst Kaffee. Der ist nämlich schon eine ganze Zeit durch und, wenn wir noch länger warten, schmeckt er nicht mehr. Dein Onkel soll das nächste Mal pünktlich kommen, dann gibt's auch gleich die Überraschung."

Onkel Arthur gibt nach. Außerdem macht es ihm Spaß, die Sache spannend zu halten. „Gehen wir hoch. Die Überraschung hat keine Beine. Sie kann also nicht weglaufen."

Er schmeißt die Türe des Wagens zu und folgt den anderen ins Treppenhaus. In der Hektik, die zuletzt entstanden ist, hat er vergessen, das Auto abzuschließen.

Auf der Treppe versucht Johannes noch einmal, aus seinem Onkel herauszubekommen, was er ihm mitgebracht hat. Der sagt nichts, lacht ihn nur vielsagend an.

Beim Kaffeetrinken sitzt Johannes unruhig am Tisch. Seine Eltern bombardieren Arthur mit Fragen nach der Ausstellung in München, fragen Klaudia, was sie so mache, wie sie Arthur kennengelernt habe, und wollen schließlich wissen, wie Arthur zu einem so tollen Auto gekommen ist. Der Onkel bleibt vage. Er weiß, dass er damit seine Schwägerin am meisten ärgern kann. Er erzählt Geschichten: Er habe im Lotto gewonnen, Klaudia sei seine Glücksfee, ein Milliardär habe seine Kunst gekauft.

„Jetzt bleib doch mal ernst!“ Johannes‘ Mutter wird nun ärgerlich. „Bist du jetzt ein berühmter Künstler?“

Onkel Arthur denkt einen Moment nach, dann erzählt er: „Ich habe für eine kleine niederländische Gemeinde im Grenzgebiet ein Mahnmal gebaut. Die Bewohner hatten während des 2. Weltkrieges mehrere deutsche Deserteure versteckt. Und auf das Mahnmal wurde ein Brandanschlag verübt.“

Johannes hatte bis jetzt seinen Kuchen gegessen und dem Gespräch der Erwachsenen interessiert, aber immer noch unruhig wegen der Überraschung zugehört. Als Onkel Arthur das Wort „Brandanschlag“ ausspricht, zuckt er so zusammen, dass alle am Tisch es mitbekommen.

„Was ist los?“, wollen sie wissen.

„Nichts, nichts“, stottert Johannes, „nur, nur“, er sucht nach Worten, „nur, das ist ja schrecklich, ist jemandem was passiert?“

„Nein“, beruhigt ihn Klaudia. „Aufmerksame Bewohner des Ortes haben das Feuer gleich bemerkt und konnten es so rechtzeitig löschen, dass nichts passiert ist.“

„Und hat man die Leute, die das gemacht haben, gekriegt?“, will Johannes wissen.

„Nein, sie sind spurlos verschwunden, auch kein Bekennerschreiben. Aber es liegt eine gewisse Ironie darin, dass Arthur durch diesen Anschlag plötzlich in den ganzen Niederlanden bekannt und dann berühmt wurde. Und bei der ganzen Sache außerdem mich kennengelernt hat.“ Klaudia lacht Onkel Arthur offen an.

Der wechselt das Gesprächsthema und will von Johannes wissen, was er denn so mache, womit er sich so beschäftige. Johannes, der sich wieder etwas beruhigt hat, erzählt von dem Filmwettbewerb und bittet seinen Onkel, ihm zu helfen.

Der Onkel hört ihm interessiert zu und stellt ein paar Fragen. Dadurch vergisst Johannes den Brandanschlag und bald fällt ihm etwas ganz anderes ein: „Was ist mit der Überraschung für mich?“

„Jetzt hör doch bitte mal auf, Onkel Arthur damit auf die Nerven zu gehen!“, fordert Frau Kippenberg ihren Sohn auf.

Arthur lächelt.

„Hoffentlich ist es nicht wieder so was wie das Handy beim letzten Mal", ermahnt Johannes' Vater seinen Bruder. Da hatte der seinem Neffen ein Handy geschenkt. Mit einer Prepaidkarte, aber da waren sich Herr und Frau Kippenberg ganz und gar einig: In dem Alter brauchen die Kinder noch keine Handys.

Johannes hasst es, wenn sein Vater ihn ein Kind nennt, und viel mehr noch, wenn er ihn auch so behandelt.

Endlich hat Onkel Arthur ein Nachsehen und drückt ihm den Autoschlüssel in die Hand. „Hinter dem Fahrersitz ist eine Ledertasche. Die ist für dich. Aber lass sie uns hier oben gemeinsam öffnen, okay?"

Johannes nimmt den Schlüssel und flitzt die Treppe hinunter. Er will den Schlüssel ins Schloss stecken, da merkt er, dass der Wagen gar nicht abgeschlossen ist. Er öffnet die hintere linke Tür und ist ganz aufgeregt. Er greift hinter den Fahrersitz, aber da ist nichts. Er kniet sich hin und streckt seinen Arm unter den Sitz. Sicher ist die Tasche unter den Sitz gerutscht. Aber auch dort kann er nichts finden. Er klettert in den Wagen und wiederholt die Suche auf der Beifahrerseite. Auch hier ist er erfolglos.

Enttäuscht steigt er aus dem Wagen, schmeißt die Tür fest ins Schloss und rennt wieder das Treppenhaus hoch. Frau Aschenbacher, die das alles beobachtet, nimmt er gar nicht wahr.

Er stürmt in die Wohnung.

„Onkel Arthur, da ist gar nichts. Ich habe keine Tasche gefunden. Vielleicht ist sie im Kofferraum?"

Onkel Arthur ist überrascht: „Das kann nicht sein, ich habe sie hinter den Vordersitz gestellt. Hast du mal unter dem Sitz nachgeschaut. Vielleicht ist sie drunter gerutscht?"

„Hab' ich schon geschaut. Ich habe überall nachgeguckt. Vielleicht ist sie ja doch im Kofferraum. Oder du hast sie vergessen."

„Nein. Ich komme mit runter und schaue selbst mal nach."

Gemeinsam gehen sie zum Auto. Der Onkel sieht hinter den Sitzen nach. „Einfach weg", sagt er. „Die Tasche ist einfach weg. Und meine kleine Reisetasche fehlt auch."

7

Langsam biegt ein Polizeiwagen um die Ecke. Herr Kippenberg winkt. Der Wagen fährt in die Ausfahrt vor ihrem Haus.

Onkel Arthur wollte gar nicht die Polizei rufen, aber Johannes' Vater ließ sich nicht davon abbringen.

Zwei Polizisten steigen aus dem Auto und grüßen die Umstehenden. Frau Aschenbacher hat den Logenplatz an ihrem Fenster besetzt.

Johannes sieht Jenny auf dem Spielplatz sitzen. Was macht die denn hier, denkt er bei sich. Kann die mich denn nie in Ruhe lassen?

„Ihnen ist etwas aus einem Wagen gestohlen worden, stimmt das?“, fragt forsch einer der beiden Beamten. „Welcher Wagen, wer ist der Halter?“

„Da, gleich gegenüber auf der anderen Straßenseite, der schwarze Chrysler. Der Halter ist mein Bruder“, beeilt sich Johannes' Vater die Fragen zu beantworten, und zeigt auf Onkel Arthur. Der nickt den Polizisten zu.

„Können Sie den Tathergang schildern!“, fordert der Polizist ihn auf.

„Kann ich nicht“, antwortet der Onkel, „ich war nicht dabei. Was ich weiß, ist, dass aus dem Wagen eine schwarze Tasche mit einem Laptop verschwunden ist. Und meine kleine Reisetasche.“

„Ein Laptop?“, schreit Johannes. „Das war ein Laptop für mich“, freut er sich einen kleinen Moment lang, bis er gewahr wird, dass der ihm ja schon wieder genommen ist.

Der Polizist schaut erst Johannes, dann den Onkel scharf an.

Der andere Polizist übernimmt das Gespräch. „Mein Kollege möchte gerne solche Dinge wissen wie, ob zum Beispiel der Wagen lange unbeaufsichtigt dort stand, wann und wie Sie es gemerkt haben, und was genau alles fehlt."

Auch Johannes' Vater hält Deeskalation für die angemessene Taktik und ergreift anstatt des Onkels das Wort. „Soweit wir das überschauen können, fehlt tatsächlich nur die schwarze Tasche, offenbar mit dem Laptop drin? Und eine Reisetasche, oder Arthur?"

Der Onkel nickt zustimmend, dann gehen die Polizisten zu dem Wagen, schauen ihn sich genau an und inspizieren vorsichtig die Tür.

„Spuren sind keine zu sehen."

„Das waren bestimmt Profis", wirft Johannes fachmännisch ein.

„Tja", antwortet ihm abwägend einer der beiden Polizisten, „kann schon sein, aber selbst Profis hinterlassen immer eine Spur. Ohne Gewalt lässt sich eine verschlossene Tür nicht öffnen. Das ist einfach so!"

„Ich glaube, die Tür war gar nicht...", will Herr Kippenberg loslegen, da stößt ihn Onkel Arthur an. „Was soll das?", beschwert sich der Angerempelte.

„Ich bin mit meiner Freundin vor etwa einer halben Stunde gekommen, um auf der Durchreise die Familie meines Bruders zu besuchen. Mein Neffe ist dann zum Wagen gegangen, um die besagte Tasche aus dem Wagen zu nehmen. Er kam wieder in die Wohnung, meinte ganz aufgeregt, er könne keine Tasche finden. Daraufhin bin ich mit ihm zum Wagen und konnte nur feststellen, dass sie verschwunden ist. Mein Bruder ließ es sich dann nicht nehmen, Sie sofort anzurufen."

„Und Sie sind ganz sicher, dass die Tasche im Wagen war, als Sie hier ankamen? Vielleicht haben Sie sie ja zu Hause liegen gelassen oder sie bei einer Rast vergessen oder verloren?"

„Kann nicht sein. Ich habe sie bei der letzten Rast aus dem Kofferraum genommen und hinter den Vordersitz gelegt, damit mein Neffe sie dann findet."

Im Polizeiwagen klingelt ein Telefon. Einer der Polizisten geht hin, setzt sich in den Wagen und nimmt den Hörer ab. Johannes kann nicht verstehen, was gesprochen wird.

Der Beamte kommt zurück. „Es hat einen anonymen Anruf gegeben. Es will jemand gesehen haben, wie ein Ausländer die Tasche aus dem Wagen genommen hat. Er hat angeblich ausgesehen wie die Afghanen, die jetzt da in dem Heim am Ende der Neustadt wohnen und ständig hier rumlaufen. Das ist nicht die erste Anzeige wegen denen."

Der andere Beamte geht zu Frau Aschenbacher, die ihren Logenplatz genießt und ganz genau zugehört hat. „Entschuldigen Sie bitte, haben Sie vielleicht gesehen, wie sich jemand an dem schwarzen Auto da gegenüber zu schaffen gemacht hat?"

„Ich? Nein. Ich bin ganz zufällig jetzt am Fenster. Aber das mit den Ausländern, das habe ich auch schon beobachtet. Es werden immer mehr hier in der Neustadt. Am schlimmsten sind die jungen Burschen. Die sind immer so laut."

„Vielen Dank!" Der Beamte hat nicht den Eindruck, dass Frau Aschenbacher ihm weiterhelfen kann.

„Aber wenn die Tür gar nicht ...", will sich Johannes' Mutter jetzt einbringen, aber Onkel Arthur fällt auch ihr ins Wort.

„Muss ich jetzt eine Anzeige aufgeben?", fragt er schnell.

„Das würde ich Ihnen raten, denn sonst zahlt Ihnen die Versicherung nichts. Kommen Sie bitte mit zu unserem Wagen, da können wir die Anzeige gleich aufnehmen."

„Geht ihr doch schon mal nach oben. Ich komme gleich nach", fordert der Onkel die anderen auf und geht mit den beiden Beamten zu deren Auto.

Alle sind schon ins Haus gegangen, nur Johannes steht noch auf der Straße und beobachtet, wie der Onkel die Fragen der Polizisten beantwortet. Jenny kommt vom Spielplatz zu ihm rüber.

„Was ist passiert?", fragt sie Johannes.

„Komm, lass mich in Ruhe!"

„Sag doch mal, warum ist die Polizei hier?"

„Da haben ein paar Ausländer eine Tasche aus dem Auto meines Onkels geklaut. Mit einem Laptop drin. Der war für mich."

„Wer sagt, dass es Ausländer waren?", fragt Jenny nach.

„Jemand hat es gesehen und hat angerufen. Es wären Leute aus", Johannes macht eine kurze Denkpause, „aus Afghanistan hat er gesagt. So hätten sie ausgesehen."

„Aha, und das glaubst du, weil jemand das sagt. Wer hat das gesehen, wie heißt der Mensch?"

Johannes wird langsam sauer. „Das kann dir doch egal sein. Es hat jemand gesehen, und warum sollte der lügen? Außerdem war der Laptop für mich. Und jetzt lass mich in Ruhe!"

Er lässt Jenny stehen und geht ins Haus.

Jenny versucht, ihn mit einem Zuruf aufzuhalten: „Aber ich habe gesehen, wie ..."

Da ist Johannes schon im Haus verschwunden.

8

„Es gibt immer Aufregung, wenn Arthur da ist“, hört Johannes seine Mutter zu Klaudia sagen, als er in die Wohnung kommt. „Wie halten Sie das nur aus, jeden Tag?“ Sie steht in der Küche und kontrolliert den Kaffee.

„Und jede Nacht“, ergänzt Klaudie mit einem Lächeln. „Ich mag gerade das an ihm, das immer was passiert.“

Frau Kippenberg kann jetzt ein Grinsen nicht mehr zurückhalten.

Johannes geht in sein Zimmer. Er malt sich aus, was er alles mit dem Laptop hätte machen können. Nun muss er weiterhin mit seiner alten, lahmen Mühle vorliebnehmen.

Er hört den Onkel in die Wohnung kommen.

„So, jetzt brauche ich erst einmal einen Kaffee.“

Die Mutter reicht ihm eine Tasse.

„Wo ist denn mein Lieblingsneffe?“

„Schon da.“ Johannes ist gleich aus seinem Zimmer gekommen.

„Hör mal, Johannes, das tut mir sehr leid, dass das jetzt nichts wird mit dem Laptop. Aber ich habe hier noch was, das ist vielleicht ein angemessener Trost. Ich wollte es dir zwar erst zum Geburtstag schenken, aber ...“

Er wühlt in dem Koffer, den er aus dem Wagen mit nach oben gebracht hat.

„Einen Moment ..., gleich habe ich es.“

Er hält eine kleine Tasche in der Hand und reicht sie Johannes.

„Ich hoffe, dass dir dies auch ein wenig Freude macht. Für einen kreativen Jungen wie dich eigentlich genau das Richtige. Besonders nachdem, was du mir über diesen Schulwettbewerb erzählt hast.“

Nach einiger Zeit verlassen mehrere Polizeiwagen, aber auch ganz normale Autos mit Blaulicht das Präsidium, das genau gegenüber dem Goethepark liegt. Johannes und Vulkan schauen den Wagen neugierig nach. Sie beschließen, hinterher zu fahren. Vielleicht ist dies die erste Gelegenheit, die neue Kamera im echten Einsatz auszuprobieren.

Sie skaten ein gutes Stück den Ring entlang, aber weit und breit ist kein Polizeiwagen zu sehen. An der Bushaltestelle am Bismarckplatz bleiben sie stehen.

„Es hat keinen Sinn, die finden wir nicht mehr", stellt Vulkan fest.

„So ein Mist", kommentiert Johannes, „das wäre was gewesen, wir beide als rasende Reporter."

Sie malen sich aus, was sie alles aufgenommen hätten, als ein Bus anhält. Ein paar Leute steigen aus, stellen sich zu den anderen dort Wartenden. Neben ihnen hat ein Mann eine Bekannte getroffen. „Hast du gehört, bei den Ausländern im Rheingauwall machen sie eine Razzia. Wird ja auch mal Zeit, dass man dem Gesocks auf die Finger guckt. Seitdem die hier sind, ist ja gar nichts mehr sicher."

Johannes und Vulkan schauen sich an.

„Mist, das ist doch dort, wo das Feuer war. Da fahren wir besser nicht hin. Wenn uns jemand erkennt."

Johannes überlegt: „Aber es ist die Gelegenheit zum Filmen. Es sind zwei Jungs gesehen worden. Keine Beschreibung, nichts stand in der Zeitung. Kann also jeder gewesen sein. Ich glaube, das können wir riskieren. Vielleicht erfahren wir was."

Vulkan bleibt skeptisch. „Glaubst du das? Ich bin eher dagegen."

„Was kann passieren? Wir schauen nur mal. Und vielleicht erkennen wir ja den Typ, der gestern Abend weggerannt ist. Ist ein richtiger Detektivjob, den wir zu machen haben."

Vulkan ist überredet, wenn auch noch nicht überzeugt.

Also auf zum Flüchtlingsheim. Es ist vom Bismarckplatz nicht mehr weit weg.

Jeder hier in der Neustadt kennt es, hat es doch schon für eine Menge Wirbel und Aufregung gesorgt. Zuerst fanden es alle ganz toll, dass den armen Menschen aus Afghanistan geholfen wird. Viele sind verletzt, viele Kinder haben keine Eltern mehr, das hat alle zu Tränen gerührt. Aber seitdem sich in den letzten Wochen die Anzahl der Diebstähle und Einbrüche in der Neustadt drastisch erhöht hat, ist die Stimmung umgeschlagen. Auch eine Bürgerinitiative ist schon gegründet worden. Sie will erreichen, dass das Heim geschlossen wird und die Menschen dann woandershin kommen. Am besten dahin, woher sie kamen – meinen einige.

Als Johannes und Vulkan vor dem Flüchtlingsheim ankommen, stehen schon eine ganze Menge Menschen am Tor. Die vielen Leute machen die beiden sicher. Sie fallen nicht auf, niemand nimmt sie bewusst wahr. Drei Polizisten passen auf, dass niemand ohne ihre Erlaubnis durch das Tor hinein- oder hinausgeht. Das Gelände ist sehr groß und an dieser Seite von einem hohen Zaun aus Eisen umgeben. Einige weitere Polizisten bewachen den Zaun und sollen verhindern, dass jemand darüber abhaut oder irgendwas über den Zaun schmeißt.

Die Menschen vor dem Tor sind sehr aufgebracht. Einige haben Plakate dabei, auf denen die Schließung des Heimes gefordert wird. Andere brüllen diese Forderung lauthals heraus. Zwei Polizisten in Zivil versuchen, die Leute zu beruhigen. Dazu haben die aber gar keine Lust und fangen nun an, auch den Polizisten Vorwürfe zu machen.

„Haben Sie denn schon was gefunden?"

„Die sind doch viel zu clever für euch!"

Johannes nimmt die Kamera aus dem Rucksack und filmt die Demonstranten, das Haus, eben alles, was sich vor ihm abspielt.

Nach kurzer Zeit kommt einer der Polizisten auf ihn zu. Johannes erschreckt. Ob der mich meint, überlegt er. Am besten weg. Er schaut nach einem möglichen Fluchtweg, aber da ist der Beamte schon bei ihm und bittet ihn, das Filmen zu unterlassen. Johannes stammelt „ja, mach ich!" und steckt die Kamera ein. Der Polizist eilt sofort wieder zu den Demonstranten. Johannes ist ganz schön erleichtert und geht auf die andere Straßenseite. Dort setzt er sich auf ein Mäuerchen. Ein Auto verdeckt ihn, und er beginnt, aus dieser sicheren Position wieder zu filmen. Vulkan bleibt beim Tor und schaut zu. Viel zu sehen ist nicht, da sich alles im Inneren des Gebäudes abspielt.

„Die haben doch schon bestimmt alles verscherbelt, was sie geklaut haben“, sagt einer der Demonstranten.

„Da kommt doch wieder nichts bei raus. Das kennen wir doch. Da muss man selbst was unternehmen.“

Den letzten Satz hat ein gut gekleideter Mann von etwa fünfzig Jahren gesprochen. Er schimpft zwar nicht so laut wie die anderen, aber er scheint viele Leute zu kennen, redet mit ihnen, schüttelt immer wieder Hände und drückt jedem ein Blatt Papier in die Hand.

Nach einer guten Stunde ist alles vorbei. Mehrere Autos, darunter auch einige Polizeiwagen, verlassen das Gelände. Vor dem Tor stehen die Demonstranten noch ein paar Minuten, offensichtlich enttäuscht, dass niemand verhaftet wurde.

„Die können machen, was sie wollen, denen passiert einfach nichts.“

„Es wird mal Zeit, dass da jemand aufräumt.“

So und ähnlich reden die Leute, bevor sich die Versammlung schließlich völlig auflöst. Johannes packt seine Kamera weg. Zusammen mit Vulkan macht er sich auf den Nachhauseweg. Sie beeilen sich sehr, da die eine Stunde, die Frau Kippenberg ihrem Sohn gewährt hatte, längst vorbei ist.

„Niemand hat uns erkannt“, stellt Johannes erleichtert während des Skatens fest.

„Und keiner, der aussah wie der Typ gestern“, sagt Vulkan und fügt verwirrt hinzu: „Aber ist das nicht seltsam: an dem einen Tag versucht jemand das Haus abzufackeln, und am nächsten kommt die Polizei, weil die denken, dass die Leute da drin klauen. Sind das nun Gute oder Böse?“

„Die Leute sind einfach sauer“, antwortet Johannes kurz. Nach einer kurzen Pause wechselt er das Thema. „Ob die meinen Laptop geklaut haben? Ich würde es zu gerne wissen.“

„Die Polizei hat doch nichts gefunden, also haben die auch nichts geklaut“, erwidert Vulkan.

„Ich weiß nicht“, grummelt Johannes, schweigt und hängt seinen Gedanken nach.

Bald haben sie Vulkans Haus erreicht und verabreden sich für den nächsten Tag.

Zu Hause wird Johannes schimpfend empfangen, weil er mal wieder zu lange weggeblieben ist. Ihm wird für diesen Abend das Fernsehen verboten. Er geht in sein Zimmer und schaut sich seine Aufnahmen an. Und er kennt ja auch noch nicht alle Funktionen seiner neuen Kamera.

DONNERSTAG

10

Um neun Uhr steht Johannes angezogen in der Küche und möchte frühstücken. Seine Mutter ist überrascht. Sie schaut demonstrativ zweimal auf die Küchenuhr.

„Johannes, es sind Ferien. Hast du das vergessen?"

„Nein", antwortet der Angesprochene, „ich war wach und habe heute noch einiges vor."

„So, so, aber nicht zufällig in deinem Zimmer? Ich meine, wegen dem Chaos darin."

Johannes geht auf diese Bemerkung nicht ein. Stattdessen weiß er seine Mutter ein weiteres Mal zu überraschen.

„Wo ist die Tageszeitung?"

„Die Tageszeitung? Seit wann liest du denn die? Warte, ich schaue mal im Wohnzimmer nach. Vielleicht hat Papa sie mit ins Büro genommen."

Die Mutter verlässt die Küche, um kurz darauf mit der Zeitung schwenkend zurückzukommen.

„Glück gehabt", sagt sie und reicht sie ihrem Sohn. „Du möchtest sie doch noch, oder?"

Mit einem „Danke" nimmt Johannes die Tageszeitung und setzt sich an den Tisch.

Johannes blättert die Zeitung durch, sucht den lokalen Teil. Konzentriert liest er die Meldung über die Razzia in dem Flüchtlingsheim, aber es gibt keinerlei Hinweis darauf, dass irgendetwas gefunden wurde oder irgendein Verdächtiger ausfindig gemacht worden wäre. Auch der Brandanschlag wird nur in einem Nebensatz erwähnt, ohne einen Hinweis auf die Täter oder Verdächtige. Seltsam kurz ist der Artikel, findet Johannes.

Er schaut die Zeitung nochmals gründlich durch, aber er kann keinen weiteren ausführlicheren Bericht finden.

Johannes beendet eilig sein Frühstück und geht in den Flur, nimmt das Telefon und verschwindet in seinem Zimmer.

Er muss recht lange läuten lassen, bis Vulkan abhebt. Eine müde Stimme meldet sich: „Ja?"

„Johannes hier, sag mal, sollen wir uns gleich treffen?"

„So früh. Ich bin doch noch gar nicht aufgestanden."

„Komm, beeil dich ein bisschen. Wir müssen irgendwas unternehmen, um den Laptop wiederzubekommen."

„Der ist weg, Mensch. Den kannst du abschreiben."

„Du bist ja mies drauf! Vielleicht gibt es noch eine Möglichkeit. Überleg doch mal, was wir alles damit machen könnten." Johannes gibt einfach nicht auf.

Vulkan will nur seine Ruhe. Im Moment interessiert ihn der Laptop und was man alles damit machen könnte, gerade mal gar nicht. „Ich schlage vor, du träumst deinen Traum von einem tollen Laptop, und ich falle wieder in *meine* süßen Träume."

So leicht lässt Johannes nicht locker. „Halt, du willst doch nicht schon wieder schlafen. Lass uns gleich treffen!"

„Später", versucht Vulkan zu beschwichtigen. „In zwei Stunden, okay?" Deutlich ist ein Gähnen zu vernehmen.

„In einer", erwidert Johannes.

„In anderthalb!"

„Also gut, um elf auf der Grünen Brücke. Bis nachher und sei pünktlich!"

Vulkan legt auf.

Eine knappe Stunde später sitzt Johannes schon auf der Grünen Brücke und wartet.

Immer wieder schaut er auf seine Uhr. Er steht auf, geht ans Geländer, schaut in die Richtung, aus der Vulkan kommen müsste.

Er nimmt sein Skateboard und fährt die Rampen der Brücke, die sowohl für Fußgänger wie für Radfahrer gebaut wurden, hoch und runter und versucht, seinen persönlichen Rekord einzustellen, indem er neue Kurventechniken ausprobiert, aber er ist nicht so richtig bei der Sache und wäre zweimal fast gestürzt. Wegen ganz blöder Unachtsamkeiten. Richtige Anfängerfehler!

Also setzt er sich auf eine Bank, schiebt das Board achtlos unter den Sitz und grübelt.

Hier auf der Grünen Brücke halten sich die beiden sehr oft auf. Ihnen gefällt es, über dem Verkehr zu sein, ihn unten durchrauschen zu hören, aber gleichzeitig das Grün um sich zu haben. Eine richtige kleine Oase ist dieser Ort für sie. Breit, aber mit Ecken und Nischen und sogar einem kleinen Wasserfall. Aber zuallererst ist die Grüne Brücke eine gute Skaterstrecke.

Endlich kommt Vulkan. Er schaut noch etwas mürrisch aus der Wäsche. Johannes beschließt zu warten, bevor er ihn anspricht. Aber das fällt ihm schwer. Wortlos reicht er dem Ankömmling eines der Schokoladenwecken, die er auf dem Weg zur Brücke bei einem Bäcker gekauft hat.

Nach fünf Minuten kann Johannes seine Ungeduld nicht mehr zügeln: „In der Zeitung stand so gut wie nichts über die Razzia. Nur ein ganz kleiner Artikel. Da klauen die mir am helllichten Tag den Laptop aus dem Auto, und keiner macht was."

Noch müde und mürrisch antwortet Vulkan: „Es ist doch gar nicht erwiesen, dass es die Flüchtlinge waren."

„Aber die haben doch eine Razzia bei denen gemacht", sagt Johannes.

„Und nichts gefunden. Mein Vater sagt, dass bei denen, die sowieso nichts haben, viel strenger geschaut wird, als bei denen, die sowieso alles haben."

Es erstaunt Johannes, dass Vulkan von seinem Vater spricht. Das tut er nämlich sonst nie. Johannes weiß nur, dass er beim Fernsehen arbeitet und seine Mutter irgendwas mit Mode zu tun hat. Mehr hat Vulkan nie erzählt. Für Johannes ist sein Freund ein Junge, der alles alleine macht und der niemandem Rechenschaft schuldig zu sein scheint. Wenn Johannes ihn zu Hause besucht, macht Vulkan alles selbst, er kann sogar Kleinigkeiten kochen.

„Es ist ja auch nicht dein Laptop, dann würdest du anders reden. Und dein Vater hat gut reden. Dem hat niemand was geklaut. Dem kann ja auch keiner was klauen, wenn er nie da ist."

Es tut ihn in dem Moment schon leid, das gesagt zu haben.

„Sorry, war nicht so gemeint!"

„Was weißt du denn von meinem Vater? Du hast ihn doch noch gar nicht kennengelernt!"

„Eben! Nie redest du von ihm, nie sieht man ihn, und dann machst du ihn plötzlich hier zum Helden, nur weil du keine Lust hast, mit mir nach dem Laptop zu suchen."

„Jetzt mach mal halblang!" Vulkan will sich nicht streiten. Er zügelt sein Temperament. In ruhigem Ton sagt er: „Warum gehst du nicht mit deinem Vater los, deinen Laptop suchen?"

Beide schweigen.

Johannes beruhigt sich: „Meinst du, nur weil mein Vater abends da ist und am Wochenende, ist das besser. Quatsch! Da finde ich es bei dir viel cooler. Du kannst alles selbst machen und keiner macht dir Vorschriften."

Vulkan kehrt zum Thema zurück.

„Aber was sollen denn diese Leute mit deinem Laptop – ihn verkaufen? Das fällt doch sofort auf, wenn die sich in ihren Klamotten auf die Straße stellen und so'n Gerät verkaufen wollen. Da braucht man eine Organisation für, muss sich auskennen und und und ..."

„Trotzdem", widerspricht Johannes, „es haben Leute gesehen, wie jemand die Tasche aus dem Auto genommen hat. Dann muss doch was dran sein. Die erzählen das doch nicht einfach so?"

Vulkan antwortet nicht.

„Vulkan, wie wär's, wir spielen ein bisschen Detektive. Wir überzeugen uns selbst und schleichen uns heute Abend in das Heim rein und schauen selber nach. Ich nehme die Kamera mit und wenn der Laptop tatsächlich da liegt, haben wir alles auf Film und einen Beweis."

Vulkan ist nicht sehr begeistert von der Idee: „Weißt du, wo du da hin willst? Das ist der Ort mit der brennenden Decke. Wo sie uns fast geschnappt hätten. Die denken doch, wir hätten den Brand gelegt."

„Aber die wissen nicht, wie die Jungs aussehen, die das Feuer gelegt haben sollen. Und gestern hat uns auch niemand erkannt."

„Gestern Nachmittag waren aber viele Leute da, und wir sind dazwischen nicht aufgefallen. Außerdem hätten wir da vielleicht den Typ erkannt, der am Dienstagabend weggerannt ist. Das hier ist jetzt was anderes. Einige Nummern heftiger. Wenn die uns wieder entdecken?! Wenn wir da einbrechen. Dann glauben die uns bestimmt nicht, dass wir mit dem Feuer nichts zu tun haben."

„Wir gehen auf einer anderen Seite rein", schlägt Johannes vor. „Ich habe mir gestern beim Filmen alles genau angeschaut. Das lange Gebäude auf der linken Seite vom Tor aus, da müssen wir schauen. Wir waren vorgestern auf der rechten Seite, und da war auch die Polizei. Jetzt suchen wir in dem anderen Gebäude. Es kann schon nichts passieren."

Vulkans Gesichtsausdruck verrät, was er von dieser Idee hält: Nichts. Aber da er keine Lust hat weiter zu diskutieren und Johannes' Unnachgiebigkeit spürt, gibt er nach.

„Okay, dann lass uns dorthin gehen und nachschauen. Du wirst sehen – ich habe recht, da ist nichts."

„Klasse, Vulkan. Heute Abend gehen wir hin. Mein Vater hat gesagt, abends würden die immer beten. Dann haben wir mehr Ruhe. Und ich nehme die Kamera mit."

„Von mir aus. Und jetzt lass uns ein bisschen skaten."

11

Am frühen Abend machen sie sich auf den Weg.

„Wie sollen wir vorgehen?", fragt Johannes.

„Du bist der Chef der Operation", erwidert Vulkan. „Lass dir was einfallen."

Johannes überlegt. „Okay, dann skaten wir erst mal vorbei und machen uns ein Bild von der Lage."

Bald haben sie das Heim erreicht und beginnen, das Areal zu umrunden. Es ist wesentlich größer, als sie angenommen hatten. Als sie fast ganz um das Gelände herum gefahren sind, schlägt Johannes vor, zu dem etwa einhundert Meter entfernten Supermarkt zu fahren, etwas zu Trinken zu kaufen und das weitere Vorgehen zu überlegen.

Sie sitzen am Rande des Parkplatzes, jeder hält eine Dose in der Hand.

„Nun, wie geht's weiter?", fragt Vulkan einen sichtlich unentschlossenen Johannes.

Der grübelt.

„Wenn wir zu dem Gebäude auf der linken Seite wollen, steigen wir am besten über die Mauer rein, an der wir zuletzt vorbeigefahren sind. Es sind keine Leute da auf der Straße, kaum Autos, aber viele Bäume. Die geben uns Schutz und wir sind gleich hinter den Gebäuden. Wir müssen dann schnell ein Kellerfenster oder was Ähnliches finden."

„Und wie kommen wir rüber? Und dann rein?", versucht Vulkan mögliche Hindernisse im Vorfeld zumindest mal anzusprechen.

Johannes sieht keine Hindernisse.

„Über die Mauer, das dürfte ja wohl kein Problem sein. Die Skates verstecken wir da im Gebüsch und ins Gebäude zu kommen, ist kein Problem."

Er greift in seine Tasche, wühlt darin und holt schließlich so etwas wie einen Schlüsselbund aus der Tasche.

„Meine Sesams-Öffne-Dichs. Ich habe lange genug damit probiert. Jetzt kann ich mal sehen, ob sich das auch in der Praxis bewährt."

Oh je, denkt Vulkan. „Ich hatte schon geglaubt, der Spleen wäre vorbei."

Er nimmt Johannes den Bund mit Dietrichen aus der Hand und betrachtet ihn eindringlich. „Und die funktionieren?", fragt er skeptisch.

„Wenn ich es dir sage. Ich habe es oft genug probiert."

Das hat er tatsächlich. Eine Zeitlang war so ziemlich jeder genervt davon, dass Johannes an keinem Schloss vorbeigehen konnte, ohne einen Dietrich aus der Tasche zu ziehen und sich an unschuldigen Schlössern zu vergehen. Und nun hat er gleich einen ganzen Bund dabei.

Sie stehen auf und machen sich auf den Weg zu der von Johannes vorgeschlagenen Stelle.

Über die Mauer zu klettern ist kein Problem. Sie ist alt, viele Steine stehen vor oder fehlen, so dass es genügend Halt für Hände und Füße gibt. Auf der Mauer sind auch keine Glasscherben und der Stacheldraht, der zum Schutz aufgespannt ist, ist an vielen Stellen gerissen.

Unter ihnen auf der anderen Seite der Mauer wächst ein dichtes Gebüsch. Vorsichtig lassen sie sich die Mauer hinabgleiten in die Büsche und verschaffen sich einen Überblick über die Lage.

Vulkan schüttelt den Kopf. Jetzt hat Johannes die Kamera ausgepackt und beginnt zu filmen.

„Was bist du denn für ein komischer Einbrecher, der seinen eigenen Einbruch filmt und der Polizei gleich die Beweise liefert?", kommentiert Vulkan.

„Quatsch“, antwortet Johannes. „Das ist kein Einbruch. Das ist Detektivarbeit. Und heutzutage müssen Detektive, die was auf sich halten, mit den modernsten Mitteln der Technik arbeiten.“

Aha, denkt Vulkan und erwidert darauf nichts.

„Da vorne, siehst du die Tür?“ Vulkan folgt mit seinen Augen dem ausgestreckten Arm von Johannes. „Da müssen wir hin und versuchen, reinzukommen.“

Geduckt läuft Johannes über den Platz und drückt sich eng an die Hauswand neben der Tür. Vulkan folgt ihm. Johannes inspiziert das Schloss genau, dann, nach eingehender Betrachtung, nimmt er einen der Dietriche und versucht, die Tür zu öffnen. Es klappt nicht, der Dietrich passt nicht. Er sucht einen anderen. Dabei klimpert er mit dem Bund. Vulkan unterdrückt einen weiteren Kommentar. Johannes rutscht der Bund mit den Dietrichen fast aus der Hand. In letzter Sekunde bekommt er ihn zu greifen. Währenddessen drückt Vulkan einfach mal die Klinke nach unten und vorsichtig gegen die Tür. Sie gibt nach und geht nach innen auf. Vulkan würde am liebsten loslachen. Aber so locker ist er doch nicht, die Situation ist zu ernst und zu gefährlich.

Die Tür führt in einen Souterrain-Raum. Johannes geht langsam hinein. Vulkan folgt ihm. Durch die schmalen Fenster scheint genug Tageslicht hinein, damit sie sich orientieren können. Nach ein paar Sekunden haben sie sich an die Lichtverhältnisse gewöhnt. Es ist kein Mensch zu sehen. Sie verharren einige Sekunden ganz ruhig und lauschen auf Geräusche, die Gefahr bedeuten könnten. Es bleibt ruhig.

Der Raum ist ziemlich groß, aber nicht besonders hoch. Es riecht nach Staub und schlechter Luft. In einer Ecke stehen ein paar alte Bettgestelle, daneben liegen ausrangierte Matratzen. Sie haben teilweise Löcher und die Innereien quellen hinaus. In der Mitte des Raumes stehen drei Holzstühle, auch sie haben schon bessere Zeiten gesehen. Ansonsten ist außer ein paar Farbeimern nichts zu erkennen.

Johannes zeigt auf die Tür neben den Matratzen. Leise geht er dorthin, Vulkan folgt ihm. Erst lauschen sie nach verdächtigen Geräuschen, dann öffnet Johannes vorsichtig die Tür, die glücklicherweise nicht quietscht. Er schaut hinaus in einen langen Gang. Dort ist kein Mensch. Mit leisen Schritten betreten sie den Flur, schauen sich nach beiden Seiten um. Vulkan deutet auf eine andere Tür. Auch sie ist nicht verschlossen. Dahinter ist es ein wenig dunkler als in dem ersten Raum. Ein Teil der Fenster ist mit Brettern zugenagelt, die verhindern, dass mehr Licht in den Raum fällt.

Einige Momente stehen sie beide unentschlossen vor den vielen Kisten und Kartons, die mitten im Raum, von allen Seiten zugänglich, aufeinandergestapelt sind und die Form einer oben abgeschnittenen Pyramide bilden.

„Unheimlich hier!“, stellt Johannes fest.

Vulkan schaut ihn an und nickt. „Und nun?“, fragt er.

Johannes zuckt mit den Schultern. „Am besten, wir checken die mal?“

„Alle?“, fragt Vulkan und zeigt keine große Begeisterung für den Vorschlag seines Freundes.

„Wie sollen wir sonst was finden? Mach nur keinen Krach!“

Es ist dann Vulkan, der beherzt auf die Kartons zugeht und auf die unterste Reihe springt. Er nimmt ein Taschenmesser aus seiner Hosentasche und beginnt, das Pappmaterial aufzuschneiden. Nachdem er drei längere Schnitte gemacht hat, klappt er ein Stück des Kartons ab, um zu sehen, was sich im Inneren befindet. Da er so gut wie nichts erkennen kann, streckt er vorsichtig seine Hand hinein. Das, was er zu fassen bekommt, fühlt sich an wie ein Teppich. Er reißt den Karton weiter auf, um dieses noch Unbenennbare herauszuziehen. Als er es endlich geschafft hat, hält er eine Art Tischdecke in seiner Hand. Johannes schaut enttäuscht.

„Du hast doch nicht geglaubt, dass wir den Laptop gleich in der ersten Kiste finden würden.“ Vulkan gibt sich zuversichtlich, gegen seine Überzeugung. Aber ihn hat jetzt eine Art Entdeckerdrang gepackt. Durch das zupackende Agieren Vulkans animiert, macht sich nun auch Johannes an die Arbeit. Er nimmt sich das Messer von Vulkan, klettert auf den Berg von Kisten und beginnt, in die oberen zu schneiden und sie dann aufzureißen, kurz hinein zu schauen, hinein zu greifen, um sich mit einem „Nichts!“ oder „Wieder nichts!“ oder auch nur „Scheiße!“ der nächsten Kiste zuzuwenden. Dabei wird er immer unvorsichtiger, gräbt sich immer tiefer in den Berg von Kisten rein, achtet nicht darauf, dass er immer lauter wird.

Vulkan ist derweil um die Kisten herumgegangen, um auf der anderen Seite sein Glück zu versuchen.

So bemerkt keiner von beiden, dass die Tür, durch sie in diesen Raum gelangt sind, geöffnet wird. Sie bekommen nicht mit, wie sich zwei größere Jungs langsam an die Kisten heranpirschen. Die entdecken zuerst Johannes, der gerade eine geöffnete Kiste nach unten schmeißt. Er ist so mit seinen Kisten und dem Versuch, sie alle in absoluter Weltrekordzeit zu öffnen, beschäftigt, dass er die beiden selbst dann nicht bemerkt, als sie fast neben ihm stehen.

Sie schnappen ihn sich gleichzeitig und werfen ihn auf die Kisten. Der eine von beiden greift sofort nach der Hand mit dem Messer. Der völlig überraschte und wehrlose Johannes hat dem nichts entgegenzusetzen und lässt sich ohne großen Widerstand überwältigen und das Messer abnehmen. Es fliegt in einem hohen Bogen in eine Ecke des Raumes.

Die beiden haben bis dahin Vulkan noch nicht entdeckt, der sich, aufgeschreckt von dem plötzlichen Lärm, hinter eine Kiste geduckt hat. Vorsichtig lugt er über deren Rand.

Als der eine von den beiden fremden Jungs mit dem Rücken direkt vor ihm steht und der andere durch den Versuch, Johannes am Boden zu halten, abgelenkt ist, startet Vulkan seine Attacke. Er springt den vor ihm Stehenden mit einer so großen Wucht an, dass der gegen seinen Mitkämpfer fällt und ihn von Johannes herunterstößt. Vulkan bekommt den Kopf seines Gegenübers in den Schwitzkasten, der sich aber nach Kräften wehrt und es immer wieder schafft, Vulkans Griff zu lockern.

Inzwischen hat sich Johannes aufrappeln können, aber er ist noch so benommen durch die erste Attacke, dass es für den zweiten Angreifer ein leichtes ist, ihm zuzusetzen und in eine Ecke zu drängen. Johannes sieht einen alten Besenstiel an der Wand lehnen, versucht einen Ausfallschritt, um ihn zu erreichen, und stolpert. Sein Gegenüber nutzt die Gelegenheit und stürzt sich sofort auf ihn. Dadurch verliert Johannes sein Gleichgewicht, fällt und stößt mit seinem Kopf gegen die Wand. Halb betäubt schlägt er blindlings um sich und trifft den anderen im Gesicht. Aber er hat nicht mehr die Kraft, daraus einen Vorteil zu ziehen. Der Schlag hat den anderen zwar für einen Moment verwirrt, aber der erkennt nun die Schwäche seines Gegners und schmeißt sich mit dem Gewicht seines Körpers auf ihn. Johannes hat keine Chance mehr, und als der andere sich rittlings auf seine Brust setzt und mit den Knien seine Oberarme niederdrückt, gibt er jeden Widerstand auf.

Vulkan und sein Gegenüber kämpfen gleichberechtigt. Es ist ein harter Kampf, und er hätte noch länger gedauert, wäre dem anderen nicht sein Mitkämpfer zur Hilfe gekommen.

Der hat in Sekundenschnelle Johannes gefesselt und eilt seinem Mitstreiter zu Hilfe. Zu zweit haben sie zwar auch ihre liebe Mühe mit Vulkan, aber letztendlich hat der keine Chance gegen die zwei sehr entschlossen und brutal kämpfenden Jungen.

Vulkan und Johannes liegen an den Händen gefesselt nebeneinander auf dem Boden des Raumes, eine ganz stattliche Anzahl von Kisten liegt mehr oder minder zerfetzt herum.

Eine Zeitlang lässt man sie alleine in dem Raum. Sie haben wahnsinnige Angst, dass man sie hier liegenlassen würde. Keiner weiß, wo sie sind, was sie gemacht haben, niemand würde sie finden. Dann hören sie Schritte. Sie kommen näher. Zu ihnen? Will man ihnen was antun? Die Tür wird geöffnet. Ein paar erwachsene Männer treten ein ohne ein Wort zu sagen, heben sie hoch und tragen sie ins Treppenhaus. Sie steigen mit ihnen die Treppen hoch bis in den dritten Stock, öffnen eine Tür und setzen die beiden auf zwei Stühle. Zwischen ihnen steht ein kleiner runder Tisch. Dann werden ihnen die Fesseln abgenommen. Die Männer verlassen den Raum und lassen Johannes und Vulkan alleine zurück.

12

Durch die Milchglasscheibe im oberen Drittel der Tür, durch die sie hineingetragen wurden, erkennen Johannes und Vulkan trotz ihrer Angst und ihrer Verwirrung und Benommenheit, dass sich vor der Türe immer mehr Menschen ansammeln, die versuchen, mal durch die Scheibe, mal durchs Schlüsselloch einen Blick auf die Einbrecher zu erhaschen. Was haben die mit ihnen vor? Warum dauert alles so lange? Wenn wenigstens jemand käme und sie heftig ausschimpfen würde! Ihre Gesichter sind dreckig von dem Kampf und dem Liegen auf dem Boden.

Keiner von beiden traut sich aufzustehen, obwohl sie durch keine Fesseln mehr daran gehindert sind. Regungslos beobachten sie das Schauspiel vor dem Zimmer durch die Glasscheibe.

Nach einer Weile erhebt sich Johannes, der von dem Sturz leichte Kopfschmerzen und eine Beule hat, und wartet ab, ob etwas passiert. Dass mit einem Mal einige dieser Menschen hereingestürmt kommen, um ihn wieder auf seinen Stuhl zu pressen. Nichts passiert. Er macht zwei Schritte von dem Stuhl weg, bleibt stehen. Es passiert wieder nichts. Er geht zwei weitere Schritte auf die Tür zu. Keine Veränderung. Er schwitzt. Weder weichen die Menschen da draußen, noch machen sie Anstalten, in den Raum zu treten. Johannes schaut sich in dem Zimmer um. Sein Blick trifft den von Vulkan, der stumm und mit angsterfüllten Augen Johannes' vorsichtige Erkundung des Raums verfolgt. Langsam geht Johannes zu dem einzigen Fenster in dem Raum. Vulkan steht auf und folgt seinem Freund. Immer noch stumm schauen beide aus dem Fenster. Eine kleine Hoffnung. Aber es sind mindestens zehn Meter bis zum Hof, und sie sehen keine Möglichkeit, irgendwo einen Halt zu finden, um hinabzuklettern. Trotzdem versuchen sie, das Fenster zu öffnen. Es ist verschlossen. Sie schauen sich an, den Tränen nahe. „War 'ne Scheißidee! Hier einzubrechen", sagt Vulkan leise. Johannes nickt. Was hat man mit ihnen vor? Warum quält man sie so? Sie gehen wieder zu ihren Stühlen.

13

Die Tür wird geöffnet. Johannes und Vulkan weichen einen Schritt zurück. Zwei Männer treten ein. Sie sind ungewöhnlich gekleidet: Der eine trägt eine weite Hose und eine Art Sandalen, der andere so etwas wie einen Rock. Ihre Oberkörper bekleiden Hemden, über die sie Westen tragen. Die beiden Männer kommen näher und bleiben vor dem Tisch stehen. Ein weiterer Mann tritt in den Raum. Er trägt mit beiden Händen ein Tablett, auf dem eine Kanne, Tassen und eine Schale stehen.

Mit ruhigen Handbewegungen stellt er die Tassen und die Schale auf den Tisch und füllt dann aus der Kanne eine Flüssigkeit in die Tassen. Sobald er diese Handlungen vollendet hat, macht er mit seiner Hand eine einladende Geste zu den beiden, sich zu setzen.

Johannes und Vulkan nehmen wieder Platz. Unablässig schauen sie die fremden Männer im Raum an. Der mit dem Tablett geht raus, für ihn kommt eine neue Person herein. Er ist gekleidet wie die anderen. Er stellt sich vor Vulkan und Johannes und blickt die Jungs eindringlich an. Die erwidern diese Blicke immer nur kurz, um gleich wieder zur Seite zu sehen. Was kommt jetzt?

Nachdem der Mann sie so eine Weile mit ernstem Gesicht beobachtet hat, spricht er sie an:

„Ihr seid wie Diebe in unser Haus eingebrochen. Was habt ihr hier gesucht?"

Johannes und Vulkan sind überrascht. Der Mann spricht perfekt Deutsch. Und seine Stimme, obwohl sie sehr tief und voll ist, klingt überhaupt nicht Angst einflößend. Im Gegenteil hat sie etwas, dass die beiden ein wenig beruhigt. Trotzdem ist ihre Angst noch so groß, dass weder Johannes noch Vulkan fähig sind, dem Mann zu antworten.

„Habt ihr etwas Bestimmtes gesucht?“

Er schaut sie wieder so eindringlich an und wartet eine Weile.

Als sie keinerlei Anzeichen erkennen lassen, auf seine Fragen zu antworten, ihn stattdessen weiterhin anstarren, ergreift er wieder das Wort:

„Ihr müsst verstehen, wir leben hier in ständiger Furcht, überfallen zu werden. Ihr seid nicht die ersten, die hier durch die Hintertüre hereinkommen. In letzter Zeit wurde zweimal versucht, ein Feuer zu legen.“

Vulkan und Johannes schauen sich entsetzt an. Ob der Mann etwas weiß? Ob alle hier wissen, dass sie vorgestern Abend schon einmal auf dem Gelände waren? Ihnen wird niemand glauben, dass sie nur aus Neugierde über den Wall geklettert sind und dass sie das Feuer gelöscht, aber nicht gelegt haben. Was ist die Strafe dafür?

Der Mann spricht weiter: „Hier sind nicht nur Männer. Es leben auch Frauen und Kinder hier. Wir möchten mit niemandem Krach. Aber man lässt uns nicht in Ruhe. Also, bitte, warum seid ihr wie Einbrecher zu uns gekommen?“

Er merkt, dass die beiden nicht antworten werden. Mit seiner rechten Hand berührt er seine Brust da, wo das Herz ist, schaut sie nacheinander mit strengem Blick an und geht aus dem Raum.

14

Eine ganze Weile tut sich nichts. Der Mann mit der tiefen Stimme hat Johannes und Vulkan ein klein wenig beruhigt, aber mit jeder Sekunde, die sie wieder alleine in dem Raum sitzen, steigt die Angst erneut in ihnen hoch. Dann nimmt Vulkan eine der beiden Tassen und probiert ganz vorsichtig einen Schluck von dem Getränk. Er lässt es eine Zeitlang im Mund, und nachdem er sich überzeugt hat, dass es genießbar ist, nimmt er einen weiteren, größeren Schluck. Die Wärme und die Süße des Getränks sind wohltuend. Johannes nimmt nun die andere Schale und trinkt auch.

Kann ihnen jemand, der warme, süße Getränke bereitstellt, böses wollen?

Da wird die Tür wieder geöffnet. Herein tritt ein Mann, den sie wegen der Kleidung eindeutig für einen Deutschen halten. Ist das ein gutes oder ein schlechtes Zeichen?

Der Mann reicht jedem von ihnen ein feuchtes Handtuch. Sie schauen den Mann fragend an. Was soll das?

„Wischt mal eure Gesichter damit ab, die sind ganz schwarz!“

Sie tun wie ihnen geheißen, unsicher zwar und langsam, dann geben sie dem Mann die Tücher zurück. Der tritt zur Seite, um sie an jemanden anderen weiterzureichen. In dem Moment wird noch jemand für Johannes und Vulkan sichtbar. Ein Mädchen ist mit dem Mann in den Raum eingetreten, das zunächst von ihm verdeckt gewesen war.

Das bisschen Entspannung ist dahin, sie sind beide starr vor Schreck. Das kann doch nicht wahr sein.

Das Mädchen sieht genau so aus wie Jenny.

Es steht vor ihnen und grinst sie frech an wie Jenny.

Der Mann spricht Johannes und Vulkan an.

„Mein Name ist Drusen, Klaus-Michael Drusen. Ich bin der Leiter dieses Heimes, in dem zurzeit Menschen leben, die dem Krieg und dem Nachkriegsterror dort entkommen sind. Die junge Dame hier an meiner Seite ist meine Tochter Jenny."

Die ergreift sogleich das Wort.

„Du brauchst mich nicht vorzustellen, Papa. Ich kenne die beiden."

Nun ist es an Herrn Drusen, überrascht zu schauen.

„Solche Jungs kennst du?", fragt er erstaunt.

Johannes ist wie vor den Kopf geschlagen. Er kann es einfach nicht glauben, auch nicht, als er ihre Stimme hört. Sie hört sich genauso an wie die von Jenny, die er kennt und die er hier überhaupt nicht sehen und nicht hören will. Aber es stimmt einfach alles: der Name, das Gesicht, die Stimme und das freche und überhebliche Grinsen. Was würde er dafür geben, nie auf die Idee gekommen zu sein, in dieses Haus einzubrechen. Er ist sogar nahe daran, seinen Onkel Arthur zu verfluchen. Hätte der ihm doch nicht den verflixten Laptop mitgebracht. Nein, besser: hätte der doch nur den Wagen verschlossen.

Dass er hier erwischt wird – als wenn das nicht schon schlimm genug wäre. Aber das ist nun der Gipfel: Jenny!

Der Auftritt von Jenny nimmt Johannes und Vulkan allerdings die Angst, dass man ihnen was antun könnte.

„Die sind in meiner Klasse. Das ist Vulkan. Vor dem fürchten sich die meisten. Und das ist sein Freund Johannes. Ich glaube manchmal, der hat Angst vor mir, so wie der mir immer aus dem Weg geht."

Herr Drusen kennt die Spottfreude seiner Tochter. Er lenkt das Gespräch wieder auf den Grund ihres Zusammenkommens.

„Warum seid ihr hier in das Haus eingedrungen? Die Menschen, die hier leben, sind vor den Folgen eines schlimmen Krieges geflohen. Ihr könnt froh sein, dass sie so friedlich sind. Sie hätten allen Grund gehabt, euch zumindest windelweich zu schlagen. Erst vorgestern hat jemand versucht, hier einen Brandsatz zu legen. Zwei Jungs, so alt wie ihr etwa, sind gesehen worden, als sie vom Gelände wegrannten."

„Es tut uns leid!“, sagt Vulkan kleinlaut. Johannes‘ Gesicht ist erstarrt.

„Wenn es dir leid tut, kannst du ja mal als erstes Zeichen dafür anfangen zu erzählen, was ihr hier zu suchen habt. Beziehungsweise gesucht habt?“

Vulkan beginnt, erst noch nach Worten suchend, dann immer flüssiger, die Geschichte zu erzählen. Die heutige Geschichte. Die von vorgestern erwähnt er nicht. Dann überwindet auch Johannes seinen Schrecken und beteiligt sich an den Ausführungen. Sie erzählen die Geschichte nicht sehr geordnet, so dass Herr Drusen einige Mühe hat, einen roten Faden zu entdecken. Er muss öfters nachfragen, neue Fakten in den richtigen Zusammenhang stellen. Oder gibt es einen Grund, dass er Onkel Arthur kennen müsste, und warum Johannes' Mutter gar nicht so froh ist, dass er so eine Art Vorbild für seinen Neffen ist? Und anderes mehr.

Am Ende hat Herr Drusen die Geschichte soweit verstanden. Was er aber nicht versteht, ist, warum sie sich so darauf versteift haben, dass die Gerüchte stimmen sollten, dass die Menschen hier ihren Laptop gestohlen hätten.

„Aber es hat sie doch jemand gesehen. Und ich habe mir so einen Laptop gewünscht. Ich habe nur so einen uralten PC, mit dem kann man gar nichts machen. Da muss ich mich doch drum kümmern, dass ich wiederbekomme, was mir gehört. Besonders, wenn es so wichtig ist. Absolut wichtig“, rechtfertigt Johannes fast ein wenig weinerlich ihr Tun.

„Aber deshalb darfst du doch nicht der erstbesten Verdächtigung glauben.“

„Warum sollte jemand denn so etwas erfinden? Und sogar die Polizei anrufen? Das ist doch kein Spaß!“

Im Innersten fühlt Johannes, dass seine Argumentation auf sehr wackligen Füssen steht. So viel hat er trotz seiner jungen Jahre schon verstanden, dass die Menschen nicht unbedingt ohne Eigennutz handeln und sich ausschließlich der Wahrheit verpflichtet fühlen.

„Weil die Menschen, die solche Lügen in die Welt setzen, ein verdammtes Interesse daran haben, dass andere Menschen glauben, dass diese Menschen hier den Laptop geklaut haben. Und einige andere Sachen noch dazu. Weil sie diese Menschen, die hier in diesem Haus leben, dann schlecht machen können, weil sie dann den anderen Menschen, die in der Nähe wohnen, sagen können, dass diese Menschen weg müssen." Herr Drusen spricht sehr nachdrücklich.

„Und dafür klaut jemand meinen Laptop?"

„Die Gelegenheit war offensichtlich günstig, und es ließen sich zwei Fliegen mit einer Klappe schlagen: Sie hatten einen Laptop, und sie konnten den Menschen, die sie nicht leiden können und die sie loswerden wollen, eins auswischen. Das ist ja nicht der erste Vorfall dieser Art. Es sind immer solche kleinen Diebstähle, die man den Menschen hier in die Schuhe schieben will und die dann für Unruhe bei den Bewohnern der Umgebung sorgen."

Jenny mischt sich nun ein.

„Wenn du gestern vor deinem Haus nicht so verbohrt gewesen wärst, wären wir vielleicht schon ein Stück weiter. Aber du hast ja nicht auf mich gehört."

Herr Drusen macht eine beschwichtigende Geste zu seiner Tochter.

Johannes schaut sie mit ziemlich saurer Miene an und macht eine kurze Pause, in der er sich überlegt, ob er überhaupt antworten soll.

„Was willst du denn damit sagen?", fragt er sie endlich in einem ziemlich barschen Tonfall.

„Wenn du nicht weggerannt wärst, hätte ich dir ein paar wichtige Informationen mitteilen können. Aber du hast dich nicht mal umgedreht. – Oder war's nicht so?"

Einen kurzen Moment schweigen die beiden.

„Und was hast du gesagt?" Johannes' Tonfall hat nichts von seiner Barschheit verloren.

„Wie heißt denn das Zauberwort? – Wer hat dir denn Manieren beigebracht?"

Jenny sagt das in einem kühlen und sehr überlegten Ton. Sie weiß, dass sie damit Johannes am besten auf die Palme bringen kann. Was heute wirklich nicht schwer ist.

Herr Drusen schreitet mäßigend ein. „Nun macht mal langsam. Alle beide. Du, Johannes, willst deinen Laptop, und du, Jenny, willst unserem speziellen Freund endlich an den Kragen. Vielleicht lässt sich das ja unter einen Hut bringen. Zumindest, wenn deine These stimmt. Das wäre immerhin möglich, nachdem was du gesehen hast."

Er schaut seine Tochter an, die während seiner Rede zum Fenster gegangen ist und nun mit dem Rücken gegen das Fensterbrett gelehnt in den Raum schaut.

„Okay", unterbricht sie die entstandene Stille endlich, „okay. Ich war ja gestern auf dem Spielplatz gegenüber dem Haus, in dem du wohnst. Ich habe da auf meine Freundin Angela gewartet, die sich natürlich mal wieder verspätet hat. Also saß ich da so. Ich habe zwar nicht gesehen, wie jemand was aus dem Auto geklaut hat. Das war von Büschen und einem Baum verdeckt. Aber wen ich nicht in der Nähe gesehen habe, war einer der Afghanen hier aus dem Heim. Die kenne ich nämlich alle gut. Und auch sonst habe ich keinen Ausländer gesehen. Wen ich aber in der Nähe gesehen habe, war einer der Leute von Herrn Klaudius. Und der ist unser ganz spezieller Freund."

Nun hat sich Jenny in Erregung geredet. Johannes wagt nicht, sie zu unterbrechen. Es ist Vulkan, der das Wort ergreift: „Und wer ist dieser Herr Klaudius?"

„Dieser Herr Klaudius ist ein ziemlich übler Typ", fällt ihm Jenny sofort ins Wort.

„Langsam, langsam", beschwichtigt Herr Drusen. „Die beiden können ja nicht wissen, wer Herr Klaudius ist. Erkläre es ihnen doch bitte ganz ruhig, und dann sehen wir weiter."

Jenny macht eine Pause.

„Papa, erzähl du es ihnen. Ich rege mich nur auf!"

Also beginnt Herr Drusen zu erzählen. Dabei geht er im Raum umher.

„Dieser Klaudius ist der Vorsitzende einer Bürgerinitiative, die die Schließung dieses Heims und damit die Abschiebung der Menschen hier fordert. Er macht ziemlich miese Stimmung gegen uns, erzählt Lügengeschichten, und wir vermuten, dass er auch irgendetwas mit den Anschlägen zu tun hat. Aber nachweisen lässt sich ihm natürlich nichts. Dazu ist er zu clever. Da hat er seine Handlanger. Vielleicht hat er jetzt seine Taktik geändert, weil er merkt, dass er mit der Methode keinen richtigen Erfolg hat. Denn nach dem dritten Anschlag gab es auch eine Menge Sympathiebekundungen für die Menschen hier. Wenigstens für eine kurze Zeit. Und ich halte es zumindest für möglich, dass er jetzt versucht, den Afghanen Diebstähle und Einbrüche in die Schuhe zu schieben, um so wieder die Stimmung hochzukochen. Dazu gehört sicher auch die gestrige Razzia. Die Gott sei Dank erfolglos war – für Herrn Klaudius. Wir haben den Verdacht, dass er sich das Gelände, auf dem das Flüchtlingsheim steht, unter den Nagel reißen will, um hier teure Wohnungen zu bauen. Beweisen können wir ihm das aber nicht."

Nachdem Herr Drusen mit seinen Ausführungen geendet hat, herrscht eine zeitlang Stille in dem Raum.

Der afghanische Mann, der so gut Deutsch spricht, gibt einem anderen ein Zeichen. Dieser stand mit einigen anderen Afghanen, die alle konzentriert den Disput verfolgt haben, mit in dem Raum. Dieser Mann geht auf Johannes zu, der im ersten Moment erschreckt, und gibt ihm seine Kamera.

„Danke", sagt der verhalten.

Dann tritt der Mann wieder zu den anderen und der, der ihm den Wink gegeben hat, tritt vor die beiden Jungs.

„Ich bin Herr Ramini. Vielleicht sprecht ihr ja jetzt mit mir, wo sich die Angelegenheit zumindest ein wenig aufgeklärt hat. Im Namen der hier lebenden Menschen möchte ich euch morgen zum Essen einladen. Am Mittag. Wir würden uns freuen, wenn ihr die Einladung annehmen würdet. Ihr könntet uns von eurem Leben erzählen, und wir erzählen euch von unserer Heimat."

Unsicher schauen sich Johannes und Vulkan an, dann nickt Vulkan und sagt: „Danke, gerne, ich komme gerne." Er blickt zu Johannes. „Und du, kannst du?"

Johannes überlegt kurz. „Ja, ich komme auch. Das schaffe ich." Er lächelt.

Vulkan und Johannes skaten über den Ring nach Hause.

„So 'nen Schiss habe ich noch nie in meinem Leben gehabt", gesteht Johannes.

„Ich auch nicht. Aber wir haben wahnsinnig Schwein gehabt", sagt Vulkan. „Stell dir vor, da wäre nicht der Herr Drusen gewesen, was alles hätte passieren können!"

„Der Horror ist allerdings, dass diese Jenny das mitbekommen hat. Was würde ich dafür geben, dass die das nicht weiß. Die wird mir das doch jetzt bei jeder Gelegenheit unter die Nase reiben."

„Hör doch mal auf mit dem Jenny-Getue. Sie hat doch verhindert, dass Schlimmeres passiert. Ich bin jedenfalls froh, dass es so gut ausgegangen ist. Stell dir vor, die hätten der Schule was gesagt."

„Ist ja gut", beschwichtigt Johannes, „ich bin ja auch froh, dass nichts passiert ist."

15

Zu Hause gibt es für Johannes den erwarteten Ärger, weil er länger als verabredet fortgeblieben ist. Er murmelt ein „Entschuldigung“ und verschwindet in sein Zimmer.

Kurz bevor er ins Bett geht, teilt er seinen Eltern mit, dass er morgen, am Freitag, nicht über Mittag da sei.

Entgegen seiner Erwartung gibt es keinerlei Probleme.

FREITAG

16

Gegen ein Uhr am Mittag treffen Johannes und Vulkan am Heim ein. Vor dem Tor bremsen sie ihre Skateboards scharf ab und nehmen sie unter den Arm.

Dort erwartet sie schon Herr Ramini. Dass er so gut Deutsch spricht, macht ihn für sie irgendwie zu einem Menschen von einem anderen Stern. Wenn sie nur jemals so gut Englisch könnten oder gar Französisch, das sie schon im dritten Jahr lernen. Er begrüßt sie sehr freundlich und bittet sie, ihm zu folgen. Er führt sie in das Gebäude, in dem sie gestern schon waren. Sie gehen die Treppen in den zweiten Stock hinauf. Am Ende eines langen Ganges treten sie durch eine Doppeltür in einen Saal ein, in dem ein langer, gedeckter Tisch steht. Auf bunten Tüchern stehen eine Vielzahl von Tellern, Gläsern, Tassen und Schalen.

Johannes spricht Herrn Ramini an: „Darf ich mit meiner Kamera ein Bild von dem Raum machen?"

„Ja, bitte", sagt Herr Ramini.

Johannes nimmt die Kamera aus dem Rucksack, schaltet sie ein und schwenkt über den ganzen Raum. Er nimmt auch Herrn Ramini auf, der einen Willkommensgruß in die Kamera spricht, erst auf Deutsch, dann auf afghanisch.

Herr Ramini fordert Johannes und Vulkan auf, sich auf die Stühle am Ende der Tafel zu setzen. Er selbst geht, nachdem die beiden Platz genommen haben, zur Tür, nimmt eine dort auf einer Ablage liegende Klingel in die Hand, läutet zweimal und setzt sich dann an den Kopf des Tisches zwischen Johannes und Vulkan. In den nächsten zwei Minuten füllt sich der Raum mit einigen Menschen, die nach und nach an dem Tisch Platz nehmen. Es sind nur Männer. Die beiden Jungs, mit denen sie gestern gekämpft haben, stehen nahe der Tür.

Johannes hat das Eintreten der Männer gefilmt. Danach schaltet er die Kamera aus und steckt sie in seinen Rucksack. Schließlich treten auch einige Frauen, Herr Drusen und Jenny in den Raum und setzen sich.

Herr Ramini klärt Johannes und Vulkan auf: „Entschuldigt bitte, dass es hier so eng ist. Leider müssen wir mit diesem recht kleinen Raum vorliebnehmen. Eigentlich ist unser Essensraum unten im Erdgeschoss. Der ist viel größer und bietet mehr Platz. Aber nach den ersten Anschlägen haben wir ihn nach hier oben verlegt. Hier kann man nicht hereinblicken, und wir sind geschützter. Wenn sich die Lage wieder beruhigt hat, was wir alle hoffen, werden wir den unteren Raum renovieren und dann auch wieder nutzen können."

Zuerst wird ihnen eine Suppe aufgetragen. Die zwei Jungs, mit denen Johannes und Vulkan im Keller gekämpft haben und die ein wenig älter als sie sind, bringen das dampfende Essen in großen Terrinen in den Raum und schenken sie mit Schöpflöffeln in die tiefen Teller. Die Suppe hat eine sehr dunkle Färbung, und es schwimmen Brocken darin, die nicht näher zu bestimmen sind für die Gäste. Etwas lustlos fahren Johannes und Vulkan mit ihren Löffeln in der Suppe umher. Die anderen am Tisch schauen sie unverhohlen an.

Nach kurzer Zeit erlöst Herr Ramini sie von ihrem Leiden.

„Es ist Fleisch vom Lamm, das in der Suppe schwimmt. Es ist sehr zart und sehr lecker. Wenn ihr es nicht mögt, lasst es liegen. Es wird euch niemand gram sein."

„Danke!", sagen sie kleinlaut und suchen jeder ein besonders kleines Stück in ihrer Suppe. Alle am Tisch können beobachten, wie sich die Mienen der beiden nach den ersten Kaubewegungen aufhellen. Sie essen sehr beherzt weiter.

Nachdem alle ihre Teller geleert haben und Herr Ramini ein entsprechendes Zeichen gegeben hat, werden die benutzten Teller vom Tisch genommen und neue hingestellt. Nun wird ihnen eine weitere Mahlzeit aufgetragen. Sie ähnelt einem Eintopf. Bevor sie jedoch anfangen können zu essen, ergreift Herr Ramini das Wort und erklärt ihnen die Speise.

„Dieses Essen heißt bei uns Schorba. Es besteht aus Fleisch, Kartoffeln, Tomaten, Zwiebeln und Gemüse. Zuerst wird in einem Topf Wasser gekocht. Dann wird das Fleisch hineingelegt. Die Kartoffeln, Tomaten und das Gemüse werden in Stücke geschnitten und alles in die Fleischbrühe gegeben. Das Ganze muss etwa eine Stunde kochen, dann ist es fertig. Ich hoffe, es schmeckt euch. Guten Appetit!"

Das Essen riecht nicht nur lecker; wie an dem Appetit der beiden deutlich zu erkennen ist, schmeckt es ihnen auch vorzüglich.

Während der Mahlzeit wird kein Wort gesprochen. Hin und wieder sind die Schlürfgeräusche des Tees zu vernehmen, der aus kleinen Gläsern getrunken wird. Die beiden jungen Kellner laufen ständig mit einem großen, metallenen Teetopf umher und füllen leere Gläser.

Zum Nachtisch gibt es etwas Süßes. Auch der schmeckt Johannes und Vulkan außerordentlich gut.

Nachdem die Teller für den Nachtisch abgeräumt sind, bringen die beiden afghanischen Jungs Zigaretten zu den Männern am Tisch und zünden sie ihnen an.

Nach den ersten Zügen richtet Herr Drusen das Wort an Herrn Ramini: „Vielen Dank, Herr Ramini, für diese Einladung. Ich hoffe, unseren jungen Freunden hat es auch so gut geschmeckt wie mir und ...", er schaut kurz zu seiner Tochter, „... wie dir, Jenny?"

Jenny nickt und sagt ein kurzes „Ja". Johannes und Vulkan beeilen sich, dies ebenfalls zu bestätigen.

„Wisst ihr", spricht Herr Ramini die beiden an, „wir sind hier sehr privilegiert. Wir haben ein Dach über dem Kopf, wir haben genügend zu essen, wir haben in Herrn Drusen und seiner Tochter Jenny wahrhaftige Freunde gefunden, und die meisten von uns haben ihre Kinder bei sich. Dies sind die wichtigsten Dinge im Leben eines afghanischen Mannes. Uns geht es so viel besser als den allermeisten Menschen in unserer Heimat. Manches ist nach dem Krieg zwar besser geworden, aber es gibt immer Menschen, die sich im Krieg wohlfühlen und für die Krieg oder Bürgerkrieg ein Gewinn ist. Und wir fürchten, dass es bald wieder so wie vor dem Krieg sein könnte. Täglich gibt es mehr Überfälle, Anschläge, alle möglichen Gruppierungen wollen ihre Macht ausbauen. Diese Menschen hier hat es besonders hart getroffen, weil sie sich auch geweigert haben, Drogen anzubauen. Dabei ist im Moment viel mehr Geld zu verdienen als mit dem Anbau von Lebensmitteln. Aber mit den Drogen wird der Krieg finanziert. Trotzdem ist es ein großer Schmerz für uns, hier zu sein und nicht dort, in unserer Heimat. Das hat nichts mit Undankbarkeit zu tun. Wir wissen, dass es einige Menschen hier gibt, die uns nicht gerne in Deutschland sehen und die uns am liebsten sofort loswerden würden. Dennoch glauben wir, dass dies nur ein kleiner Teil der Bevölkerung ist. Darum ist dies auch nicht der Grund, warum wir lieber heute als morgen zurückwollen. Wir wollen zurück, weil wir den Geruch unserer Berge, unseres Windes, unserer Seen, unseres Schnees brauchen. Wir brauchen unsere Sprache. Und unser Land braucht uns, damit wir mit den Erfahrungen, die wir hier bei euch gemacht haben und mit unseren Freunden, die wir hier gewonnen haben, unserem Land eine Zukunft geben können. Könnt ihr euch vorstellen, dass es Dörfer und Städte gibt, in denen es schwer ist, ein Kind zu treffen, das noch beide Arme und beide Beine hat. Eine Stadt oder ein Dorf, in der eine Familie lebt, die nicht einen oder mehrere ihrer Angehörigen verloren hat. Die Felder können nicht bestellt werden, weil sie voller Minen sind. Du musst dich entscheiden: entweder du baust Getreide an, um deine Familie zu ernähren, und verlierst möglicherweise Arme, Beine, gar dein Leben, oder du lässt es sein, um nicht ein Opfer der überall herumliegenden Minen zu werden, dann aber kannst du deiner Familie nichts zu Essen geben. Und wenn man ein gutes Stück Land hat, wird man oft gezwungen, Mohn anzubauen, weil das einfach mehr Geld einbringt." Herr Ramini macht eine kurze Pause, bevor er weiterspricht. „Es ist ein schönes und ein reiches Land, unser Afghanistan, für uns das schönste Land der Welt. Aber all die Kriege haben die Menschen dort verroht und entwurzelt, haben sie ihre Traditionen vergessen lassen. Für Menschen, die im Krieg groß geworden sind und die nichts anderes als Krieg, Zerstörung, Plünderung, Morden kennengelernt haben, besteht das Leben nur aus Krieg, Zerstörung, Plünderung und Morden."

Herr Ramini macht eine Pause. Es bleibt unklar, ob er Johannes und Vulkan die Möglichkeit zum Nachfragen geben will oder ihnen nur die Zeit gewährt, damit das Gehörte sich setzen kann.

Gebannt haben Vulkan und Johannes den Ausführungen zugehört. Sie schweigen.

„Viele dieser Männer, die hier leben, sind vor den Angriffen und Überfällen mit ihren Familien aus unserer afghanischen Heimat in die Lager an der pakistanischen Grenze geflohen. Aber auch da hat man sie nicht in Ruhe gelassen. Die beiden Jungs, die uns das Essen gebracht haben, und deren Bekanntschaft ihr ja schon im Keller gemacht habt, sind zwei von den Wenigen, die zumindest äußerlich keine Wunden davongetragen haben. Ihr könnt von Glück sagen, dass sie bei dem Kampf so glimpflich mit euch umgegangen sind. Sie sind es aus ihrer Heimat gewohnt, dass überleben kämpfen heißt, und kämpfen töten."

Johannes und Vulkan schauen sich an.

„Aber wir wollten doch nichts böses oder jemandem weh tun!", beteuert Vulkan mit betroffener Stimme.

„Das wissen sie aber nicht. Wenn du dein ganzes Leben immer kämpfen musstest, nie Frieden kennengelernt hast, sondern nur das Explodieren von Minen, das Heulen der herabstürzenden Bomben, die Schüsse der Maschinengewehre und immer wieder die zerfetzten Körper von Freunden oder Familienangehörigen, dann ist jeder, den du nicht kennst, jeder, der sich dir nicht in ganz eindeutiger freundschaftlicher Absicht nähert, ein Feind. Das sind die Gesetze, die der Krieg uns diktiert hat. Es sind schlimme Gesetze, weil sie gegen die Natur des Menschen gehen."

„Was machen denn die Kinder in Afghanistan, was spielen sie?", fragt Johannes.

Jenny wirft ihm einen vorwurfsvollen Blick zu. Herr Drusen greift die Hand seiner Tochter und schaut sie streng an. Sie beißt sich auf die Lippen und sagt nichts.

„Was sie spielen? Krieg spielen unsere Kinder! Was spielt ihr? Ihr findet eure Fußballstars toll und wollt selber welche werden. Also spielt ihr Fußball, gebt euch die Namen der großen Spieler und imitiert deren Spielweise. Ihr findet einen Gitarristen toll. Also wollt ihr auch Gitarre spielen, besorgt euch einen Stock und macht das Gitarrenspiel und das Spiel eures Vorbildes nach. Und so ist es mit unseren Kindern. Ihre Väter kämpfen jeden Tag mit dem Gewehr in der Hand. Also wollen sie auch kämpfen. Und sie wollen auch ein Gewehr. Und wie ihr dann einen Stock nehmt und ihn wie eine Gitarre haltet, so nehmen sie einen Stock und halten ihn wie ein Gewehr. Der Krieg braucht Helden, und die Kinder wollen Helden sein. Also imitieren sie erst die Helden und wollen später wirklich welche werden. Für unsere Kinder ist Krieg und Krieg-Spielen ein und dasselbe. Viele Jungs können nicht lesen und schreiben, bei den Mädchen sogar die allerwenigsten. Aber mit dem Gewehr, mit dem Messer lernen sie ganz früh umzugehen. Das ist ihre Schule!"

„Aber das geht doch nicht. Es muss doch Schulen geben für die Kinder, in denen sie lernen?"

„Es gibt Schulen. Aber nicht genügend. Und es fehlen Lehrer. Und die Lehrer, die es gibt, sind oftmals ungenügend ausgebildet. Und während der Herrschaft der Taliban war es den Mädchen strikt verboten, in die Schule zu gehen. Und den Frauen, die vorher als Lehrerinnen gearbeitet haben, war es verboten, zu unterrichten. Wir haben gedacht, dass das nach dem Krieg besser wird, aber es hat sich nicht so viel verändert. Vielleicht kurzzeitig, als ein wenig Hoffnung da war, aber jetzt ...". Herr Ramini sieht die beiden Jungs mit traurigen Augen an.

„Und können es nicht die Eltern den Kindern beibringen?"

„Wie denn? Viele können selbst weder schreiben noch lesen. Und die, die es können, müssen ihre Zeit für andere Dinge nutzen. Die Männer müssen kämpfen, die Frauen sorgen fürs Essen. Und die Kinder fangen schon ganz früh an zu arbeiten: in fremden Haushalten, als Schuhputzer, oder sie wurden von den Taliban in Koranschulen geschickt."

„Sind die Eltern denn da nicht traurig, wenn die Kinder weg müssen?"

„Sicherlich sind sie traurig. Auf der einen Seite. Auf der anderen Seite wissen sie aber, dass ihre Kinder in der Koranschule genug zum Essen haben, dass sie da etwas zum Anziehen bekommen und dass sie, wenn sie Glück haben, auch Schreiben und Lesen lernen. Auch hier bei euch in Europa gab es eine Zeit, in der Eltern ihre Kinder aus genau den gleichen Gründen ins Kloster gaben: Da hatten sie zu essen, etwas zum Anziehen und erhielten eine Ausbildung."

„Und was machen die Kinder dann? Bleiben sie ihr ganzes Leben im Kloster?" Vulkan ist interessiert an dem, was Herr Ramini erzählt.

„Nein, die meisten nicht. Es sind auch keine Klöster wie im Christentum. Es sind eher Schulen, in denen viele der Kinder auch schlafen. Andere wieder gehen abends nach Hause und schlafen dort. Manche werden Gotteskrieger. Andere werden Mullahs. Es ist sehr unterschiedlich, aber es eint viele danach ein sehr fanatischer Glaube, den der Islam so gar nicht kennt."

„Was machen Sie, wenn Sie zurückgehen?", fragt Johannes Herrn Ramini. „Es ist doch alles kaputt in Ihrem Land."

„Es gibt viel zu tun, weil so vieles kaputt ist. Und ich glaube, gerade die Menschen, die ein anderes Leben wie wir hier in Deutschland kennengelernt haben, auch wenn es nicht immer erfreulich ist, werden besonders gebraucht. Denn wir bringen auch eine Vorstellung von einem anderen Leben mit. Wir haben eine Gesellschaft in Frieden kennengelernt. Ein ganz seltenes Gut in unserem Land. Weißt du, und deshalb sind die Vorwürfe, wir würden hier in dem Land, das uns aufgenommen hat und uns Gastrecht gewährt, stehlen, so absurd. Wenn diese Menschen, die uns das vorwerfen und unterstellen, einmal bei uns gewesen wären, wüssten sie, dass der Missbrauch des Gastrechtes eines der schlimmsten Verbrechen in unserer Gesellschaft ist. Aber das ist ein ganz großen Fehler, der immer wieder gemacht wird: dass sich mit den Menschen aus anderen Ländern, mit ihren Sitten und Gewohnheiten nicht auseinandergesetzt wird, dass man nicht versucht, sie aus ihrem Lebenskontext heraus zu verstehen. Dann würde sehr vieles einfacher sein."

„Wir müssen etwas gegen diesen Betrüger und Lügner von Klaudius machen. Der ist doch Schuld, der hetzt die Leute doch auf!" Jenny hat nicht mehr an sich halten können.

Herr Ramini blickt nachsichtig zu dem Mädchen hin. Er weiß, dass sie es gut meint. Herr Drusen weist sie mit einem Blick auf ihre Unhöflichkeit Herrn Ramini gegenüber hin. Jenny schaut ihn entschuldigend an.

Unbeirrt spricht Herr Ramini weiter, als sei er nicht unterbrochen worden:

„Aber in manchen Punkten sind sich die Menschen doch gleich: Sie lassen sich zu gerne zu willfährigen Werkzeugen ihrer Herrschenden und Politiker machen – das ist hier in Deutschland so wie in Afghanistan. Würden die Politiker den Hass gegen die Fremden nicht zulassen bzw. nicht sogar schüren, gäbe es zwischen den Menschen viel weniger Probleme. Aber wie so oft auf dieser Erde geht es ihnen nicht um die Menschen in ihrem Land, die sie vertreten, sondern es geht ihnen um ihre Interessen und um die Interessen ihrer Freunde in Wirtschaft und Militär." Herr Ramini macht eine kurze Pause. „Nun aber mal Schluss. Das geht alles zu weit, und wir sind hier nicht zusammengekommen, um zu hetzen und andere Menschen anzuklagen, sondern um uns kennenzulernen und voneinander zu lernen und zu verstehen. Erzählt ihr von eurem Leben in Deutschland, von euren Eltern, von eurer Schule, euren Freunden. Wir sind sehr gespannt, und wenn ihr nichts dagegen habt, rufen wir die anderen Kinder dazu. Sie können sich auf die Kissen an der Wand setzen und ich werde ihnen übersetzen, was ihr uns erzählt. Wenn ihr noch so viel Zeit habt?"

Johannes und Vulkan nicken eifrig mit ihren Köpfen.

Die Kinder kommen langsam und vorsichtig herein, und nachdem Herr Ramini ihnen ein Zeichen gegeben hat, setzen sie sich auf die Kissen, die auf dem Boden an der Wand liegen, und hören dem weiteren Gespräch aufmerksam und ruhig zu.

Zu Beginn redet Johannes meist, doch dann ist es Vulkan, der erzählt: von ihren Eltern und ihren Großeltern, von ihren Wünschen, ihrem Ärger, wie sie sich kennengelernt haben, den Streitereien, die sie schon hatten, von ihren Computern und auch dem Film in der Schule erzählen sie.

Johannes hat im Verlauf von Vulkans Erzählung einen immer ernsteren Gesichtsausdruck bekommen, was die anderen, da sie sehr gespannt zuhören, nicht bemerkt haben. Eine kurze Redepause von Vulkan nutzt Johannes:

„Wir waren schon mal hier, am Dienstagabend, als die Decke neben dem Haus brannte."

Vulkan ist überrascht über Johannes' plötzliches und unvermitteltes Geständnis, auch Herr Drusen schaut ihn entsetzt an:

„Ihr wart das am Dienstag? Johannes, was sagst du da?"

„Nein, nein, wir waren das nicht mit dem Brand", beeilt sich Johannes zu sagen. „Wir sind mit unseren Skateboards hier vorbeigekommen und haben einen Mann aus dem Gebüsch laufen gesehen. Der ist dann in ein Auto gesprungen und schnell weggefahren."

Jenny ist ganz erregt: „Was für ein Auto? Habt ihr euch das Kennzeichen gemerkt?"

Beide schütteln den Kopf. „Es ging so schnell", fährt Johannes fort, „und dann wollten wir ein bisschen Detektiv spielen und sind in das Gebüsch gegangen, weil wir nachschauen wollten, was der Mann dort gemacht hat. Wir sind über die Mauer geklettert, und dann haben wir die brennende Decke neben der Flasche und den anderen Sachen gesehen."

Herr Drusen hakt ein: „Und ihr habt die Flasche dann genommen und weggeworfen?"

„Nicht die Flasche. Die Decke. Vulkan war es. Er ist hingerannt und hat ...", stottert Johannes, „hat sie mitten auf den Platz geworfen, wo nichts anbrennen konnte."

Herr Ramini steht auf und stellt sich neben Johannes und Vulkan.

„Ihr seid also doch unsere Retter?! Die Jungs, die euch verfolgt haben, haben nämlich sehr unterschiedliche Aussagen über euer Verhalten gemacht. Ich jedenfalls danke euch vielmals für euren Mut."

„Warum habt ihr das nicht früher gesagt oder seid zur Polizei gegangen?", fragt Herr Drusen sehr ruhig.

„Weil wir Schiss hatten, dass man uns nicht glaubt."

„Und von dem Auto wisst ihr gar nichts mehr?", will Jenny nochmals wissen. „Die Marke, die Farbe? War es vielleicht ein dunkler BMW?"

Herr Drusen unterbricht seine Tochter: „Lass die beiden doch bitte in Ruhe nochmals darüber nachdenken, und dann gehen wir zur Polizei, um eine Aussage zu machen. Auch wenn ich nicht glaube, dass uns das viel hilft. Ich würde vorschlagen, wenn Herr Ramini damit einverstanden ist, dass wir für heute mal Schluss machen. Wir haben nachher ein Gespräch mit einem Vertreter des Stadtrates und müssen uns noch beraten. Aber ich glaube, wenn ihr Lust habt, seid ihr recht herzlich eingeladen, demnächst wieder zum Essen vorbeizukommen und die Unterhaltung fortzuführen."

Herr Ramini pflichtet Herr Drusen bei: „Es hat mich sehr gefreut, euch kennengelernt zu haben, und ich würde mich sehr freuen, euch bei uns bald wiederzusehen."

Herr Ramini verbeugt sich kurz vor den beiden und führt seine rechte Hand an sein Herz. Die anderen, die mit am Tisch saßen, verabschieden sich und gehen mit Herrn Ramini aus dem Saal.

„Ich hoffe, es hat euch wirklich gefallen und wir sehen euch hier in nächster Zeit wieder. Bis bald! Jenny bringt euch nach draußen." Auch Herr Drusen verlässt den Raum.

Johannes und Vulkan stehen mit Jenny allein in dem Saal.

Nach ein paar Sekunden ergreift Jenny die Initiative: „Na, seid ihr zu Salzsäulen erstarrt? Los, bewegt euch. Ich gehe mit euch in die Neustadt, ich habe zu Hause etwas liegen lassen."

„Was bedeutet eigentlich die Hand, die Herr Ramini ans Herz gelegt hat?", will Vulkan wissen.

„Wahrscheinlich ein Gruß", wirft Johannes schnell ein.

„Das stimmt im Prinzip", sagt Jenny, „aber ein klein wenig bedeutungsvoller ist es schon. Also ..."

Johannes wirft Jenny einen strengen und nicht gerade freundlichen Blick zu.

„Das war ganz schön eindrucksvoll", sagt Johannes. Ganz bewusst schaut er dabei nur Vulkan an.

„Ja", erwidert an dessen Stelle Jenny, „aber ihr müsst trotzdem immer kritisch bleiben. Auch Herr Ramini neigt dazu, manche Dinge hier allzu rosarot zu beschreiben."

„Was soll das denn bedeuten?", blafft ein überraschter Johannes zurück.

„Ich meine nur", entgegnet Jenny und ist wieder ganz bewusst hochnässig, „dass man nie seinen eigenen Kopf ausschalten soll."

Johannes dreht sich zur Seite. „Blöde Kuh!", zischt er, aber so leise, dass ihn weder Jenny noch Vulkan verstehen können.

„Lass uns gehen!", schlägt Vulkan vor.

Die drei verlassen den Saal und gehen nach unten über den Hof durch das Tor auf die Straße.

17

Draußen hat es zu nieseln begonnen. Sie schließen ihre Jacken, die Jungs halten sich die Skateboards über den Kopf. Jenny scheint die Feuchtigkeit nicht zu stören. Als Vulkan gewahr wird, dass ihr Kopf unbedeckt ist, bietet er ihr sein Skateboard an. Sie lehnt ab, lächelt ihn dabei aber freundlich an.

Die ersten Meter gehen sie schweigend nebeneinander her.

Dann bricht es aus Vulkan heraus: „Wir müssen doch was gegen diesen Kerl unternehmen. Es kann doch nicht sein, dass der ungestraft Lügen verbreiten darf. Und Unschuldige anklagt!"

„Es ist sehr schwer, ihm was nachzuweisen. Er ist nicht dumm. Mein Vater hat schon einiges versucht. Aber es war nichts zu machen. Er ist ziemlich frustriert", erwidert Jenny.

„Das sieht man ihm aber gar nicht an, er wirkt doch sehr überlegt und kämpferisch."

„Das sieht nur so aus, weil er sich seinen Frust nicht eingestehen will. Auch nicht den Menschen gegenüber, für die er sich verantwortlich fühlt. Er glaubt, wenn er sich schwach zeigt, würden sie jeden Glauben an die Zukunft verlieren. Aber ich weiß, dass der zehnmal stärker ist als der von uns und meinem Vater zusammen."

„Warum macht man bei diesem Klaudius keine Razzia, vielleicht findet man da Sachen, die ihn belasten?", fragt Johannes.

„Mein Vater will nur legale Sachen. Und wenn wir der Polizei sagen, wir glauben, dass er etwas damit zu tun hat, dann lachen die uns aus. Ist ja irgendwie richtig. Wäre auch gefährlich, wenn jeder sagen könnte, ich glaube, der oder die hat das oder jenes getan, und gleich kommt die Polizei, oder? Ich habe von meinem Vater einen Riesenanschiss bekommen, als ich mal nachts losgezogen bin, um die Hetzplakate von dem Klaudius abzureißen. Da ist

Papa richtig ausgerastet. ‚Was wohl passieren würde, wenn herauskäme, dass die Tochter von dem Heimleiter die Plakate abreißt?‘ Ihn würden sie verantwortlich dafür machen, behaupten, er hätte seine Tochter angestiftet.“

„Zeig doch mal so ein Plakat. Ich will es mir mal gerne ansehen.“

„Wartet, vorne am Bismarckplatz stehen bestimmt welche. Klaudius hat besonders viele an den Haltestellen aufstellen lassen.“

Nach wenigen Minuten sind sie am Bismarckplatz und bleiben vor einem der Plakate stehen. Ein Mann mit grauen Haaren schaut sie mit strengem Blick an. Den Zeigefinger seiner rechten Hand hat er energisch nach oben gereckt, wie zur Ermahnung, während sein linker Arm eine weite, offene und einladende Geste macht. Über ein zweites Plakat, das nur wenige Meter entfernt angebracht ist, hat jemand mit einem dicken Filzstift in steiler Schrift „Sauber macht dumm und sympathisch“ geschrieben.

„Sieh an!“, entrüstet sich Jenny, „das ist ganz neu, jetzt ist er allein auf den Plakaten. Das war vorher nicht.“

Eine Zeitlang schauen sie zusammen wortlos auf das Plakat, dann spricht Johannes: „An den kann ich mich nicht erinnern. Den habe ich nicht gesehen vor unserem Haus.“

„Aber ich hab’ den gesehen. Bei der Razzia. Der hat Blätter verteilt und viel mit den Leuten geredet. Aber nicht so rumgeschrien wie die anderen Leute“, erwidert Vulkan, ohne seinen Blick von dem Plakat zu nehmen.

„Das ist typisch für den Klaudius. Der macht sich seine Finger nicht schmutzig.“

Vulkan liest laut vor, was unter dem Bild steht: „Das Ausländerheim im Rheingauwall – Fluch oder Segen? Kommen Sie zur Bürgerversammlung am Freitag, dem 21. Juni. Es spricht Karl-Frank Klaudius.“

Jenny überlegt einen Moment. „Ich habe eine Idee. Seht mal, das ist doch heute Abend.“ Sie macht eine Pause, sortiert ihre Gedanken. „Da könnten wir doch mal hingehen und uns umschauen und hören, was der so sagt.“

„Und was soll das bringen?“, wirft Johannes ein.

„Ich weiß es nicht", antwortet ihm Jenny, „aber schaden kann es auch nichts."

„Ist doch keine schlechte Idee", pflichtet ihr Vulkan bei, und Jenny fällt ihm gleich ins Wort: „Und deine Kamera", sie schaut Johannes dabei an, „nehmen wir mit. Dann haben wir auf Band, wenn er was sagt, das wir gegen ihn verwenden können."

„Wenn er so dumm ist", wendet Vulkan ein.

„Aber es wird ihm nicht gefallen. Was, wenn er es uns verbietet oder mir die Kamera abnimmt?" Johannes bleibt skeptisch.

Jenny überlegt wieder kurz. „Dann sagen wir ihm einfach, es wäre für die Schule. Wir würden einen Film machen über Persönlichkeiten aus Mainz."

„Und das stimmt sogar, sollen wir ja auch machen, nicht wahr, Johannes?" Der kann sich nicht so richtig mit der Idee anfreunden. Schließlich ist sie nicht nur nicht von ihm, sondern sogar noch von Jenny, und außerdem wurmt es ihn auch außerordentlich, dass so einfach über seine Kamera verfügt wird. Aber die Idee ist gut, und deshalb bleibt ihm nichts anderes übrig, als zuzustimmen.

Jenny muss nach Hause. Sie verabreden, sich eine Stunde vor Beginn der Veranstaltung ganz in der Nähe zu treffen, und trennen sich.

Johannes und Vulkan skaten den Ring entlang, in der Mitte der Straße, auf dem schmalen Radweg. Johannes ist noch immer muffelig, fährt so, dass ein Gespräch nicht möglich ist. Vulkan tut, was er sonst nie macht: Er kommt einfach mit zu Johannes nach Hause.

18

Johannes öffnet die Tür und tritt in die Wohnung ein. Es ist still. Vulkan folgt ihm. „Hallo?", ruft Johannes. Er bekommt keine Antwort. Er schaut kurz in jedes Zimmer und vergewissert sich, dass niemand da ist. Vulkan steht im Flur, bislang haben beide noch kein Wort miteinander gesprochen.

„Ich habe Hunger", durchbricht Vulkan das Schweigen, „kann ich etwas zum Essen haben?"

Johannes schaut ihn kurz an und geht wortlos in die Küche. Vulkan folgt ihm. Etwas hilflos steht der Sohn des Hauses zwischen Schränken und Haushaltsgeräten. Er holt ein Brot von der Anrichte, öffnet den Kühlschrank und macht einen Schritt zur Seite.

Vulkan geht an den Kühlschrank, orientiert sich kurz, nimmt eine Butterdose und ein verpacktes Etwas, das Käse sein könnte.

„Wo sind denn die Messer?"

Johannes öffnet eine Schublade, legt mit Nachdruck ein Messer auf die Anrichte.

Vulkan schneidet sich eine Scheibe Brot ab, bestreicht sie mit Butter und legt eine Scheibe Käse darauf.

Johannes schaut ihm dabei zu.

„Willst du nichts essen?" Es fällt Vulkan nicht leicht, so ruhig zu bleiben. Es stinkt ihm ganz schön, dass Johannes ganz offensichtlich was unter den Nägeln brennt und es brennen lässt, anstatt zu sagen, was los ist. Er beißt in sein Brot. Sehr genüsslich. Ein wenig will er provozieren. „Kann ich noch etwas zu trinken haben?", fragt er gespielt freundlich.

Johannes stellt ihm eine Glas und eine Flasche Apfelsaft hin.

„Danke!"

Vulkan füllt das Glas und trinkt einen Schluck.

„Was ist eigentlich los? Sag doch endlich, was du hast! Das ist ja nicht auszuhalten!"

„Nichts ist los", erwidert Johannes trotzig. „Gar nichts."

„Erzähl keine Märchen. Das macht mich stinksauer. Also raus damit!"

„Es ist nichts, und jetzt lass mich in Ruhe."

Vulkan isst das Brot auf. Danach nimmt er sein Glas, geht zur Spüle, schüttet den Rest Apfelsaft aus, öffnet den Wasserhahn und hält das Glas darunter. Er trinkt es in einem Zug leer.

„Verdammt noch mal, jetzt sag doch endlich, was los ist!"

„Nichts!"

„Nichts, nichts, nichts! Von wegen! Das kriegt doch ein Blinder mit Krückstock mit, dass was ist. So scheiße gelaunt habe ich dich ja noch nie erlebt. Scheißlaune ist okay, aber lass sie nicht an anderen aus. Sag, was los ist. Hast du dich über Jenny geärgert?"

Johannes macht eine wegwerfende Handbewegung. „Jenny! Die ist mir doch scheißegal!"

„So, und warum dann diese Stimmung? Was ist denn sonst noch vorgefallen?"

„Natürlich ist es wegen dieser Zicke!" Nun sprudelt es aus Johannes hervor. „Merkst du nicht, dass sie anfängt, uns rumzukommandieren, dass sie uns sagt, wo wir hingehen sollen, wann wir uns treffen und so weiter."

„Aber ihre Ideen sind doch gut. Du hast doch auch zugestimmt."

„Klar, weil es so schnell ging. Weil sie uns überrumpelt hat. Weil ihr auf mich eingeredet habt. Darauf hat sie doch die ganze Zeit gewartet, uns mal so richtig eins auszuwischen. Und wie habe ich mich geschämt, als sie gestern in dem Raum auftauchte. Wir standen wie Einbrecher da. Und jetzt nutzt sie das aus. Jetzt hat sie erreicht, was sie die ganze Zeit wollte. Die ganze Zeit hat es nicht geklappt, als sie sich anschleimte."

„Jetzt mach mal halblang!" Vulkan wird langsam sauer. „Nimm die ganze Sache nicht so persönlich. Sie und ihr Vater und all die Leute könnten auch verdammt sauer mit uns sein, die Polizei und unsere Eltern informieren, vielleicht die Schule, und wir hätten eine gehörige Portion Ärger am Hals."

„Der Ärger wäre mir wesentlich lieber als mich von dieser Zicke rumkommandieren zu lassen. Die werden wir jetzt bestimmt nicht mehr los."

„Dann sage ihr klipp und klar, was du von ihr denkst. Wenn sie dann auf die Idee kommt, uns anzuzeigen und irgendwo anzuschwärzen, okay, aber jammere mir nicht die Ohren voll. Ich finde sie bis jetzt ziemlich okay. Kann sich noch ändern, aber bis jetzt hat sie sich fair verhalten, und ich bin dafür, dass sie im Boot bleibt. Aber wenn du's absolut nicht willst, gut, aber sag's ihr."

Johannes setzt sich hin, schaut durch Vulkan hindurch. Er steht auf, geht zum Fenster, schaut einige Momente hinaus, wendet sich ab, macht einen Schritt zur Seite zu einem Regal, nimmt ein Buch hinaus, blättert ohne genau hinzusehen darin rum und schmeißt es dann kraftvoll in eine Ecke. Die Seiten reißen aus der Klebung und verteilen sich im Raum.

„Scheiße! So habe ich mir unseren Film nicht vorgestellt. Ich dachte, wir beide machen das alleine, ziehen das ganz cool durch, gewinnen den Preis und lachen alle anderen aus."

Vulkan springt auf, tritt ganz nah vor Johannes, ihre beiden Gesichter sind ganz dicht beieinander. „Sei ein bisschen cooler", schreit er Johannes an, „sie hat eine gute Idee gehabt, wie wir auf diese Versammlung gehen können – mit einer Begründung. Und wir haben die Kamera, um vielleicht Beweise gegen diesen Menschen zu sammeln. Das ist und bleibt unser Film."

Er lässt sich auf einen Stuhl plumpsen und schnauft sehr vernehmlich. Dann spricht er weiter.

„Wir brauchen die Aufnahmen von der Versammlung. Deshalb will ich heute Abend da hin! Und ich will mit dir zusammen den Film machen!"

Johannes antwortet nicht. Er beginnt, die Seiten des Buches einzusammeln. Er lässt sich Zeit damit, dann redet er.

„Okay, ich habe wohl etwas übertrieben. Aber es ist klar, dass wir beide den Film machen, ohne Jenny."

Vulkan nickt.

„Ich hole mal etwas zu trinken", stimmt Johannes einen versöhnlichen Ton an, „und dann können wir uns ein paar Gedanken zu unserem Film machen."

Vulkan nickt wieder. Johannes aktiviert die Kamera und sie probieren die verschiedenen Features aus.

So verbringen sie den Rest des Nachmittags in der Wohnung, bis es Zeit ist, zum verabredeten Treffpunkt mit Jenny zu gehen. Johannes nimmt die Kamera, prüft nach, wie viel Minuten Platz noch auf der Kassette ist und packt die Kamera in seinen Rucksack.

Bevor sie die Wohnung verlassen, schreibt Johannes seinen Eltern eine kurze Notiz, dass er mit Vulkan unterwegs sei.

19

Sie beschließen, mit der Straßenbahn zu fahren. Die Skateboards lassen sie zu Hause.

Am Hauptbahnhof stehen eine Menge Leute. Viele tragen Einkaufstüten und schauen dann und wann in die Richtung, aus der ihre jeweilige Bahn kommen soll.

Endlich rollt die Linie 51 heran. Es ist ein ziemliches Gedränge, alle versuchen so schnell wie möglich in den Wagen zu gelangen, um einen der begehrten Sitzplätze zu bekommen.

Johannes und Vulkan besteigen hinter einer älteren Frau den Wagen; ein junger Mann drängt sich recht rabiat an ihnen vorbei und setzt sich auf einen der letzten freien Plätze.

Sie stellen sich in die Mitte des Wagens.

An den nächsten zwei, drei Haltestellen leert sich der Wagen merklich.

Dann steigen sie ebenfalls aus und gehen zu der Gaststätte, in der die Bürgerversammlung stattfindet.

Etwa einhundert Meter vor dem Ort zischt jemand ihre Namen. Sie schauen sich verwirrt und überrascht um. Jenny steht hinter einem dicken Baum und winkt die beiden zu sich.

Sie gehen hin. Jenny berichtet, was sie schon ausbaldowert hat. „Es ist gleich vorne in dem großen Saal. Die Vorhänge sind ganz aufgezogen. Der Raum ist relativ groß. Viele Leute sind schon drin. Ich werde hier bleiben und auf euch warten."

„Warum kommst du nicht mit? War doch deine Idee", wendet Vulkan ein. Johannes schaut ihn an.

„Mich kennt der Klaudius viel zu gut. Er wüsste sofort, wie der Hase läuft. Ihr könnt die Geschichte von dem Schulfilm und der Mainzer Persönlichkeit erzählen. Das wird ihm bestimmt schmeicheln. Und außerdem gibt's ja noch das Märchen von dem Computer, gestohlen von den afghanischen Flüchtlingen. Ihr habt also einen guten Grund, auf seiner Seite zu sein."

„Du hast recht. Wir werden dir nachher alles erzählen", stimmt ihr Vulkan zu.

Johannes schaut seinen Freund nicht sehr freundschaftlich an. Sie verabschieden sich kurz von Jenny und gehen zu der Gaststätte.

20

In der Gaststätte sind schon viele Menschen. Die meisten stehen mit dem Rücken zur Eingangstür und schauen zu dem Podium, das auf der anderen Seite des Raumes aufgebaut ist. Die Stühle sind alle besetzt. Es ist sehr laut, es scheint, dass jeder mit jedem irgendwas zu besprechen hätte. Vulkan und Johannes versuchen, sich durch die Stehenden hindurch zu drängen. Ein Mann mittleren Alters schlägt ihnen vor, zur Seite zu gehen und sich auf einen der dort abgestellten Tische zu setzen oder zu stellen, um eine bessere Sicht zu haben. Johannes legt seinen Rucksack auf einem Tisch ab, und er und Vulkan setzen sich auf diesen. Sie werden Zeuge eines Gespräches zwischen einem Mann und einer Frau, die die Frage erörtern, was die jungen Leute denn hier zu suchen hätten. Sie erwägen, den Veranstaltern einen entsprechenden Hinweis zu geben, als vorne ein Mann an das Pult tritt und mit kurzen, sachten Schlägen das Mikrofon testet. Mit diesem Geräusch wird es etwas leiser in dem Saal, dennoch bleibt ein nicht unbeträchtlicher Geräuschpegel bestehen und der Mann an dem Mikrofon sieht sich genötigt, verbal um Ruhe zu bitten. Er wartet, bis es tatsächlich ruhiger geworden ist.

„Meine sehr verehrten Damen und Herren, ich möchte Sie ganz herzlich zu dieser Bürgerversammlung begrüßen, und ich freue mich, Ihnen meine Gaststätte aus diesem Anlass zur Verfügung stellen zu können. Ich hoffe, dass Sie alle mit Getränken versorgt sind. Ich will Ihnen jetzt nicht mehr Ihrer kostbaren Zeit rauben, sondern sogleich Herrn Klaudius, den Vorsitzenden der ‚Bürgerinitiative für ein sauberes Mainz', bitten, ans Rednerpult zu treten und zu Ihnen zu sprechen."

Von der Wand im Hintergrund löst sich ein Mann und geht während des kurzen Applauses zu dem Podium. Es ist der Mann, den sie auf dem Plakat gesehen haben, nur das er jetzt nicht so streng wie dort schaut, sondern seinen Blick einmal über das Publikum schweifen lässt und dabei lächelt.

Johannes nimmt seine Kamera und richtet sie auf die Bühne.

„Vielen Dank für die einleitenden Worte, Herr Guntram, und für Ihre Freundlichkeit, uns Ihre Gaststätte so kurzfristig und unkompliziert zur Verfügung zu stellen."

Er wendet sich den Menschen im Saal zu.

„Guten Abend, meine Damen und Herren. Ihnen möchte ich ganz herzlich danken, dass Sie so zahlreich erschienen sind."

Ein Mann in Jeans und Sportjacke in der Nähe von Johannes blickt nach vorne und sucht den Blickkontakt zu Herrn Klaudius, zeigt kurz auf Johannes und macht eine fragende Handbewegung. Herr Klaudius, der seine rechte Hand gerade nahe am Mund hat, schaut einen Moment lang irritiert, dann bewegt er sie nur ein klein wenig, aber genug für den Fragenden zu verstehen, dass er nichts unternehmen soll.

„Ihr zahlreiches Kommen bestätigt mir die Richtigkeit meines Engagements in der ‚Bürgerinitiative für ein sauberes Mainz'. Und ich freue mich, hier einige bedeutende und honorige Persönlichkeiten des Mainzer Lebens unter Ihnen begrüßen zu dürfen."

Er schaut in die Runde und nickt mehrmals.

„Wir alle hier haben das gleiche Anliegen: Wir wollen in Ruhe über die Straßen unserer schönen Heimatstadt gehen und nicht in jeder Sekunde auf Müllberge stoßen, wollen nicht in verschmutzten Straßenbahnen fahren, in denen laute und randalierende Jugendliche den Ton angeben, und wir wollen uns auf unseren Straßen sicher und frei bewegen können. Die alte Dame soll keine Angst haben, dass ihr jemand die Handtasche entreißt, junge ordentliche Schüler nicht in der Angst leben, von Banden erpresst und um ihr Taschengeld gebracht zu werden.

Sie wissen, dass uns schon mehrfach vorgeworfen wurde, wir seien ausländerfeindlich. Dem möchte ich hier wie schon so oft und wie ich es auch weiterhin zu tun gedenke, ganz deutlich entgegenhalten: Wir sind nicht ausländerfeindlich! Wenn sich die hier lebenden ausländischen Menschen an unsere Regeln halten, wenn sie unsere Gesetze akzeptieren, bin ich der Letzte, der etwas gegen diese Menschen hat. Ich kenne eine Menge von ihnen, und ich kann wahrlich aus meinem großen Erfahrungsschatz als Bauunternehmer sagen, der täglich mit ausländischen Arbeitnehmern zu tun hat, dass ein großer Teil von ihnen fleißig und redlich ist. Aber hinter diesen Fleißigen und Redlichen verstecken sich andere, die unsere Regeln nicht akzeptieren, die unsere Kinder und Frauen belästigen, sogar bedrohen, die faul sind und unser Sozialsystem ausnutzen."

Herr Klaudius macht eine kurze Pause, schaut in das Publikum, mit ernstem Blick, so als wolle er jedem Einzelnen in die Augen schauen, um dessen Wichtigkeit hier zu unterstreichen. Dann fährt er fort.

„Besonders in Bezug auf die Flüchtlinge, die im Rheingauwall untergebracht worden sind, ist mir in den letzten Tagen vermehrt und teilweise in sehr unangenehmer bis beleidigender Weise unterstellt worden, ich sei zynisch, wenn ich die Schließung dieses Heimes fordere. Wie ich schon sagte: Ich bin der Letzte, der nicht Verständnis für das Schicksal dieser Menschen hat, die ausgebombt wurden, deren Häuser zerstört und deren Familien auseinandergerissen wurden. Ich erinnere mich selbst noch viel zu gut an die Erzählungen meines Vaters und meines Großvaters nach dem Krieg, und ich weiß auch heute noch die Hilfe zu schätzen, die uns damals zuteil wurde. Deshalb war ich auch einer der ersten, der gesagt hat, diese Menschen brauchen Hilfe, laden wir die am ärgsten Betroffenen ein, hier zu verweilen, ihre Wunden heilen zu lassen, ihnen wieder eine Perspektive zu geben. Aber ...", Herr Klaudius wird mit einem Mal sehr energisch und spricht mit erhobenem Zeigefinger zu seinem Auditorium, das seinen Ausführungen mucksmäuschenstill folgt, „... aber ich weiß auch, wann es zu viel ist, und ich werde wütend, sehr wütend, wenn ich das Gefühl habe, meine Hilfsbereitschaft wird ausgenutzt.

Und dieser Punkt, meine sehr verehrten Mainzer Mitbürger und Mitbürgerinnen, der ist jetzt erreicht. Wenn nämlich diese Menschen, denen wir, und wenn ich wir sage, dann meine ich auch wir, die wir alle heute hier sind, denen wir geholfen haben und gerne helfen, wenn nämlich diese Menschen sich nicht an unsere Regeln halten, wenn sie anfangen, unsere Hilfsbereitschaft und unsere Gutmütigkeit auszunutzen, dann werde ich wütend. Und ich glaube nicht verkehrt zu liegen, wenn ich sage, dass es Ihnen ganz genauso geht. Ich weiß, dass auch Sie gerne helfen, dass auch Sie sich sagen, wir haben doch eigentlich genug und so unendlich mehr als diese armen Menschen. Aber was sind das für Menschen, die es einem danken, indem sie uns bestehlen, in unsere Häuser eindringen, wenn sie unsere Autos aufbrechen oder andere uns teure und liebe Sachen einfach wegnehmen."

Herr Klaudius macht eine Pause. Einige der Zuhörenden applaudieren ihm kurz.

„Was glauben Sie, was die Unterhaltung dieses Heimes im Rheingauwall kostet? Als Bauunternehmer kann ich Ihnen genau sagen, was man mit diesem Geld alles machen könnte. Auf diesem Gelände könnte man einige Häuser mit schönen Wohnungen bauen. Damit Menschen in menschenwürdigen Zuständen leben können, damit Mainzer Bürger ein Zuhause haben."

Er macht eine kurze Pause.

„Deshalb meine ich: Dieses Heim muss geschlossen werden, wenn sich der Verdacht bewahrheiten sollte, dass von dort die Einbrüche und Diebstähle ausgehen. Zu den Kosten für das Gelände und die Häuser kommen noch andere hinzu. Nehmen wir zum Beispiel das Gehalt der sogenannten Heimleitung. Das ist nicht von schlechten Eltern. Dieser Herr Drusen, der sich jeder Kritik gegenüber so störrisch zeigt und ständig mit Verleumdungen gegen meine Person an die Öffentlichkeit tritt, weiß er eigentlich, was sich bei ihm abspielt?

Ich will nichts Schlechtes oder Unbewiesenes über ihn sagen, aber meiner Meinung nach kann und darf ein Mann in einer solchen Position nicht so blind sein, dass er jeden Verdacht gegen die

Bewohner seines Heims kategorisch ausschließt. Doch jetzt muss er seine Augen öffnen, denn ich habe mit einigen engagierten Leuten eine Broschüre zusammengestellt, in der all die Straftaten, die in der letzten Zeit hier in der Neustadt begangen wurden, aufgelistet sind. Und einige stehen ganz offensichtlich im Zusammenhang mit den Flüchtlingen aus dem Heim im Rheingauwall. Heute Abend wollen wir hier eine Unterschriftenaktion starten und sie in der ganzen Stadt und den Vororten fortführen, und wenn wir genug Unterschriften zusammen haben, werden wir sie mit der Broschüre zusammen den Verantwortlichen der Stadt öffentlich übergeben. Und dann werden wir sehen, ob die Herrn Politiker es sich dann noch leisten können, uns so geflissentlich zu überhören. Und Sie, meine hoch verehrten Mitbürger und Mitbürgerinnen, Sie sind die ersten, die sich in die Liste eintragen können. Und wenn Sie unsere Ziele für gut und unterstützenswert halten, möchte ich Sie bitten, Mitglied in unserer Bürgerinitiative zu werden. Mit Ihrem kleinen Zuschuss leisten sie einen großen Beitrag, damit wir endlich wieder sauber, friedlich und in Ruhe zusammenleben können und diesen Stadtteil und diese Stadt wieder aus vollem Herzen unsere Heimatstadt nennen können.

Liebe Mainzer Mitbürger und Mainzer Mitbürgerinnen, ich danke Ihnen aus ganzem Herzen für Ihre Aufmerksamkeit.

Wir machen jetzt eine kurze Pause, in der die Mitarbeiter von Herrn Guntram so freundlich sind, Sie mit frischen Getränken zu versorgen. Danach wird Frau Basini Ihnen ihre aktuelle Untersuchung zum Verbrechensanstieg in Mainz und insbesondere in der Neustadt vorstellen."

Ein paar Sekunden ist es still, dann wird laut und lange applaudiert. Auch Vulkan und Johannes, der seine Kamera zur Seite legt, klatschen mit, ohne zu überlegen. Nach dem Applaus gehen wie versprochen die Kellner umher, um Getränke auszuschenken. Die Leute um Johannes und Vulkan unterhalten sich angeregt, ein Mann in der Nähe spricht sie an und will wissen, was sie denn filmen. Der Kellner reicht jedem von beiden ein Glas mit gelber Limonade. Sie haben gerade einen Schluck genommen, als ein großer und kräftiger Mann auf sie zukommt und sie anspricht.

„Würdet ihr bitte mal mit nach vorne kommen. Herr Klaudius möchte euch kennenlernen."

Sie schauen sich erschrocken an. Für einen Moment denken sie ans Abhauen, aber da hat der Mann sie schon mit seinen Armen umfangen und drängt sie mit sanftem Druck in Richtung Podium.

Dort steht Herr Klaudius und unterhält sich angeregt mit mehreren Personen.

Als Herr Klaudius sieht, dass die beiden Jungs nach vorne gebracht werden, löst er sich von seinen Gesprächspartnern und geht auf die beiden zu. Der Mann, der sie hergeführt hat, verschwindet.

„Hallo, ihr beiden, was macht ihr denn hier? Seid ihr vom Fernsehen?" Er lacht sie wohlwollend an.

„Guten Tag", erwidern Johannes und Vulkan den Gruß, sind aber sehr verdutzt.

„Wollt ihr mir nicht sagen, was ihr hier macht?"

Eine kleine Pause entsteht, Herr Klaudius blickt sie erwartungsvoll an.

Vulkan antwortet: „Wir machen einen Film."

„Das sehe ich", bestätigt Herr Klaudius freundlich. „Aber warum und für wen?"

Inzwischen haben sich einige Leute um die drei gestellt und lauschen gespannt dem Gespräch.

Vulkan erklärt nervös: „Für die Schule sollen wir einen Film machen. Das heißt, wir sind in der Foto AG an unserer Schule, und da machen wir bei einem Wettbewerb mit. Der gilt für ganz Rheinland-Pfalz. Wir sollen einen Film über eine Persönlichkeit des öffentlichen Lebens unserer Stadt machen – das ist das Thema."

„Und da seid ihr auf mich gestoßen – wieso das denn?", gibt sich Herr Klaudius ganz bescheiden.

„Wer sind denn all die Leute hier?", fragt Johannes, „ein paar kommen mir bekannt vor. Ich weiß aber nicht, wo ich sie schon gesehen habe?"

„Das sind Bekannte, Geschäftsfreunde, befreundete Politiker – ich kenne viele bekannte Leute. – Und die sind doch bestimmt alle interessanter als ich. Also: wie seid ihr auf mich gekommen?"

„Na ja," druckst Vulkan herum, „Sie sprechen doch hier öffentlich, ich meine, Sie sprechen die Sorgen der Menschen an."

„Der Junge hat recht, Herr Klaudius", pflichtet einer der Umstehenden Vulkan wohlwollend bei, „eine öffentliche Person sind Sie schon. Und es pfeifen doch schon die Spatzen von den Dächern, dass Sie in die Politik wollen."

„Davon später", wiegelt Herr Klaudius ab und wendet sich wieder Johannes und Vulkan zu: „Aber wie seid ihr denn genau auf mich gekommen. Es ehrt mich natürlich, so junge Zuhörer zu haben, die mich für so wichtig halten, dass sie einen Film über mich machen wollen. Aber warum ich?"

Nun schaltet sich Johannes ein.

„Wir haben auch lange überlegt. Es ist nicht so einfach, jemanden zu finden. Ein Bürgermeister oder so jemand hat bestimmt keine Zeit, und so viele Persönlichkeiten des öffentlichen Lebens kennen wir auch nicht. Und da ist mir vor ein paar Tagen mein Computer geklaut worden, aus dem Auto von meinem Onkel. Und irgendwer hat gesagt, dass es die Ausländer aus dem Heim gemacht hätten. Und dann hat mein Vater gesagt, dass Sie sich dafür einsetzen, dass alles wieder in Ordnung wird hier in der Stadt und ich dann auch meinen Computer wieder zurückbekomme. Und dann haben wir das Plakat gesehen. So ungefähr war das."

Herr Klaudius schaut die beiden lange und eindringlich an. So ganz scheint er ihnen noch nicht zu trauen. Plötzlich nimmt er sie beide und zieht sie sanft aber bestimmt zum Podium, stellt sich ans Mikrofon und spricht zu den Menschen im Raum: „Entschuldigen Sie bitte, ich möchte noch einmal kurz um Ihre Aufmerksamkeit bitten. Ich möchte Ihnen hier zwei junge Menschen aus Mainz, zwei Filmemacher, vorstellen", er zeigt dabei auf Johannes und Vulkan, die schüchtern ins Publikum schauen und nervös von einem Fuß auf den anderen wechseln, „die auch Opfer der Diebstahlserie in der Neustadt geworden sind. Selbst vor so jungen und engagierten Menschen wie unseren beiden jungen Freunden hier wird kein Halt gemacht. Und in diesem Fall gibt es scheinbar Zeugen, die die Flüchtlinge bei dem Diebstahl ihres wertvollen Laptops beobachtet haben. Würdest du bitte den Menschen hier im Raum kurz erzählen, was passiert ist. Keine Angst vor den vielen Menschen, sie sind Freunde. Also los!"

Nervös geht Johannes zu dem Mikrofon, das Herr Klaudius ihm auf seine Höhe einstellt. Johannes wartet. „Du kannst loslegen", muntert ihn Herr Klaudius auf.

„Also, mein Onkel kam zu Besuch am Mittwoch, gleich nach der Schule, und er hatte mir eine Überraschung versprochen. Er hat mich zu seinem Auto geschickt, damit ich mir die Überraschung abhole. Aber sie war schon weg. Und dann hat mein Onkel mir erzählt, dass es ein Computer war, den er mir mitgebracht hat. Weil ich doch zu Hause nur so einen alten Rechner habe, mit dem man nichts machen kann, außer ein bisschen Schreiben, aber kaum gute Spiele. Und dann hat jemand bei der Polizei, die bei uns war, angerufen und gesagt, dass die Leute aus dem Flüchtlingsheim gesehen worden sind, wie sie die Tasche aus dem Wagen geklaut hätten."

Johannes hat sehr hastig gesprochen, fast ohne nachzudenken, so peinlich ist ihm das jetzt. Wenn ihn jemand sieht!

„Vielen Dank für die kurze und prägnante Beschreibung des Vorfalls. Das ist die berühmte Ökonomie der Rede. Mancher Politiker könnte sich daran ein Beispiel nehmen. Das würde auch einiges an Steuergeldern sparen, wenn sie, statt nur zu reden, auch mal zur Abwechslung etwas tun würden. Ich meine natürlich nicht die Herren, die heute hier bei uns sind. Aber das ist jetzt nicht unser Thema. Also, vielen Dank nochmals an unsere jungen Freunde, und vielleicht finden wir hier sogar noch eine Lösung für euer Computerproblem." Er sieht die beiden an, klatscht ihnen zu. Auch aus dem Publikum kommt kurzer Applaus.

Nun tritt die angekündigte Frau Basini ans Mikrophon. Herr Klaudius bittet derweil Johannes und Vulkan mit ihm in einen Nebenraum zu kommen. Zögernd folgen sie ihm.

„So, das war doch prima", sagt er zu ihnen, „das habt ihr klasse gemacht, aber eine Bitte hätte ich noch: Könnte ich mir eure Aufnahmen mal ansehen? Das kann man doch machen. Die Kamera hat sicher einen kleinen Monitor, auf dem man sich das Gedrehte anschauen kann."

Johannes nickt verhalten.

„Nicht, dass ihr mich falsch versteht. Aber es gibt ja ein Recht, und das heißt das Recht am eigenen Bild. Das gilt auch für eine sogenannte öffentliche Person. Sollte ich zufrieden sein mit dem, was ich sehe, habe ich nichts dagegen, wenn ihr den Film über mich macht. Vorausgesetzt natürlich, dass ich ein wenig Einblick in den Fortgang eurer Arbeit in der nächsten Zeit bekomme. Ist das ein Angebot?"

Beide schauen ihn an und nicken zögerlich.

„Was seid ihr so schüchtern? Ein guter Filmemacher muss frech sein, muss wissen, was er will. Also, jetzt zeigt mal, was ihr habt."

In dem Moment wird die Tür geöffnet, eine Stimme bittet Herrn Klaudius heraus. Dieser entschuldigt sich. „Ich bin gleich wieder da."

Johannes flüstert Vulkan zu: „Scheiße, weißt du, was auf dem Band ist: unser Mittagessen bei den Flüchtlingen. Wenn der Klaudius das sieht, weiß er ganz genau, was los ist."

In dem Moment kommt Herr Klaudius wieder in den Raum.

„Entschuldigung, ein Problem mit der Lautsprecheranlage. Ist aber schon behoben. Jetzt kann ich mich ganz meinen Filmemachern widmen. Dann zeigt mal her."

Langsam nimmt Johannes die Kamera, klappt den Monitor auf, spult die Kassette ein klein wenig zurück und drückt auf den Startknopf. Es sind Aufnahmen der Rede von Herrn Klaudius zu sehen. Sie sind technisch in Ordnung, das Bild ist scharf und auch der Ton, sofern das an der Kamera zu beurteilen möglich ist, klingt gut.

„Sehr schön", kommentiert Herr Klaudius, „sehr schön gemacht. Was euch fehlt, ist ein Stativ. Wenn man dem lange zusieht, ist man als Zuschauer ja wie besoffen oder denkt am Ende, ich sei vielleicht betrunken. Das wäre aber nicht im Sinne der Sache, oder wollt ihr mich vielleicht schlecht machen?" Er schaut ihnen beiden in die Augen.

Sie beeilen sich, das zu verneinen.

„Dann spult noch ein Stück zurück. Das ist ja richtig spannend."

Johannes hat ganz feuchte Hände. Nachdem er das Band so wenig wie möglich zurückgespult hat, startet er die Wiedergabe und hält die Kamera so, dass sie alle drei gut auf den Monitor schauen können. Es sind diesmal Ausschnitte aus der Mitte der Rede zu sehen. Eine kurze Zeit schaut Herr Klaudius gebannt auf den kleinen Monitor, dann bittet er nochmals, ein Stück vorzuspulen. „Das ist ja interessant, vielleicht könnt ihr mir eine Kopie machen. Das ist eine wunderbare Übung, seine Redefähigkeit zu verbessern. Mir fallen sofort viele Kleinigkeiten auf, die ich das nächste Mal besser machen kann, wenn ich sie übe. Toll. Ihr seid euer Geld wert, Jungs. Aber spule doch nochmals ein Stück zurück, damit ich den Anfang sehen kann. Der Anfang einer Rede ist immer das Wichtigste."

Johannes betätigt den Rücklaufknopf nur sehr kurz.

Vulkan startet einen Entlastungsversuch. Er schaut auf seine Uhr und sagt mit gespieltem Erschrecken. „Oh je, schon fast neun Uhr, wir müssen nach Hause. Sonst bekommen wir einen Riesenärger."

Das scheint Herrn Klaudius nicht sehr zu bekümmern: „Na, so schlimm wird es schon nicht werden. Ihr sagt einfach, dass ihr bei mir auf der Versammlung wart. Ich gebe euch meine Karte, und eure Eltern können mich dann anrufen. Ich werde ihnen sagen, was für tolle Jungs ihr seid. Alles klar?! Und jetzt noch mal etwas vom Film."

„Ob das schon der Anfang ist?"

„Spule doch einfach zum Beginn der Kassette."

Johannes spult wieder nur sehr kurz und drückt gleich die „Play"-Taste. Es ist immer noch nicht der Beginn der Rede.

Herr Klaudius wird nun ungehalten. Mehr und mehr weicht seine Freundlichkeit.

„Gib mir mal die Kamera, das nehme ich jetzt mal selbst in die Hand!" Auffordernd streckt er seine Hand Johannes entgegen.

Nun wird's wirklich eng. Johannes überlegt fieberhaft, was er tun kann, damit Herr Klaudius nicht die Aufnahmen in dem Heim zu sehen bekommt. Soll er irgendwas zerstören oder die Kamera fallen lassen, möglichst so, dass der Monitor abbricht. Aber dann ist die Kamera hin. Ihm fällt nichts ein. In dem Moment klingelt sein Handy. Fast hätte er die Kamera vor Schreck wirklich fallen gelassen. Geistesgegenwärtig hat Vulkan sie gegriffen. Nervös sucht

Johannes nach dem Handy. Endlich hat er es im Rucksack gefunden. Herr Klaudius hat seine Hand zurückgezogen und beobachtet Johannes beim Wühlen nach dem Mobiltelefon.

„Ja, bitte", meldet er sich. Er hört zu.

„Was willst du denn, Je...."

Herr Klaudius und Vulkan können eine laute Stimme hören, die Johannes ins Ohr brüllt. Der schaut vollkommen konsterniert.

Nach einer Weile findet er seine Sprache wieder.

Zögerlich spricht er: „Ja, ja." Pause. „Ja, Mama, es ist ganz wichtig. Nein, es ist nichts passiert. Natürlich komme ich sofort. Was? Vulkans Mutter hat auch angerufen."

Herr Klaudius hat seine Hand wieder ausgestreckt, dieses Mal verlangt er nach dem Handy. Will er etwa Johannes' Mutter sprechen? Schnell beendet Johannes das Gespräch, „Tschüss, Mama, ja, ich beeile mich. Bis gleich. Tschüss", und drückt die Aus-Taste.

Aus dem Saal ist Applaus zu hören.

„Also gut, verschwindet und meldet euch bald, wenn ihr den Film noch machen wollt", sagt Herr Klaudius zu den beiden und drückt jedem von ihnen seine Visitenkarte in die Hand. „Ihr könnt hier hinten rausgehen, dann braucht ihr euch nicht durch die Menge zu quetschen und stört niemanden. Also, ich wünsche euch noch einen schönen Abend und meldet euch. Tschüss!"

Erleichtert nehmen die beiden ihre Sachen und verabschieden sich. Sie verschwinden schnell durch den Hinterausgang und stehen in einer Toreinfahrt.

21

Johannes und Vulkan atmen erst mal tief durch. Dann gehen sie schnell auf die Straße und zum Vordereingang des Lokals. Von Jenny keine Spur.

„Was hat denn deine Mutter gewollt?“, fragt Vulkan einen noch ganz zappeligen Johannes.

„Das war doch gar nicht meine Mutter. Das war Jenny. Die hat mir einen Schreck eingejagt. Die kriegt was zu hören.“

„Wieso das, dann hat die uns ja gerettet?! Wenn sie dich nicht angerufen hätte, müssten wir dem Klaudius jetzt den ganzen Film zeigen. Und dann wären wir ganz schön am Arsch gewesen. Das kannst du mir glauben, Mann, wir haben ganz schön Schwein gehabt.“

Sie wenden sich zu der Stelle, wo Jenny die beiden vorher abgefangen hatte. Sie ist nicht da.

Johannes ist völlig entrüstet: „Aber wem haben wir das zu verdanken? Wer hat denn diese tolle Idee gehabt – Jenny. Du fandest die Idee ja toll. Aber scheinbar war sie so toll auch wieder nicht. Wir hätten ganz schön vor die Hunde gehen können. Die kriegt was zu hören!“

„Mach mal halblang. Es ist ja gut ausgegangen. Wir müssen jetzt überlegen, wie wir weitermachen.“

„Ich mache gar nichts weiter. Ich habe die Schnauze voll. Du kannst ja alleine mit dieser tollen Jenny und ihren tollen Ideen weitermachen. Ich nicht.“

Sie suchen noch einen kurzen Moment die Umgebung ab, dann gehen sie in Richtung Gartenfeldplatz. Als sie auf der Ringstraße gehen, kommt ihnen Jenny entgegen.

„Wo warst du?“, schnauzt Johannes sie ohne Begrüßung an.

„Ganz der Alte“, erwidert sie und will fortfahren, da klingelt Johannes’ Handy wieder.

Es ist nun eine sehr laute Stimme zu hören, dann ist das Gespräch beendet.

„Ich muss heim, meine Mutter ist auf hundertachtzig. Ich melde mich morgen.“

„Um zwei bei mir“, ruft Vulkan seinem Freund nach, unsicher, ob die Botschaft ihren Empfänger noch erreicht.

Dann ist Johannes weg und überlässt Vulkan und Jenny sich selbst.

22 SAMSTAG

Johannes liegt im Bett. Vor ein paar Minuten ist er wach geworden. Er muss mal auf die Toilette, aber er hat wenig Lust, aus dem Zimmer zu gehen und seinen Eltern zu begegnen.

Er schaut sich in seinem Zimmer um. Unter dem Schreibtisch liegt die Kamera. Die hat er gerade noch retten können. Auch die wollten sie ihm verbieten. Die Kassetten und das andere Zubehör hatte er zum Glück schon vorher versteckt.

Es gab einen Riesenkrach, als er gestern Abend nach Hause kam. Herr und Frau Kippenberg saßen im Wohnzimmer. Sowie Johannes ins Zimmer kam, stand sein Vater auf und stellte demonstrativ den Ton am Fernseher aus. Das will was heißen. Der Freitagabend ist Papas Fernsehabend. Da will er absolut nicht gestört werden.

Johannes versuchte zu erklären, warum er zu spät nach Hause gekommen ist, ohne dabei allzusehr ins Detail zu gehen. Sein Vater glaubte nur an Ausreden und sprach ein „Ausgehverbot" für das ganze Wochenende aus. Dann wurde Johannes ins Bett geschickt.

Da lag er eine Weile wach. Um diesen von seinem Vater Ausgehverbot genannten Hausarrest zu umgehen, da würde ihm schon was einfallen. Die Frage ist jetzt, ob er Vulkan noch vertrauen kann. Es war vielleicht ein Fehler gewesen, so schnell nach Hause zu gehen und ihn mit Jenny allein auf der Straße zurückzulassen. Hatte Vulkan nicht groß getönt, dass es ihr Film sei, dass sie Jenny nur brauchen für ihren Film, dass dies aber noch lange nicht heißt, sie machte mit?! Aber dann wieder Vulkans Freundlichkeit ihr gegenüber, wie er sie gelobt hat für ihre Ideen und wie er sie angelacht hat. Ob Vulkan denn nicht merkt, dass sie ihn nur ausnutzt, einen Keil zwischen sie treiben will, da sie gecheckt hat, wie wenig sie bei Johannes ankommt?

Kann er sich so in Vulkan getäuscht haben? Er muss mit ihm reden! Schon aus diesem Grund muss er morgen irgendwie aus der Wohnung.

An diesem Morgen hat Johannes noch immer mächtig Wut im Bauch. Aber trotz seiner vollen Blase spürt er wenig Lust, aufzustehen. Er schaut sich in seinem Zimmer um. Er bekommt Lust, etwas kaputt zu machen. Er sieht den Setzkasten, den er nie wollte. Der voller Krimskrams ist, den er so abscheulich findet. Seine Mutter befand eines Tages, dass Johannes da toll all die kleinen Sachen rein tun könne, die sonst in seinem Zimmer rumfliegen und das Chaos vergrößern würden. Und trotzdem er immer mal wieder was verschwinden ließ, wurde der Setzkasten einfach nicht leer.

Er nimmt alle noch vorhandenen Figuren und Gegenstände aus dem Kasten und packt sie in eine Plastiktüte. Diese legt er auf den Boden. Aus dem Schrank nimmt er seine schweren Winterschuhe, zieht sie über seine nackten Füße. Er schaut in den Spiegel und muss gegen seine Stimmung und gegen seinen Willen grinsen: Er sieht schon sehr lustig aus, in seinem gestreiften Schlafanzug, den von der Nacht noch zerstruppelten Haaren und den schweren Schuhen.

Johannes stellt sich vor die auf dem Boden liegende Plastiktüte. Er wartet noch einen Moment, dann springt er so hoch er kann und kracht mit voller Wucht auf die Tüte. Er knirscht und knackst ganz schön. Er ist selbst überrascht von der Lautstärke. Er bleibt so stehen, wie er auf der Tüte gelandet ist, um zu horchen, ob jemand den Lärm mitbekommen hat. Es bleibt ruhig. Er bückt sich und schaut in die Tüte. Nicht schlecht, aber eine Menge der Figuren ist noch völlig unversehrt. Er wiederholt den Vorgang noch mehrmals, aber das Ergebnis bleibt mäßig. Diese Figuren sind widerstandsfähiger, als er gedacht hatte.

Nachdem sich auf diese Weise seine Wut ein wenig gelegt hat, schiebt er die Tüte unter sein Bett und geht aus seinem Zimmer in den Flur. Als er an der Küche vorbeigeht, grüßen ihn seine Eltern, als sei nichts gewesen. Er geht auf die Toilette und verschwindet danach erst mal wieder in sein Zimmer. Es lässt sich Zeit mit dem Anziehen, dann betritt er die Küche.

Er wundert sich, dass seine Schwester noch nicht am Frühstückstisch sitzt. Seine Mutter teilt ihm mit, dass sie an diesem Wochenende bei der Oma schlafe.

Seine Eltern sind schon fertig mit dem Frühstück, sein Vater zieht sich zum Lesen der Samstagszeitung ins Wohnzimmer zurück, und seine Mutter beginnt, in der Küche aufzuräumen. Johannes trinkt seinen Kakao und schmiert sich ein Brötchen. Er überlegt, wie er aus der Wohnung verschwinden kann. Es ist kurz nach zwölf, und Vulkan hatte ihm noch nachgerufen, dass er um zwei zu ihm kommen solle. Er hat noch knapp zwei Stunden Zeit, sich etwas einfallen zu lassen. Oder den Megakrach zu riskieren, wenn er einfach geht. Das wäre ein Präzedenzfall, noch nicht da gewesen. Möglich, dass sein Vater dann ebenfalls einen Präzedenzfall schaffen wird, um Wiederholungen im Keim zu ersticken, und zu einer äußerst drakonischen Strafe greift. Er überlegt, was das sein könnte. Er wägt das Für und Wider ab.

„Johannes, wenn du fertig bist mit deinem Frühstück, kannst du mal schnell in den Supermarkt laufen. Ich habe kein Mehl mehr im Haus. Und einen Liter Milch kannst du auch noch mitbringen."

Das fehlt noch, denkt Johannes, und will schon seinen Unwillen kundtun, da merkt er, welch eine Gelegenheit sich ihm damit bietet.

„Alles klar, Mama, mache ich, und wenn dir noch etwas einfällt, sag Bescheid. Ich besorge es."

Ein wenig überrascht ist seine Mutter schon über diese so offensichtliche Hilfsbereitschaft.

Johannes lässt sich Zeit mit dem Frühstück, trinkt sogar noch einen zweiten Kakao, borgt sich von seinem Vater den Lokalteil der Zeitung. Die Bürgerversammlung wird nur in einer kurzen Meldung erwähnt, nichts Besonderes.

Er zieht seine Schuhe an, nimmt seine Jacke, verstaut heimlich die Kamera und lässt sich von seiner Mutter das Geld zum Einkaufen geben.

23

Johannes läuft zum Supermarkt. Dort hat er schnell das Mehl und die Milch gekauft. An den Kassen ist im Moment kaum was los, ungewöhnlich für einen Samstagmittag. Das verschafft ihm Zeit, denn so kann er seiner Mutter sagen, dass es verdammt voll an der Kasse war, und andere Verzögerungsgründe würden ihm auch noch einfallen.

Nachdem er bezahlt hat, macht er sich auf den Weg zu Vulkan. Er läuft den ganzen Weg, hat bald dessen Haus erreicht, klingelt und eilt nach dem Öffnen die Treppe hinauf.

Die Tür zur Wohnung steht offen. Er hört Stimmen und Lachen. Er schließt die Wohnungstür und geht zu Vulkans Zimmer. Dort sitzen auf dem Bett Vulkan und ... Jenny. Nebeneinander und sie unterhalten sich äußerst angeregt.

Johannes ist richtiggehend geschockt. Aber jetzt will er sich keine Blöße vor dieser Zicke geben. Er schluckt zwei-, dreimal, dann quetscht er ein „Hallo" aus seiner Kehle.

Die beiden grüßen ihn zurück.

Vulkan, der Johannes' Gesichtsausdruck sieht, versucht die Situation zu entschärfen: „Ihr seid ja vielleicht zwei! So viele Menschen sind unpünktlich und verpassen wichtige Termine. Und meine Freunde: kommen zu früh. Verrückte Welt. Ich kann aber schon verstehen, dass man keine Sekunde mit mir verpassen will."

Auf so einen Ton steht Johannes im Augenblick gar nicht, aber er will sich nichts anmerken lassen.

„Ich habe nicht viel Zeit. Gestern Abend hat's noch ziemlich megamäßig gekracht zu Hause, und ich habe fürs ganze Wochenende Stubenarrest. Meine Mutter hat mich losgeschickt, was einzukaufen, und das habe ich ausgenutzt, schnell mal vorbeizukommen."

Jenny ergreift das Wort: „So, und jetzt müsst ihr mir mal genau erzählen, was gestern Abend passiert ist. Aus Vulkan war kaum was herauszubekommen. Er meinte, er wolle warten, bis du da bist."

Haha, wie scheinheilig, denkt Johannes, du weißt doch bestimmt schon alles. Was so ein Mädchen aus einem richtigen Jungen machen kann!

„Gut, aber wir müssen uns beeilen!"

Er kramt seine Kamera aus der Jacke, stellt sie auf den Tisch, der neben dem Bett steht, klappt den Monitor auf und spult das Band bis zum Beginn der Rede von Herrn Klaudius.

„Also, was war genau? Ihr wart ja eine Ewigkeit in der Versammlung gewesen. Vulkan hat erzählt, dass der Klaudius ganz schön gewettert hat gegen das Heim und auch gegen meinen Vater. Und das ihr noch nach vorne kommen musstet. Gut, dass wir uns da eine gute Geschichte zurechtgelegt haben. Die hat er ja scheinbar geschluckt."

So was Falsches und Verlogenes. Johannes muss aufpassen, dass er seine Beherrschung nicht verliert. Sag es doch, denkt er, sag doch, dass die Geschichte deine Idee war und nicht unsere.

„Das Blöde dabei war", Johannes hat sich wieder im Griff, „dass wir ihm Argumente geliefert haben. Dass wir die armen Jungs sind, denen was geklaut wurde. Dass die sogar nicht mal vor Kindern Halt machen."

„Aber jetzt habt ihr sein Vertrauen, das ist doch gut für uns. Da kommen wir besser an ihn heran, können ihn besser ausspionieren und für unseren Film bekommen wir auch viel besseres Material."

Unser Film. Also doch. Er hat es gewusst. Johannes zwingt sich weiterhin zur Ruhe. Das fällt ihm verdammt schwer.

„Aber es war schon sehr peinlich", wirft Vulkan ein, „besonders, als uns alle dann applaudiert haben. Und dann meinte der Klaudius ganz gönnerhaft, vielleicht bekämen wir ja auf anderem Wege einen neuen Computer. Der hat wahrscheinlich eine Menge Geld und will uns damit noch mehr auf seine Seite ziehen."

„Lasst mich doch die Aufnahmen ansehen", fordert Jenny ganz ungeduldig.

Johannes startet den Film. Sie drängen ihre Köpfe eng beieinander und verfolgen gespannt den gestrigen Abend auf dem kleinen Monitor an der Kamera. Sogar ihr Gespräch mit Herrn Klaudius vor dem Podium und ihre Rede sind noch auf dem Film. Johannes hatte in der Aufregung vergessen, die Kamera auszuschalten. Als der Film durch ist, schaut Johannes entsetzt auf seine Uhr. „Oh Scheiße, ich muss heim. Ich bin schon viel zu lange weg."

„Moment mal", unterbricht ihn Jenny, „ein paar Minuten noch. Bitte!" Sie schaut Johannes an. „Spule noch mal ein Stück zurück!"

„Ein anderes Mal, ich muss jetzt wirklich gehen", antwortet der Angesprochene.

„Nein, warte doch! Ich glaube, ich habe was gefunden. Spule doch mal bis dahin zurück, wo ihr mit dem Klaudius redet und dann, wie er euch den Leuten vorstellt."

Johannes gibt nach, spult zurück, und sie schauen sich gemeinsam die Stellen an.

„Mir ist nichts aufgefallen", sagt Johannes, und Vulkan pflichtet ihm bei.

„Aber mir", behauptet Jenny.

Wie mir dieser überhebliche Ton auf die Nerven geht. Eben hatte sich Johannes etwas beruhigt, und nun geht das schon wieder los.

„Das war der ganze Abend dort?", insistiert Jenny weiter, „es gab kein weiteres Gespräch zwischen euch und dem Klaudius? Vorher vielleicht, ohne dass die Kamera lief?"

„Nein, ganz sicher nicht", antwortet Vulkan.

„Gut", sagt Jenny, „dann hört mal genau hin, was ihr erzählt von dem Diebstahl und was der Klaudius dann den Leuten erzählt."

Sie nötigt Johannes nochmals zurückzuspulen. Sein Widerstand ist dieses Mal gering, denn nun will er wissen, was sie gehört hat, das ihnen beiden entgangen ist. Sie hören sich die entsprechenden Stellen nochmals an.

„Ich hab's", freut sich Vulkan. „Wir haben gar nicht gesagt, dass ein Laptop geklaut wurde. Sondern ein Computer. Aber Herr

Klaudius spricht von dem Laptop. Da haben wir aber noch gar nichts von einem Laptop gesagt!"

„Genau!", bestätigt ihn Jenny. „Er spricht so selbstverständlich von einem Laptop, wo ihr doch nur von einem Computer gesprochen habt. Zufall oder steckt da mehr dahinter?"

Sie schweigen eine Zeit lang.

„Und erinnert euch. Ich habe einen von Herrn Klaudius Leuten in der Nähe des Tatortes gesehen."

„Aber das alles beweist noch nichts", wendet Johannes ein. „Es kann doch Zufall sein. Dass er in der Nähe des Autos war, und vielleicht ist es für ihn selbstverständlich, dass man im Auto einen Laptop transportiert und keinen Computer. Wir sollten sehr vorsichtig sein mit vorschnellen Verdächtigungen."

„Das sagt ja genau der Richtige", erwidert Jenny. „Es ist doch ganz eindeutig. Ihr kennt ihn kaum. Gestern war er ganz charmant und spricht sehr nett mit den Menschen. Klar, dass ihr darauf reinfallt. Aber ich habe ihn schon ganz anders kennengelernt. Der ist eiskalt und geht über Leichen. Und das, was wir haben, reicht doch allemal aus, damit wir uns weiter mit ihm beschäftigen."

„Vielleicht kennst du ihn aber nur schlecht, weil du ihn so kennen willst und weil er Streit mit deinem Vater hat. Wir sollten versuchen, objektiv zu bleiben." Johannes kann seine Wut auf dieses Mädchen kaum noch zurückhalten.

„Ich habe aber keine Lust, bei dem Kerl objektiv zu bleiben. Dann lacht er sich nämlich ganz objektiv ins Fäustchen."

Johannes will zum Gegenangriff ansetzen, da geht Vulkan dazwischen.

„Ruhe und Basta! Ich habe jetzt keine Lust auf diese albernen Streitereien. Ihr habt beide recht. Es spricht eine Menge gegen den Klaudius, da hat Jenny recht, aber das sind noch lange keine ausreichenden Beweise, um ihm etwas nachzuweisen, da hat Johannes recht. Lasst uns lieber überlegen, wie wir weiter vorgehen können, um ihn am Wickel zu kriegen."

Jenny ergreift das Wort: „Und wenn wir mit meinem Vater sprechen, der hat auch ein paar Semester Jura studiert?"

„Nein, das ist unsere Sache.“ Johannes lehnt den Vorschlag rundweg ab.

„Hast du einen besseren Vorschlag?“, fragt ihn Vulkan sehr zurückhaltend, da er ahnt, dass ein falsches Wort Johannes zur Explosion bringt.

Das passiert zwar nicht, aber Johannes nimmt die Kamera und geht aus dem Raum mit den Worten: „Ihr könnt euch ja was überlegen, wo ihr euch so gut versteht. Ich muss jetzt nach Hause, wenn ich überhaupt noch was retten will. Bis die Tage.“ Dann ist er verschwunden.

24

Er ist schon einige Meter gegangen, als er bemerkt, dass er seine Einkaufstüte in Vulkans Zimmer vergessen hat. Alles in ihm sträubt sich dagegen, wieder zurückzugehen. Aber wenn er jetzt nicht nur zu spät nach Hause kommt, sondern auch ohne die Milch und das Mehl, dann ist wirklich was gebacken. Also geht er zurück. Er klingelt und eilt nach oben. Vulkan steht in der Tür.

„Lass uns reden", sagt der und fordert Johannes auf, in die Wohnung zu treten. Der stürmt an ihm vorbei in dessen Zimmer, würdigt Jenny keines Blickes, nimmt die Tüte und verlässt wortlos die Wohnung.

Zu Hause ist alles ruhig. Seine Eltern haben sich zu einem Mittagsschlaf zurückgezogen. Johannes stellt die Milch in den Kühlschrank und das Mehl auf die Anrichte, faltet die Tüte sorgfältig zusammen und legt sie in das Fach neben der Spüle.

Dann zieht er sich in sein Zimmer zurück.

25

Jenny bleibt noch eine Zeit lang bei Vulkan. Sie sprechen über Johannes' Verhalten, dann überlegen sie, wie sie rausbekommen können, ob Herr Klaudius tatsächlich hinter den Diebstählen steckt, und wenn dem so ist, wie man es ihm beweisen kann.

Dann verabschiedet sich Jenny, da im Heim noch eine Hausversammlung stattfindet, an der sie gerne teilnehmen möchte. Sie lädt Vulkan ein mitzukommen, aber der möchte lieber zu Hause bleiben. Sie verabreden sich, später miteinander zu telefonieren.

Vulkan sitzt eine Weile allein in seinem Zimmer, als er durch das Klingeln des Telefons aus seinen Grübeleien gerissen wird.

Es ist Johannes.

Der legt sofort los: „Was macht denn Jenny die ganze Zeit bei dir?"

„Dasselbe wie du. Wir hatten uns bei mir verabredet. Und sie war, genau wie du, zu früh."

„Aber ich hatte einen Grund."

„Den hatte sie vielleicht auch."

„Warum verteidigst du sie andauernd? Auf wessen Seite stehst du denn? Wir sind Freunde, wir wollen einen Film zusammen machen."

Vulkan spricht sehr ruhig. „Aber was hast du denn gegen sie? Was ist so schrecklich an ihr? Sie hat dir nichts getan. Und mir auch nicht."

„Aber sie drängt sich einfach so rein. Alles soll nach ihrem Kopf gehen. Die ganze Zeit hat sie in der Schule versucht, sich an uns ranzumachen. Das haben wir verhindert. Aber seit dieser Sache in dem Heim bist du wie ausgewechselt. Ich glaube auch, dass ihr mein Laptop überhaupt nicht wichtig ist. Ihr ist es nur wichtig, den Herrn Klaudius in die Pfanne zu hauen."

„Sie hat ja auch allen Grund dazu."

„Das sagt sie, Vulkan. Du weißt doch gar nicht, ob das alles stimmt."

„Jetzt mach mal halblang, Johannes. Warum sollte sie uns das alles nur erzählen?"

„Warum? Weil sie sich wichtig machen will. Weil sie will, dass wir sie cool finden und interessant."

„Dann wäre ihr Plan aber kolossal schiefgegangen. Denn sie hat genau das Gegenteil erreicht."

„Weil ich sie durchschaut habe", unterbricht Johannes.

Vulkan wird sehr energisch.

„Nein, weil du gar nicht zuhörst und gar nicht mehr klar denken kannst. Du reagierst absolut uncool. Lass uns doch lieber überlegen, wie wir wieder an deinen Laptop kommen können. Und da führt im Moment kein Weg an diesem Herrn Klaudius vorbei. Und nach seinem Versprecher spricht ja einiges dafür, ihn zumindest zu verdächtigen."

Johannes schweigt einen Moment:

„Gut, mal angenommen, er steckt dahinter, was können wir tun? Ihn beschatten? Wie lange? Irgendwann fallen wir ihm auf, was dann? Wir können ihm doch nicht immer die Geschichte von dem Film erzählen."

„Klar können wir das", widerspricht Vulkan, „und deshalb brauchen wir ihn gar nicht zu beschatten, denn er kennt uns ja schon. Wir können ihn ganz offen fragen, ob wir ihn für den Film begleiten und aufnehmen dürfen."

„Ist das wieder so eine Idee von Jenny?"

„Nein, sondern eine Idee von mir."

„Trotzdem müssen wir da noch mal drüber reden."

„Worüber?", fragt Vulkan, der im Moment nicht weiß, worauf Johannes hinauswill.

„Über Jenny, und ob sie mitmacht."

„Aber das ist doch gar nicht die Frage. Wenn wir dem Herrn Klaudius auf die Schliche kommen wollen, müssen wir mit ihr zusammenarbeiten. Ist doch klar!"

„Das ist mir noch gar nicht so klar!“

„Dann mach doch einen besseren Vorschlag! Hast du einen Plan? Wie gehen wir vor? Wenn du eine gute Idee hast, bitte, dann sage ich nicht nein. Aber eine Idee muss schon her.“

„Ich höre doch schon, dass du dich längst entschieden hast. Du willst doch nur hören, dass ich keine Idee habe, damit wir dann umso leichter ihre Ideen umsetzen. Nein, nicht mit mir. Und ich dachte, du wärst mein Freund. Und wegen so einer ist dir alles egal. Lass uns zusammen losziehen. Wir schnappen uns den Kerl, machen ihn fertig. Der wird uns schon sagen, was er damit zu tun hat.“

„Das ist doch Blödsinn.“ Jetzt kann auch Vulkan seine Wut nicht mehr unterdrücken und schreit ins Telefon. „Wie willst du das machen? Sollen wir ihn zusammenschlagen, ihn kidnappen?“

„Bist du zu feige, was zu riskieren?“, wirft ihm Johannes vor. „Jetzt gibt's mal ein Abenteuer, wo wir zeigen können, was wir drauf haben, und da kneifst du!“

„Stop, stop, mach mal halblang, ...“

Vulkan hat keine Chance, seinen Satz zu beenden. Johannes schreit ins Telefon.

„Wenn du lieber mit dem Mädchen rummachst, bitte, ohne mich, aber mit Feiglingen kann ich nicht zusammenarbeiten.“

Vulkan will zurückschreien, er nimmt tief Luft und setzt an. Es ist leider zu spät. Johannes hat schon aufgelegt.

26

Johannes ist wütend wie noch nie in seinem Leben. Wütend auf diese Zicke von Jenny, die sich so in sein Leben einmischt, die aber auch anders ist als die anderen Mädchen, die er so kennt, die richtig cool sein kann und die auch gute Ideen hat, die das aber alles dermaßen heraushängen lässt, dass er sie einfach nicht gut finden kann, die ihn so herablassend und arrogant behandelt, dass er sich ja so verhalten muss. Wütend auf Vulkan, dem seine blöde Objektivität wichtiger ist als ihre Freundschaft, der sich wie ein Anfänger blenden lässt von dieser Jenny. Vulkan, der sonst immer so überlegen und cool tut und über allem steht; kaum tritt ein Mädchen auf, bricht all das zusammen wie ein Kartenhaus. Und wütend auf sich selbst, dass er nicht cool über alldem steht, dass er nicht abwarten kann, bis sich das Gehabe der Zicke als das entlarvt, was es ist, eben Zickengehabe.

Er legt sich aufs Bett. Er überlegt. Er muss diese Geschichte allein bereinigen. Zum Glück lassen ihn seine Eltern in Ruhe und zum Glück ist seine Schwester bei der Oma. Samstagabends, wenn sie alle zu Hause sind, will sie immer mit ihm spielen.

Irgendwann döst er ein. Im Halbschlaf registriert er, dass seine Mutter in sein Zimmer schaut.

Als er erwacht, ist es schon düster draußen. Der Schlaf hat keine neue Erkenntnis gebracht. Sofort sind wieder die Ereignisse des Tages in seinem Kopf und genauso wie zuvor weiß er keine Lösung für die Probleme. So grübelt er eine Weile weiter. Bis er einen Entschluss fasst.

Er steht auf, öffnet vorsichtig seine Zimmertüre und stellt fest, dass seine Eltern im Wohnzimmer sitzen. Er streckt seinen Kopf durch die Tür, sagt ‚Gute Nacht', erklärt, dass er ins Bett gehen und ein wenig lesen werde. Dann verschwindet er in seinem Zimmer.

Dort legt er seine Kamera aufs Bett, nimmt die Kassette heraus und legt eine unbespielte ein. Er wühlt in den Schubladen seines Schreibtisches herum, bis er eine Taschenlampe in der Hand hält. Er nimmt seine Jacke vom Haken und durchwühlt deren Taschen. Endlich findet er, wonach er sucht: die Visitenkarte von Herrn Klaudius. Er legt sie auf den Tisch. Dann schleicht er durch den Flur in die Küche und kramt in den Schubladen der Anrichte. Mit einer Stadtkarte von Mainz kehrt er in sein Zimmer zurück, setzt sich an seinen Schreibtisch, schaltet die Lampe an und breitet die Karte vor sich aus. Er nimmt die Visitenkarte und liest den Namen der dort verzeichneten Straße. Die sucht er auf der Karte, kann sie aber nicht finden. Eine ganze Zeit lang liest und sucht Johannes, bis er endlich die Lösung des Problems findet. Die angegebene Adresse ist nicht die Wohnung von Herrn Klaudius, sondern seine Firmenanschrift. Das ist irgendwo in einem Ort außerhalb der Stadt. Er geht wieder hinaus in den Flur und nimmt aus dem Schränkchen im Flur, auf dem das Telefon steht, das Fernsprechbuch.

In seinem Zimmer sucht er darin nach ‚Klaudius'. Er findet einen Eintrag. „K.-F. Klaudius, Bauunternehmer" steht da. Die Adresse schreibt Johannes auf die Rückseite der Visitenkarte. Er nimmt das der Karte beiliegende Straßenverzeichnis zur Hand, notiert sich das bei der Straße stehende Quadrat und sucht es auf der Karte. Als er es gefunden hat, zeichnet er mit einem Filzstift einen Kreis darum. Es ist eine kleine Querstraße zur Augustinergasse. Dann recherchiert er nach dem schnellsten Weg dorthin und versucht, sich diesen einzuprägen.

Er packt die Kamera und die Taschenlampe in seinen Rucksack, legt sich aufs Bett und wartet, dass seine Eltern ins Bett gehen. Zum Glück sind sie keine Nachteulen. Spätestens halb elf legen sie sich hin, manchmal lesen sie noch ein wenig vor dem Einschlafen. Seinen Wecker stellt Johannes auf elf Uhr, zur Sicherheit, falls er einschlafen sollte. Er geht sehr umsichtig vor. Die Bettdecke zieht er über sich, falls noch jemand reinschaut, macht dann das Licht aus und starrt in die Dunkelheit. Bald gehen seine Eltern zu Bett. Es wird ganz still in der Wohnung. Johannes bleibt noch eine Weile steif auf seinem Bett liegen. Bevor er sein Zimmer verlässt, legt er ein paar Kissen unter die Decke auf seinem Bett, so dass es ausschaut, als schlafe da jemand.

27

Johannes hat sich den Weg in die kleine Querstraße zur Augustinergasse genau gemerkt. Bis zum Höfchen ist es kein Problem. Bis dahin kennt er sich gut aus. Das ist der Weg, den er mit seiner Mutter in die Stadt zum Einkaufen geht. Ab da muss er sich allerdings auf sein Gedächtnis verlassen.

Es ist ein warmer Abend. Er überlegt, ob er aus Gründen der Sicherheit die großen und wahrscheinlich belebteren Straßen, oder lieber, um nicht wegen seines Alters aufgehalten zu werden, Seitenstraßen benutzen soll.

Er entscheidet sich für die zweite Möglichkeit, aber auch auf den Seitenstraßen sind noch viele Menschen unterwegs. Liegt wahrscheinlich daran, denkt er sich, dass es noch nicht so spät ist. Es ist kurz nach elf Uhr. Je näher er der Altstadt kommt, desto mehr Menschen begegnen ihm. Er wundert sich darüber, bis ihm einfällt, dass ja das Johannisfest an diesen Tagen stattfindet. Und da Petrus es mal wieder gut mit den Mainzern meint – kaum zu glauben, da es bis vor ein paar Tagen noch ständig und heftig geregnet hat – nutzen die Bewohner der Stadt und des Umlandes diese Gelegenheit, rauszugehen und zu feiern.

Am Höfchen wird er angesprochen. Ein älteres Paar bleibt vor ihm stehen und versperrt ihm den Weg: „Ei Bubsche, was machste denn so spät uff de Gass? Wo sind denn deine Eltern? Sollen wir dir helfen?“

Johannes stammelt „Nein, nein“. Die beiden schauen ihn an.

Plötzlich winken sie über Johannes’ Schulter. Der dreht sich um und erblickt einen langsam nahenden Polizeiwagen. Johannes zeigt in die andere Richtung und ruft laut: „Da sind ja meine Eltern“, um im gleichen Moment an den beiden Passanten vorbeizulaufen. Sie haben keine Chance, ihn zu stoppen und festzuhalten. Johannes läuft ein Stück, bis er sicher ist, dass weder das ältere Paar noch die Polizisten hinter ihm sind. Kurz vor dem Leichhof bleibt er stehen. Er stellt sich in eine Einfahrt, um durchzuatmen und kurz seine Situation zu durchdenken. Zweifel steigen in ihm auf. Ist es nicht doch zu gefährlich, sollte er nicht lieber doch diese Sache mit Vulkan zusammen durchziehen? Aber dann wäre ganz sicher auch Jenny mit von der Partie. Und genau das gilt es zu verhindern. Er braucht niemanden. Er kann es alleine. Viel besser. Er wird es den anderen schon zeigen.

In diese Gedanken versunken steht Johannes in der Einfahrt. Die Johannisfestbesucher nehmen keine Notiz von ihm. Als eine alte Frau ihn anspricht, zuckt er zusammen. Nicht schon wieder, denkt er, merkt aber ganz schnell, dass diese Dame nicht gefährlich ist. Denn eine Dame scheint es zu sein. Trotz ihres Alters ist sie eine sehr auffallende Persönlichkeit: ganz in Gelb gekleidet, trägt sie sogar einen dazu passenden Hut.

„Alex!", spricht sie ihn an. „Was machst du denn so spät hier auf der Straße?"

Johannes versucht, sich zu sammeln. „Ich bin nicht Alex", erwidert er.

„Führe deine Uroma nicht hinters Licht. Du bist doch sonst ein netter Junge. Wo sind denn deine Eltern?"

„Aber, ich bin doch ...". Johannes wagt einen neuen Versuch, das Missverständnis aufzuklären. Keine Chance, die alte Dame sieht offensichtlich ihren Urenkel in ihm. Sogleich unterbricht sie ihn: „Groß bist du geworden, Alex, du bist so groß geworden. Du musst mich öfters besuchen. Ich erkenne dich fast gar nicht mehr. Und jetzt führe mich einmal zu deinen Eltern!"

Die Frau will belogen werden, überlegt sich Johannes und geht auf das Spiel ein. „Bleiben Sie, äh, bleib du mal hier stehen, Oma. Ich bringe sie hierher. Dann musst du nicht so weit laufen."

„Braver Junge", sagt sie. Johannes geht und hört in seinem Rücken, wie die alte Dame einen Mann anspricht: „Junger Mann, können Sie mir alten Frau helfen. Ich suche den Dom ...". Dann ist Johannes außer Hörweite.

Wenn das so weitergeht, werde ich nie an mein Ziel gelangen. Aber ich sollte öfter mal abends spät ausgehen. Man lernt ja schon seltsame Leute kennen. Wenn Vulkan jetzt dabei wäre, hätten wir sicherlich viel Spaß miteinander.

Die Augustinergasse ist eine schmale Straße und voll mit Menschen. Vor den Häusern stehen Buden und Tische, Getränke werden überall ausgeschenkt und Speisen verkauft. Das vergrößert das Gedränge. Immer wieder staut sich der Besucherstrom. Einigen Besuchern sieht man an, dass sie schon eine ganze Weile hier sind und so manchen Tropfen gekostet haben.

Er wird zwar auf den nächsten Metern nicht mehr aufgehalten, aber es gibt so viel Spannendes und Neues für Johannes zu beobachten, dass er das gesuchte Gässchen nicht findet. Dabei muss er sich ja auch noch so unauffällig wie möglich zwischen all den vielen Menschen hindurch bewegen. Er ist jetzt fast durch die gesamte Augustinergasse gegangen, doch das Gässchen hat er nicht entdeckt. Er bleibt stehen, um sich zu orientieren. Wie war das auf der Karte? Nicht ganz bis zum Ende der Augustinergasse, sondern vorher in ein kleines Sträßchen links rein. Er ist eindeutig zu weit gegangen. Er kehrt um und konzentriert sich darauf, dieses Mal nicht wieder das Sträßchen zu verpassen, das jetzt auf der rechten Seite liegen muss. Nun kämpft er gegen die Masse von Menschen in der anderen Richtung.

Endlich entdeckt er die Gasse. Sie ist wirklich sehr klein, direkt neben einer Kirche. Es ist ihm noch nie aufgefallen, dass hier in der Stadt, eingequetscht von anderen Häusern, eine Kirche steht. Schnell geht er in die Gasse, die kaum zwei Meter breit ist, und atmet tief durch. Zum Glück sind diese Menschenmengen nicht mehr da, und das Gedränge und Geschubse hat ein Ende. Er sucht die notierte Hausnummer. Das Sträßchen ist so kurz, dass er das gesuchte Haus bald gefunden hat. Tatsächlich steht auf einer der Klingeln ‚Klaudius'. Einen Moment wartet Johannes, dann drückt er gegen die Haustür. Sie ist verschlossen. Daran hat er nicht gedacht: dass er ja in das Haus hineinkommen muss. Und seine Dietriche hat er vergessen einzustecken. Er rüttelt noch ein paar

Mal an der Tür, aber sie bewegt sich nicht. Eine Idee ist irgendwo zu klingeln und dann schnell im Flur zu verschwinden. Doch da erkennt Johannes den Lautsprecher einer Gegensprechanlage neben den Klingeln und verwirft diese Idee. Plötzlich hört er Stimmen in der Gasse, die näherkommen. Schnell versteckt Johannes sich hinter zwei großen Kisten, die gegenüber dem Nachbarhaus stehen. Ein Mann und eine Frau kommen auf ihn zu. Sie hören sich sehr ausgelassen an. Vor der Türe ihm gegenüber bleiben sie stehen. Der Mann holt einen Schlüssel aus der Hose und will die Tür öffnen. In diesem Vorhaben unterbricht ihn die Frau, zieht ihn zu sich und küsst ihn lange. Fasziniert schaut Johannes zu und fällt vor Schreck fast hinter seinen Kisten hervor, als die offenen Augen der Frau genau in seine Richtung blicken. Er ist sich sicher, dass sie ihn gesehen hat. Doch so lange diese beiden Verliebten vor dem Eingang zu dem Nachbarhaus stehen, kann er nichts machen, noch nicht mal wegzurennen traut er sich. Da löst sich die Frau von dem Mann, und er schließt die Tür auf. Beide gehen hinein. Langsam fällt die Tür zu. Geistesgegenwärtig springt Johannes aus seinem Versteck zu der Tür, wartet, bis sie fast ins Schloss gefallen ist, und hält sie dann fest. Er harrt in dieser Stellung aus, bis er weiter oben das Schließen einer Tür hört.

Leise tritt er in den Flur des Hauses, das neben dem liegt, in dem Herr Klaudius wohnt. Aus seinem Rucksack nimmt er seine Taschenlampe, schaltet sie ein und leuchtet vorsichtig seine Umgebung ab. Gleich neben ihm sind die Briefkästen an der Hauswand befestigt. Einige Meter vor ihm ist auf der rechten Seite die Treppe in die oberen Stockwerke zu erkennen. Johannes leuchtet weiter umher. Der Schein der Taschenlampe fällt auf eine Tür. Er geht dorthin und drückt die Klinke herunter. Die Tür ist nicht verschlossen. Langsam drückt Johannes sie auf. Die Scharniere quietschen ein wenig, was ihn so erschreckt, dass ihm fast seine Taschenlampe aus der Hand fällt. Nach ein paar Sekunden, in denen Johannes sich wieder beruhigt hat, macht er einen Schritt durch die Tür und befindet sich in einem Hof, in dem es stockdunkel ist. Den Lichtstrahl der Taschenlampe, der noch auf den Boden gerichtet ist, dreht er langsam nach oben und lässt ihn durch den Hof gleiten. Auf der Seite, die an das Haus grenzt, in das er eigentlich hinein will, ist eine etwa zwei Meter hohe Mauer, vor der drei Mülltonnen stehen. Dorthin geht er, klettert auf die stabilste Tonne und kann nun über die Mauer schauen. Auf der anderen Seite sind es ebenfalls etwa zwei Meter bis zum Boden, aber es stehen keine Mülltonnen dort. Johannes schaut konzentriert in die Dunkelheit und glaubt zu erkennen, dass da eine Tür ist, die ins Haus führt, und diese Tür scheint etwas offen zu stehen. Um ganz sicherzugehen, richtet er den Strahl seiner Taschenlampe dahin. In dem Moment geht genau auf seiner Kopfhöhe in dem Haus ein Licht an, und ein Fenster wird geöffnet. Schnell duckt sich Johannes. Aufgeregt sucht er den Schalter, um das Licht der Taschenlampe zu löschen. Schon hört er die Stimmen von zwei Männern. Die Taschenlampe gleitet ihm aus der Hand und fällt hinter eine der Mülltonnen. Das Metall der Lampe macht auf dem Plastik der Tonne einen ganz schönen Lärm. Johannes macht sich noch kleiner.

„Ich hab nichts gehört. Vielleicht 'ne Katze. Aber sag mal, früher hat es deiner Frau nichts ausgemacht, wenn du in der Wohnung geraucht hast."

„Früher, früher", antwortet der andere, „fang du jetzt nicht auch mit dem ‚früher' an. Früher war alles anders, da waren wir jung, sagt sie, da hatten wir von nichts 'ne Ahnung. Aber jetzt, wo jeder weiß, wie schädlich das Rauchen ist, das ist glatter Selbstmord. Lass mir meine Ruhe. In meiner eigenen Wohnung muss ich ans Fenster rauchen gehen. Eine Schande!"

„Ist es, aber hallo! Und mit dem Alkohol das gleiche. Sollste auch aufpassen. Alles muss sauber bleiben. Sollen sie doch froh sein. Wenn wir unter der Erde liegen wegen dem Rauchen, brauchen sie uns auch keine Rente mehr zahlen."

„Gibt doch eh keine mehr, Gerd. Aber die nächsten Tage lassen wir es uns richtig gut gehen. Morgen fährt die Rita nach Bingen zu ihrer Schwester, da machen wir so richtig schön einen drauf. Endlich mal wieder so richtig ausgelassen aufs Johannisfest, einen trinken und einfach so dastehen und gucken. Ist immerhin mein Fest, als alter Drucker."

„Aber du hast doch schon ewig nicht mehr in deinem Beruf gearbeitet?!"

„Macht das was? Ich sag dir mal eins: einmal Drucker, immer Drucker, ja! War mal einer der angesehendsten Berufe überhaupt. Die Spitze der Arbeiterschaft. Ist heute aber auch auf den Hund gekommen. Das war mal, früher!"

„Jetzt redest du aber wie deine Frau."

„Komm mir nicht so, da werd' ich grad mal grantig. Ja? Komm mir jetzt nicht mit meiner Frau."

„Ich meins doch nicht so, Reiner. Ist doch bei mir das gleiche – Prost übrigens! – aber sag mal, was haben die denn heute gemacht, da am Theater, weißt du, wo sie die Jungs in das volle Fass gesetzt haben?"

„Alte Tradition. Hängen auch wir Drucker mit drin. Ist ein alter Brauch. Die Gesellenprüfung der Drucker. Gautschen heißt das. Da werden die Lehrlinge nach der Ausbildungszeit reingeschmissen. Ist so was wie die Äquatortaufe bei den Seemännern, nur viel härter."

„Jetzt übertreibst du aber, oder?"

„Was, ich übertreibe! Willst du mich mal erleben, wenn ich übertreibe. Komm mir nicht so."

„Ist ja gut, war doch nicht so gemeint. Musst ja nicht immer gleich an die Decke gehen. Erzähl mir mal lieber, was wir alles so machen die nächsten Tage – Prost übrigens!"

„Also gut, vergessen, aber halt dich zurück. Morgen werden wir mittags ganz gepflegt zum Mittagessen ein Blondes trinken gehen. Ich weiß einen ganz netten Stand hier um die Ecke. Kann ich dir auch ein paar Kumpels von mir vorstellen. Und dann wechseln wir den Standort. Zum Rhein. Bei dem Wetter, ein Genuss, da werden wir ein oder zwei zu uns nehmen, drei natürlich auch genehmigt und dann heim. Worscht inklusive."

„Und Montag?"

„Was willste denn alles immer gleich wissen? Bist ja wie meine Alte. Steckste mit der unter einer Decke?"

„Ich mein ja nur!"

„Also gut, verziehen, bist ja neu hier. Montag ist die Johannisnacht, und der Höhepunkt ist das Feuerwerk. Am Abend. Bis das anfängt, lassen wir uns ein bisschen treiben. Nachher wird's aber zu voll. Da gehen wir zu einem ganz exklusiven Platz. In die Uferstraße. Gehört dem Toni. War mal einer von uns hier aus dem Haus. Der stellt ein Zelt in den Vorgarten, und alle hier aus dem Haus kommen dahin. Bist mittendrin und trotzdem nervt dich keiner. Das ist Loge, sag ich dir."

„Und in deiner Loge hier fehlt Bier."

„Beschwerden an die Dame des Hauses bitte – sie kauft, wir trinken. Komm, zu Ende geraucht, wir können wieder rein."

Sie schnippen ihre Zigaretten in den Hof. Das Fenster wird geschlossen.

Johannes atmet auf. Er hat die ganze Zeit in geduckter Haltung auf der Mülltonne gehockt und nicht gewagt, sich zu bewegen. Seine Glieder sind steif. Langsam erhebt er sich, streckt sich vorsichtig und schaut über die Mauer. Die Männer sind tatsächlich weg. Er klettert von der Tonne und sucht seine Taschenlampe. Wenn sie nun kaputtgegangen ist, war alles umsonst. Er traut sich nicht, die Tonnen von der Mauer wegzuziehen. Wer weiß, was für einen Krach das wieder verursacht. Also kniet er sich neben die rechte und greift mit seinem rechten Arm so weit wie möglich dahinter. Keine Lampe. Aber viele undefinierbare kleine Dinge. Hoffentlich sind keine Spinnen da, denkt er. So weit er auch hineinfasst, er kann die Taschenlampe nicht finden. Er zieht seinen Arm langsam zurück, nur kein Geräusch machen, ermahnt er sich, steht auf und versucht es von der linken Seite. Hier hat er mehr Glück. Die Lampe liegt direkt neben einem der Räder an der Tonne. Beim zweiten Versuch bekommt er sie zu fassen und zieht sie langsam zu sich. Johannes bleibt hocken und testet erst einmal, ob die Taschenlampe überhaupt noch funktioniert. Er ertastet den vorderen Knopf, drückt ihn und – ein Lichtstrahl fällt auf die Mauer. Johannes erhebt sich und steigt wieder auf die Tonnen. Von denen zieht er sich die Mauer hoch, bleibt oben erst mal hocken und blickt an den Fenstern entlang. Als er sich sicher ist, dass niemand ihn beobachtet, lässt er sich auf der anderen Seite herab, geht gleich in die Hocke und wartet ein paar Sekunden, bevor er zu der Tür eilt und in den Hausflur tritt. Sowie es ganz dunkel um ihn ist, bleibt Johannes stehen. Er hört Stimmen, irgendwo im Haus. Wohin, wenn sie sich nähern? Er tastet sich an der Wand entlang, hält eine Türklinke in der Hand. Reflexartig drückt er sie nieder. Die Tür lässt sich öffnen. Johannes wartet nur einen kurzen Moment, dann macht er einen Schritt hinein. Er wagt es noch nicht, seine Taschenlampe anzuschalten. Und stolpert. Im letzten Augenblick kann er sich an einem Geländer festhalten. Mit tastenden Schritten geht er wieder zur Tür und schließt sie. Es ist nun um ihn herum vollkommen dunkel und unheimlich. Es war bis jetzt alles so schnell gegangen, fast wie von selbst. Langsam wird er gewahr, in welcher Situation er sich befindet. Mitten in der Nacht in einem fremden Haus, aus dem er nicht so schnell rauskommt, auf dem Weg in einen dunklen Keller, den er nicht kennt. Und mit Kellern hat er es sowieso nicht so. Wie ein Einbrecher. Und niemand weiß, wo er ist. Aber jetzt gibt es kein Zurück für Johannes. Er hat es in das Haus geschafft, in dem Herr Klaudius wohnt. Er ist ganz mächtig stolz auf das bisher Geschaffte, und dieser Stolz gibt ihm auch den nötigen Mut weiterzugehen. Außerdem muss er Vulkan beweisen, dass er ihn und diese Zicke nicht braucht, um seinen Laptop zu finden.

Johannes schaltet die Taschenlampe wieder an. Vor ihm liegt eine steile Treppe. Nicht auszudenken, wenn er die heruntergefallen wäre. Langsam steigt er die Stufen hinunter. Unten angekommen, stellt er fest, dass sich der Weg in zwei Richtungen teilt. Es ist unheimlich. Er hat zwar einen Lichtschalter erspäht, traut sich aber nicht, ihn zu betätigen. Typischer Kellergeruch macht sich in Johannes' Nase breit. Modrig und ein wenig feucht riecht es. Ratten, ob es hier Ratten gibt, fragt sich Johannes. In der Altstadt soll es doch so viele Ratten geben. Er verscheucht diese Gedanken, konzentriert sich auf sein Vorhaben und entschließt sich, in den rechten Gang zu gehen. Auf beiden Seiten sind Kellerverschläge. Typische Kellertüren, aus schmalen Holzlatten gezimmert, zwischen denen hindurch man in die Verschläge schauen kann. Er rüttelt an der ersten Tür. Sie ist verschlossen. Mit der Taschenlampe leuchtet Johannes herein und versucht irgendeinen Anhaltspunkt zu finden, der diesen Keller als den von Herrn Klaudius ausweist. Sonst muss er jeden einzelnen Keller durchsuchen. Keine Aussicht, die ihn sehr beflügelt. Bald sieht er aber ein, dass ihm nichts anderes übrig bleibt. Was die Leute alles in ihren Kellern abstellen. Vielleicht wäre das ein schönes Porträt für den Filmwettbewerb: einen oder mehrere Menschen anhand ihres Kellers vorzustellen. War da ein Geräusch? Johannes lauscht. Er schaltet die Taschenlampe aus. Nichts. Er schaltet sie wieder ein und sucht weiter. Sechs Keller sind es insgesamt in diesem Gang, und in keinem gibt es einen Hinweis auf Herrn Klaudius, geschweige denn, dass da sein Laptop zu sehen wäre oder etwas Ähnliches. Er geht nochmals an den Verschlägen entlang, rüttelt vorsichtig an den Türen, aber sie sind alle verschlossen. Langsam wird das Licht seiner Taschenlampe schwächer. Leise flucht Johannes. Er hätte zu Hause die Batterien kontrollieren sollen. Er geht zurück zum Treppenaufgang und schaltet das Kellerlicht an. Es wird schon niemand kommen, beschwichtigt er sich selbst. Im ersten Moment muss er seine Augen zusammen blinzeln, dann gewöhnt er sich langsam an die Helligkeit und erkennt, dass vor ihm an der Wand ein Plan hängt, auf dem die Keller und die dazugehörigen Besitzer verzeichnet sind. Er schaut sich den Plan genau an. Und da steht ganz deutlich: Klaudius. Johannes' Herz schlägt noch etwas schneller. Er hat es geschafft. So einfach ist es manchmal. Wenn da nur nicht immer wieder irgendwelche Geräusche wären, die er nicht orten kann. Er lauscht nach allen Seiten. Aber dann ist da nichts.

Johannes verstaut seine Taschenlampe im Rucksack und berührt dabei seine Kamera. Da er nun die Hand frei hat, nimmt er sie und macht sich mit der eingeschalteten Kamera, die er vor seine Brust hält, auf in den linken Gang. Der zweite Raum auf der rechten Seite muss es sein. Hinter den Holzlatten erkennt er einige Kisten. Ein gutes Zeichen. Die Tür zu diesem Raum ist mit einem Vorhängeschloss gesichert. Er zieht fest an der Tür, rüttelt ein paar Mal und hat plötzlich die Halterung des Schlosses aus dem Holz gerissen. Mit einem metallischen Geräusch fallen Halterung und Schloss zu Boden. Johannes erstarrt. Hat jemand den Krach gehört? Er lauscht in die Stille. Sein Herz rast. Keine Reaktion. Im

Haus kann das niemand gehört haben, redet er sich ein. Die Holzlattentür lässt sich jetzt problemlos und leise öffnen. In dem Verschlag macht sich Johannes gleich an die erste Kiste und öffnet sie. Sie ist leer. Ebenso wie die nächste. Jede Kiste wird von Johannes gefilmt. Mehrmals hält er inne, lauscht auf verdächtige Geräusche, ein Knacksen da, ein Gluckern aus einer anderen Richtung. Aber das ist immer nur kurz, dann ist es wieder ruhig, und Johannes kann weiter die Kisten aufreißen und durchsuchen. Doch nirgends kann er einen Hinweis auf seinen Laptop oder anderes Diebesgut in dem Kellerraum finden. Was er zu Tage fördert, sind eine Schaufel, ein paar Eimer, in den Kisten alte Papierfetzen oder Geschirrteile, die aber so schmutzig und zum Teil auch zerbrochen sind, dass sie bestimmt keinen Wert darstellen.

Johannes ist sehr enttäuscht und setzt sich auf eine der Kisten. Die Kamera liegt neben ihm auf dem Boden. Die leeren Kisten hat er alle schon aufgenommen. Jetzt nimmt er sie in seine rechte Hand, dreht sie so, dass das Objektiv genau auf sein Gesicht gerichtet ist und spricht ein deutliches ‚Scheiße' hinein. Aber das hilft ihm nicht richtig weiter. So ohne jedes Ergebnis vor Vulkan zu treten, ist schon arg peinlich. Er hat zwar das Haus von diesem Klaudius gefunden, ist mutig allein in den Keller hinabgestiegen, hat den Raum entdeckt und das Schloss geknackt, aber ohne vorzeigbares Ergebnis ist das nichts.

Er denkt nach.

Dann kommt ihm eine Idee. Eine gefährliche, eine waghalsige Idee. Aber bis jetzt ist alles so glatt gegangen. Wenn er nun hinaufgehen würde zur Wohnung von Herrn Klaudius, nur mal horchen. Vielleicht ist er ja gar nicht da. Aber: Wer nichts wagt, der nichts gewinnt. Und den anderen hätte er endgültig gezeigt, wer Mut hat und nicht nur redet.

Johannes steht auf, nimmt die Taschenlampe aus dem Rucksack, hält in der anderen die Kamera, die weiterhin läuft und geht aus dem Keller hinauf in den Wohnbereich des Hauses. Erst im Parterre, dann in jedem Stockwerk schaut er auf die Namensschilder neben den Klingeln. Der schwache Lichtschein der Taschenlampe reicht gerade aus, dass er die Namen erkennen kann. Es irritiert ihn ein wenig, dass in den Zwischenstockwerken auch noch Räume sind. Zwischen dem ersten und dem zweiten Stockwerk öffnet er eine solche Tür. Darin stehen Putzsachen, Eimer, Flaschen und Lappen.

Im dritten Stock wird Johannes schließlich fündig. Auf einem goldenen Emailleschild steht in geschwungenen Lettern ‚Klaudius'. Darunter ist ein Briefkastenschlitz. Johannes drückt ihn ein wenig nach innen. Sehr deutlich kann er Stimmen aus der Wohnung hören. Er führt das Mikrofon der Kamera in den Schlitz. Sein Ohr hält er ebenfalls ganz nahe an die Öffnung, um das Gespräch besser verstehen zu können.

„Da habt ihr totalen Bockmist gebaut, das letzte Mal!" Es ist Herr Klaudius, der da recht laut rumschimpft. Seine Stimme ist klar zu erkennen. „Wer weiß, ob da jetzt so schnell noch mal eine Razzia gemacht wird. Alle denken doch jetzt, die armen Ausländer, sind zu Unrecht verdächtigt worden. Das darf nicht mehr passieren, ist das klar. Das war absolut stümperhaft!"

Nun ist eine andere Stimme zu hören: „Chef, auf dem Gelände war die Hölle los. Bei den Amis ist irgendwas passiert. Es war einfach eine Menge Polizei da, und die waren teilweise ganz in der Nähe von unserem Lager."

Herr Klaudius gibt sich nicht zufrieden mit dieser Antwort: „Dann hättet ihr wenigstens was aus dem Lager vom Heinz nehmen können. Hauptsache, es hätte was bei den Ausländern im Keller gelegen. Warum habe ich den Schuppen auf dem Panzergelände in Mombach anmieten lassen? Weil es niemanden so richtig interessiert, was da los ist! Weil da einfach eine Menge Gesocks auf dem Gelände rumläuft! Darum! Weil ihr da gar nicht aufgefallen wärt. Warum riskiere ich all den Kram? Es ist auch euer Anteil, der flöten geht. Jungs, ich habe mich bis jetzt immer auf euch verlassen können."

Eine ganz tiefe Stimme antwortet dieses Mal: „Beim nächsten Mal läuft's, ganz sicher, Herr Klaudius, wir haben jetzt noch mehr Material da, alles ganz superheiß. Da werden sich die Kanaken voll die Fresse verbrennen."

Johannes ist ganz aufgeregt, jetzt hat er, was er braucht.

Wieder spricht Herr Klaudius. „Vorsicht, mein Junge. Rede nicht in der Öffentlichkeit so. Das gibt nur Ärger. Mach ja nur den Ausländerfreund. Denken und Reden sind zwei Sachen. Und so draußen zu reden, bringt nur Nachteile. Noch zumindest. Es gibt immer noch genug Idioten, die Mitleid mit denen haben. Verstanden?"

In dem Moment geht im Hausflur das Licht an. Johannes, der ganz konzentriert dem Gespräch hinter der Tür gelauscht hat und ständig bemüht war, die Kamera in einer optimalen Position zu halten, lässt vor Schreck seine Taschenlampe fallen. Es scheppert gewaltig laut durch das Treppenhaus. Aus der Wohnung hört er das Rücken von Stühlen und sich nahende Schritte. Johannes springt erschrocken auf und läuft die Treppe nach oben. Er hört, dass die Tür von Herrn Klaudius' Wohnung geöffnet wird, reißt die Tür zu dem Verschlag in dem Zwischenstock auf, schmeißt sich hinein und versucht, die Tür hinter sich zuzuziehen. Dabei fällt ihm die Kamera aus der Hand und rutscht in den Raum. Er selbst stößt mit dem Kopf gegen etwas Hartes. In dem Moment, wo er dieses Harte als eine Toilettenschüssel identifizieren kann, wird auch schon die Tür zu der Kammer mit einem Ruck geöffnet und mehrere Hände greifen rabiat nach ihm, halten ihn fest und seinen Mund zu.

„Scheiße, der hat uns belauscht. Los, ab in die Wohnung zum Klaudius. Den machen wir fertig."

Zwei Männer tragen Johannes an Händen und Füßen in die Wohnung.

28
SONNTAG

Vulkan lässt sich über die Straße treiben. Er hat sich schon früh aus der Wohnung gemacht, hat es dort nicht mehr ausgehalten. Natürlich hatten er und Johannes schon öfter gestritten, auch mal heftiger, aber das gestern hat alles Bisherige bei Weitem übertroffen. So hatte er seinen Freund noch nie erlebt, der sonst so besonnen und auf Ausgleich bedacht ist. Jetzt, wo er, Vulkan, sich fast immer im Griff hat, beginnt Johannes auszuticken.

Er geht weiter über die Straßen, ohne Ziel. Seine Eltern schlafen noch. Sie sind ganz anders drauf als die Eltern von Johannes. Er kann schon verstehen, dass dem zu Hause manchmal die Decke auf den Kopf fällt und er ziemlich genervt von seinen Eltern ist. Die wollen alles kontrollieren, und einen Sauberkeitsfimmel haben sie auch. Seine eigenen Eltern findet Vulkan eigentlich ganz gut. Trotz all dem Scheiß, den er schon gebaut hat, haben sie immer zu ihm gestanden. Auch nach den ärgsten Scherereien haben sie nie was auf ihn kommen lassen. Und reden kann er auch mit ihnen. Nur leider sind sie oft nicht zu Hause und bei ihm, da sie so viel arbeiten.

Er ist nahe dem Haus, in dem Jenny wohnt. Er will mit ihr reden. Einen Moment lang zögert er, dann geht er hin und klingelt. Niemand öffnet. Er klingelt nochmals, aber es regt sich wieder nichts.

Einen Moment lang bleibt Vulkan unentschlossen vor dem Eingang stehen, dann setzt er seine morgendliche Wanderung fort. Nur ab und zu fährt ein Auto durch die Straßen, es riecht nach Sommer. Der Wind ist noch ein wenig frisch, aber die Sonne scheint schon so stark, dass er die Wärme ihrer Strahlen spüren kann.

Eine Straßenbahn fährt an ihm vorbei. Ein Stückchen weiter hält sie mit quietschenden Bremsen an.

Vulkan spurtet los. Die Türen der Straßenbahn schließen schon. Noch zwei Meter. Er drückt auf den kleinen grünen Drücker, die Tür springt wieder auf, und er hechtet schnell die zwei Stufen hinauf. Nur wenige Menschen sitzen verteilt in dem langen Wagen. Einige schauen gelangweilt zu ihm hin, um schnell ihren Blick wieder abzuwenden.

Ein alter Mann sitzt nicht weit entfernt von ihm. Als die Straßenbahn an der nächsten Haltestelle stehen bleibt, erhebt sich der alte Mann. Er hat einen Stock, bewegt sich aber sehr behände aus dem Wagen. Die Bahn wartet noch einige Momente. Es scheint Vulkan, dass an diesem Morgen alles gemächlicher als sonst vonstattengeht.

Die Straßenbahn fährt an. Der alte Mann verschwindet aus seinem Blickfeld.

Vulkan schaut aus dem Fenster. Jetzt fährt er ganz in der Nähe des Flüchtlingsheims vorbei. Vielleicht ist Jenny dort. Sie hilft ihrem Vater ja viel. Was hat sie gestern Abend noch gesagt? Sie kann erst am Mittag. Er beschließt, trotzdem dorthin zu gehen.

An der nächsten Haltestelle steigt er aus und läuft den Weg zu dem großen Haus zurück. Ein Polizeiwagen fährt langsam an ihm vorbei.

Als Vulkan durch das Tor zu dem Gelände des Flüchtlingsheims schreitet, stellt sich ihm ein Mann in den Weg und fragt ihn streng, wohin er wolle. Einen kurzen Moment lang ist Vulkan überrascht, dann erklärt er dem Mann sein Ziel, der ihm daraufhin mit einer Handbewegung gestattet, an ihm vorbeizugehen.

Vor dem Gebäude, in das er mit Johannes zusammen eingedrungen war, versucht Vulkan sich zu erinnern, wo das Büro von Jennys Vater liegt, da vernimmt er sehr laut und sehr deutlich Jennys Stimme. Es klingt nach einem Streit. Vulkan folgt der Stimme. Plötzlich knallt eine Tür, und schnelle Schritte nähern sich ihm. Im nächsten Augenblick rennt ihm Jenny auch schon in die Arme, und beide stürzen zu Boden.

Das Mädchen will gleich losschimpfen, da merkt sie, mit wem sie zusammengestoßen ist. Verwundert fragt sie Vulkan, der sich mit der Hand über die Stirn fährt: „Was machst du denn hier?"

„Ich wollte mit dir reden. Wegen Johannes", antwortet ein verdutzt dreinschauender Vulkan.

„Ich muss mich gerade mal abregen. Ich habe mit meinem Vater gestritten. Lass uns runtergehen."

Vulkan nimmt den Vorschlag gerne an. „Hast du was zum Essen da?", fragt er sie.

„Geh schon mal vor. Wenn du unten aus der Tür kommst, ist rechts nach ein paar Metern eine Holzbank mit einem Tisch. Warte da auf mich!"

Ein paar Minuten später kommt Jenny mit einem Korb. Sie stellt ihn auf den Tisch und packt eine Flasche Orangensaft, ein Brot und etwas Käse aus.

„Zufrieden?", fragt sie Vulkan, der nickt und große Augen macht. „Klasse, ein super Service. Kann ich hier einziehen?"

„Keine blöden Witze", gibt Jenny schnippisch zurück. „Hier ist zurzeit dicke Luft."

„Was ist?", will Vulkan wissen.

„Das Übliche. Streit mit meinem Vater wegen dem Klaudius und seiner Bürgerinitiative. Jetzt haben die Papa zu einer Podiumsdiskussion eingeladen, und er will da hin. Die wollen ihn natürlich fertigmachen. Aber er meint, dass da doch genau die Leute sitzen, die er überzeugen muss. – So ein Stuss! Die kann man nicht überzeugen. Da muss man Beweise sammeln und die dann verklagen. Die müssen in den Knast. Das sind Verbrecher!"

Es entsteht eine Pause, in der Vulkan sich eine Scheibe Brot abschneidet und mit Käse belegt.

„Und du willst mit mir wegen Johannes reden? Bin ich da nicht die Falsche?"

„Warum?", antwortet Vulkan und beißt in sein Brot, „irgendwie betrifft es dich ja auch ..."

„Aber das Problem hat Johannes ...", antwortet Jenny, und Vulkan unterbricht sie: „Der macht total dicht."

„Dann musst du ihn zwingen, sich mal auszukotzen. Ruf ihn an und sag ihm, er soll endlich sein Maul aufmachen. Ist ziemlich kindisch sein Verhalten.“

Vulkan ist unsicher. Er schluckt das Brot hinunter. „Wahrscheinlich hast du recht. Ich werde ihn nachher anrufen.“

„Nicht nachher. Jetzt und sofort und hier! Ich komme mit. Es gibt einen Nebenanschluss im Versammlungsraum, da sind wir ungestört. Los, auf!"

Sie gehen nach oben. Vulkan ziert sich erst ein wenig, aber auf Jennys energische Zusprache wählt er die Nummer.

Es klingelt einige Male, dann ist Johannes' Mutter am Apparat: „Ja bitte?“

„Guten Morgen, Frau Kippenberg. Hier ist Vulkan, ich möchte gerne Johannes sprechen.“

„Tut mir leid, Vulkan, der schläft noch. Es ist ja auch noch nicht so spät.“ Ein leichter Vorwurf ist in ihrer Stimme zu hören.

„Können Sie ihn nicht wecken? Es ist wichtig.“

„Lass mal. Ich sage ihm, dass du angerufen hast, dann kann er dich ja später zurückrufen. Ja? Johannes hat die letzten Tage so wenig geschlafen, da bin ich froh, dass er das alles mal nachholt. Er ruft dich später an, Vulkan. Tschüss.“

Sie legt auf, Vulkan hat sich noch nicht einmal verabschieden können.

29

Vulkan hat sich Zeit gelassen und kommt erst am Nachmittag nach Hause. Auf dem Küchentisch findet er die Nachricht seiner Eltern, dass sie über den großen Büchermarkt, der jedes Jahr während dem Johannisfest auf dem Schillerplatz und dem Ballplatz stattfindet, spazieren werden. Später wollen sie sich irgendwo draußen in eine Gaststätte setzen und etwas essen. Wenn er Lust hätte dazuzukommen, solle er sie auf dem Handy anrufen.

Er überlegt, ob er auf das Angebot eingehen soll und verlängert sich seine Bedenkzeit, indem er ein großes Glas mit Apfelsaft und Wasser auffüllt.

Er hat das Glas angesetzt und einen ersten großen Schluck getrunken, da klingelt das Telefon. Er läuft in den Flur, wo der Apparat steht. Auf der Anzeige des Anrufbeantworters blinkt die Zahl Vier. Er wundert sich über so viele Anrufe in seiner Abwesenheit.

Kaum hat sich Vulkan mit seinem Namen gemeldet, vernimmt er die aufgeregte Stimme von Frau Kippenberg: „Hallo Vulkan, bist du es?"

Er kann gar nicht antworten, so schnell redet Johannes' Mutter weiter. „Ist Johannes bei dir? Er ist weg und hat nichts gesagt. Wir sind in Sorge!"

„Nein, Frau Kippenberg", antwortet Vulkan, „bei mir ist er nicht. Ich denke, er hat Hausarrest."

„Sei ehrlich! Wenn er was ausgefressen hat oder wenn es wegen des Hausarrestes ist, sag ihm, er bekommt keinen Ärger."

„Ehrlich, Frau Kippenberg, ich weiß nicht, wo er ist."

„Dann such ihn bitte. Wir machen uns ehrlich Sorgen. Das ist nicht seine Art, einfach so wegzugehen. Wir haben den Verdacht, dass er die letzte Nacht gar nicht zu Hause war."

„Aber Sie haben doch heute Morgen gesagt, dass er noch schläft."

„Da habe ich auch noch nicht in sein Zimmer geschaut. Auf jeden Fall ist er weg. Vielleicht kommst du nachher mal vorbei."

„Ja", verspricht Vulkan. „Und jetzt werde ich ihn suchen, sofort!"

Mit einem Seufzen und der Ermahnung, sich sofort zu melden, wenn er etwas weiß, verabschiedet sich Frau Kippenberg.

Was war das? Vulkan ist irritiert. Er beschließt, Jenny anzurufen. Lieber erst mal mit Jenny sprechen. Er nimmt das Telefonbuch und sucht das Flüchtlingsheim. Ist gar nicht so einfach. Endlich hat er den Eintrag und wählt die Nummer.

Mehrmals muss er es läuten lassen, bevor jemand abhebt.

„Drusen hier, Flüchtlingsheim Rheingauwall, was kann ich für Sie tun?"

„Vulkan ist hier, ein Freund von Jenny, Sie wissen, der letztens zum Mittagessen da war." Er spricht sehr schnell.

„Ja, ich weiß, hallo Vulkan, warte einen Moment, ich rufe Jenny. Sie ist irgendwo draußen."

Vulkan kann ganz genau den Weg von Herrn Drusen verfolgen: er hört seine Schritte, das zur Seite-Schieben der Gardine, das Öffnen des Fensters, dann die Rufe: „Jenny, Jenny, komm bitte mal hoch, Telefon für dich." Kaum verständlich ist ihre Antwort: „Wer ist es?" „Frag nicht so viel, komm rauf." „Wer ist es denn, ich bin beschäftigt, ich rufe später zurück?!" „Es scheint eilig zu sein. Es ist Vulkan, und er klingt etwas gehetzt." „Ich komme, Momentchen."

Herr Drusen spricht jetzt wieder zu Vulkan: „Sie kommt. Ich lege den Apparat zur Seite. Tschüss."

Es dauert etwa eine halbe Minute, dann hört Vulkan Jennys Stimme. „Hallo."

„Ich bin's, Vulkan. Eben hat mich die Mutter von Johannes ganz aufgeregt angerufen, dass Johannes nicht zu Hause ist. Bei dir ist er auch nicht?"

Jenny lacht: „Hat er so viel Mut, sich in die Höhle der Löwin zu wagen?"

Vulkan bleibt ernst: „Keine Zeit für Späße. Ist er bei dir?"

„Nein, er ist nicht hier und hat sich hier auch nicht gemeldet. Ist es so ernst?"

„Keine Ahnung, aber seine Mutter glaubt, dass er die ganze Nacht nicht zu Hause war. Ist eigentlich nicht seine Art. Ich gehe jetzt mal zu ihm nach Hause."

„Rufst du mich nachher an?", bittet Jenny. „Dann können wir ja gemeinsam weitersehen. Ich habe jetzt noch zu tun, aber ab fünf, halb sechs habe ich Zeit."

„Gut, bis später, und drück die Daumen, dass nichts passiert ist. Bis später."

„Ciao."

30

Frau Kippenberg bittet Vulkan ins Wohnzimmer. Ihr Mann sitzt schon dort.

Beide bestürmen ihn sogleich mit Fragen nach ihrem Sohn. Vulkan kann ihnen nur mitteilen, dass er Johannes zum letzten Mal vorgestern Mittag gesehen hat und dass sie später noch miteinander telefoniert haben. Dabei habe er nichts davon gesagt, dass er irgendetwas vorhabe.

„Wieso glauben Sie denn, dass er die Nacht nicht da war?“, will Vulkan wissen.

„Weil im Bett die Kissen so gelegt waren, dass es aussieht, als schlafe da jemand“, antwortet Frau Kippenberg und fragt weiter, ob irgendwas vorgefallen sei, ob jemand Johannes geärgert oder er mit jemandem Streit gehabt habe.

Vulkan kann auf alle Fragen nur mit Nein oder, dass er es nicht wisse, antworten. Er hat ein schlechtes Gewissen, weil er sieht, wie Johannes' Mutter in Sorge ist.

Was sie denn die letzten Tage so gemacht hätten, will die Mutter wissen, er solle mal erzählen.

Vulkan sagt, dass sie während der Razzia am Flüchtlingsheim gewesen seien. Ansonsten hätten sie so abgehangen, sind Skateboard gefahren und solche Sachen. Und dass sie sich über den Film in der Schule unterhalten hätten.

Es ist kein Anhaltspunkt zu finden, Johannes' Mutter wird immer nervöser, und es macht sie sauer, dass sich Vulkan recht wortkarg gibt.

„Razzia im Flüchtlingsheim? Was habt ihr denn da zu suchen? Und dieser Film. Diese Flausen hat ihm wieder sein Onkel Arthur in den Kopf gesetzt.“

Herr Kippenberg, der bis dahin seiner Frau die Befragung überlassen hat, stimmt ihr zu: „Ich fürchte, du hast recht. Mein Bruder steckt wieder dahinter mit dieser blödsinnigen Idee, dem Jungen eine Kamera zu schenken. Es ist noch viel zu früh, dass er so was bekommt. Mit gerade mal fünfzehn eine Kamera. Einen Film machen, in dem Alter. Seine Schularbeiten soll er ordentlich machen. Ich weiß nicht, ob es so gut ist, dass er immer mit dir zusammen herumhängt." Herr Kippenberg schaut Vulkan streng an.

Vulkan hat den Impuls zu gehen. Er ist nicht gekommen, sich beschimpfen zu lassen.

„Ich rufe jetzt die Polizei", spricht der Vater weiter. „Wir haben überall, wo er sein könnte, angerufen. Niemand hat ihn gesehen oder weiß, wo er ist. Du kannst oder willst uns scheinbar auch nicht weiterhelfen. Die Nacht war er offensichtlich nicht zu Hause. Jetzt reicht's."

Er geht in den Flur.

„Schon wieder die Polizei bei uns. Oje." Frau Kippenberg verschwindet ebenfalls aus dem Wohnzimmer.

Vulkan sitzt allein in dem Raum. Vielleicht kann er ja mit den Polizisten vernünftig reden. Er will ja auch, dass Johannes nichts passiert ist und dass man ihn so schnell wie möglich findet.

Er steht auf, geht in Johannes' Zimmer.

Dort schaut er sich um. Die Straßenkarte auf dem Schreibtisch fällt ihm sofort auf. Er beugt sich über die Karte, erkennt den Kreis, den Johannes gezeichnet hat. Er hebt die Straßenkarte ein wenig hoch, um sie besser betrachten zu können, da fällt etwas zu Boden. Er bückt sich, hebt es auf. Es ist eine Visitenkarte.

„Vulkan, wo bist du?", hört er Frau Kippenberg ihn suchen. „Ist der Junge etwa gegangen?" Er vernimmt Schritte. Schnell schiebt er die Straßen- und die Visitenkarte unter sein Hemd und geht aus dem Zimmer in den Flur.

„Hier bin ich, ich habe mal kurz in Johannes' Zimmer geschaut, ob ich einen Hinweis finde. Aber Fehlanzeige."

„Die Polizei kommt gleich. Du bleibst so lange noch hier!"

Er setzt sich wieder auf den Sessel im Wohnzimmer und versucht, die Karte so unauffällig wie möglich unter seinem Hemd ein wenig zu verschieben. Sie zwickt ihn, und er hat das Gefühl, dass ihre Konturen unter seinem Hemd ganz deutlich zu sehen sind.

Er überlegt, ob er den Eltern von Johannes etwas sagen soll, aber dann ist klar, dass er vorhin nicht ganz die Wahrheit gesagt hat. Außerdem hasst er es, wenn man ihn beschimpft, insbesondere, wenn es nicht gerechtfertigt ist.

Schweigend sitzt er da, bis es klingelt.

Ein Polizist und eine Polizistin betreten das Wohnzimmer. Aufgeregt zwar, aber sehr freundlich bittet Frau Kippenberg die beiden, sich zu setzen und fragt, ob sie vielleicht etwas trinken möchten. Sie verneinen dankend. Sieh an, denkt Vulkan, sie kann auch freundlich sein. Mich hat sie das nicht gefragt.

„Nun, was ist passiert?“, richtet die Polizistin die Frage an die Eltern.

„Unser Sohn ist verschwunden.“

„Was heißt ‚verschwunden‘?“

„Er ist nicht da.“

„Wie lange vermissen Sie ihn denn?“

„Wahrscheinlich seit gestern Abend. Da haben wir ihn zum letzten Mal gesehen.“

Die Karte zwickt Vulkan sehr. Er versucht sie unauffällig unter seinem Hemd zu verschieben.

„Warum ‚wahrscheinlich‘?“

„Er ist früh ins Bett gegangen, was schon ungewöhnlich ist, und heute Morgen ist er lange nicht aufgestanden. Da haben wir uns erst keine Gedanken gemacht, da er die letzte Zeit wenig geschlafen hat. Aber als es Mittag wurde, habe ich doch mal nachgeschaut. Es sah so aus, als ob er ganz tief unter seiner Decke liege. Dann habe ich genauer hingesehen. Und da waren nur ein paar Kissen drin. Das Bett war leer. Ansonsten sah es nicht so aus, als hätte er darin geschlafen. Und die Sachen, die er gestern anhatte, und seine Schuhe sind auch nicht da. Die stellt er normalerweise immer in den Flur. Und da sind sie mir heute Morgen, als wir aufgestanden sind, auch nicht aufgefallen. Aber ich habe mir nichts dabei gedacht. Und die Kamera ist auch nicht da."

„Kamera?"

„Die hat er von seinem Onkel geschenkt bekommen. Der hat immer so verrückte Ideen."

Nun sieht sich der Vater veranlasst einzugreifen. „Mein Bruder war vor Kurzem zu Besuch und hat seinem Neffen eine ältere Videokamera geschenkt, und ohne die geht er jetzt nicht mehr aus dem Haus. Er will einen Film machen. Mit seinem Freund." Er deutet auf Vulkan. Der kämpft gerade mal wieder mit der Karte. Die hat sich soweit verschoben, dass das Hemd an der Seite spitz wie ein Zirkuszelt absteht. Mit einem unnatürlich angewinkelten Arm versucht Vulkan, das zu verdecken.

„Du bist der Freund?", fragt der Polizist ihn, und die Polizistin ergänzt: „Hast du Probleme? Hautausschlag?"

„Äh, nein", wehrt Vulkan ab, „warum meinen Sie?"

„Weil du dich dauernd kratzt? Du solltest mal zum Arzt gehen."

Frau Kippenberg blickt ihn vorwurfsvoll an.

„Nein, nein, das Hemd zwickt so, ist vielleicht etwas am Stoff oder so."

„Las mich mal nachgucken", interveniert die Mutter und steht schon auf.

„Jetzt setz dich doch hin, das tut gar nichts zur Sache", ermahnt sie ihr Mann.

Alle schauen Vulkan an.

„Ich habe Johannes gestern Nachmittag gesehen. Er war bei mir zu Hause."

„Wie?", fällt ihm entrüstet die Mutter ins Wort, „Johannes hatte doch Hausarrest. Wieso ist er dann bei dir? Davon hast du eben gar nichts gesagt."

Die Polizistin beschwichtigt die Mutter: „Frau Kippenberg, lassen Sie den Jungen doch ausreden. Auf den Hausarrest kommen wir nachher noch zu sprechen."

Vulkan redet weiter: „Er ist dann gegangen, und wir hatten vereinbart, dass wir heute telefonieren."

„Und dir ist nicht Besonderes oder Ungewöhnliches aufgefallen? Etwas, das anders war als sonst?“

„Nein!“, antwortet er, aber wieder will Johannes’ Mutter die bessere Polizistin sein. „Aber dir muss doch was aufgefallen sein?“

„Frau Kippenberg, bitte!“, ermahnt sie die Polizistin nochmals.

Der arme Johannes, denkt Vulkan, wie hält er das nur aus?

„Frau Kippenberg, wir verstehen, dass Sie in Sorge sind, aber das Wichtigste ist jetzt, einen kühlen Kopf zu behalten. Also: Was war denn mit dem Hausarrest?“ Der Polizist lenkt die Aufmerksamkeit von Vulkan weg.

Eigentlich sind sie ganz nett und vernünftig. Vielleicht sollte er ihnen doch alles erzählen, von der brennenden Decke, von ihrem Einbruch im Heim, dem Erwischtwerden, der Bürgerversammlung, von Jennys Verdacht, von der Straßenkarte, die er auf dem Schreibtisch von Johannes gefunden hat.

„Aber an dem Hausarrest kann es nicht gelegen haben. Das hat ihm nie so viel ausgemacht. Dann hat er gelesen.“

Die Karte zwickt Vulkan immer noch. Er wägt seine Gedanken ab. Er hat den Streit gehabt mit Johannes. Wegen des Streits ist der Freund wütend gegangen. Und meint, jetzt allein gegen den Klaudius vorgehen zu müssen. Vulkan flucht unhörbar für die anderen in sich hinein. Soll er das von dem Klaudius erzählen? Nein, er ist es Johannes schuldig, dass er die Sache selbst in Ordnung bringt.

„Nein, wegen eines Hausarrestes läuft man doch nicht weg. Und weswegen hat er den denn bekommen? Weil er sich an keine Zeiten gehalten hat, weil er einfach später nach Hause kam. Ich habe so oft gesagt, dass ...“

Die Polizistin greift ein: „Jetzt regen Sie sich bitte nicht auf, Frau Kippenberg! Wir müssen ruhig bleiben und genau überlegen, wie wir vorgehen. Ich schlage vor, Sie telefonieren nochmals alle Leute an, zu denen er gegangen sein könnte. Bitte bedenken Sie auch das, was im ersten Moment abwegig erscheint. Wenn das nichts bringt, würde ich vorschlagen, warten Sie noch bis sechs Uhr heute Abend. Und wenn Ihr Sohn bis dahin nicht nach Hause gekommen ist, rufen Sie uns an, und wir werden Suchmaßnahmen einleiten. Sind Sie damit einverstanden?“

Es fällt Frau Kippenberg nicht einfach, aber sie stimmt zu.
Die beiden Beamten verabschieden sich.
Vulkan nutzt die Gelegenheit und verlässt mit den Polizisten die Wohnung.

31

Mittlerweile ist es Abend. Vulkan lehnt sich an das Geländer, das die asphaltierte Rollschuhbahn im Goethepark von den Grünflächen abtrennt. Er wartet auf Jenny, die nicht so schnell aus dem Heim weg kann. ‚Verpflichtungen' nennt sie das. Er glaubt, die einzige wirklich wichtige Verpflichtung im Moment heißt Johannes. Aber er wollte ihr am Telefon nicht so viel erzählen. Er schaut den drei Rollschuhfahrerinnen zu, die unentwegt zu ziemlich uncooler Musik ihre Kreise ziehen. Er dreht und wendet es hin und her und kommt doch immer nur zu einem Ergebnis: Johannes ist auf eigene Faust zu Klaudius. Aber was hat er da gewollt? Hoffte er, dort Diebesgut zu finden, seinen Laptop? Seltsam, die handgeschriebene Adresse auf der Rückseite der Visitenkarte. Es ist eine Anschrift in der Altstadt. Aber wenn er das gemacht hat – warum ist er dann nicht nach Hause gekommen? Hat er so was Schreckliches entdeckt, dass er nicht mehr heim konnte? Oder konnte er nicht mehr heim, weil ihm was Schreckliches zugestoßen ist?

„Hallo Vulkan. Ich bin da. Es hat einen Moment länger gedauert. Nun erzähl, was passiert ist!"

Vulkan dreht sich um, Jenny steht hinter ihm.

„Johannes ist verschwunden!", sagt er ernst und erzählt ihr die Geschichte, soweit er sie kennt: der Streit gestern, sein Anruf bei Johannes' Eltern und das Gespräch mit den Polizisten bei Kippenbergs zu Hause, die Entdeckung der Straßen- und der Visitenkarte. Und seine Schlüsse, die er daraus gezogen hat.

„Dann müssen wir sofort zur Polizei gehen", reagiert Jenny, „warum hast du denn den Polizisten nichts von Klaudius erzählt?"

„Was hätte ich denn sagen sollen? Und dann hätte ich die ganze Geschichte erzählen müssen. Es wäre klar gewesen, dass ich vorher nicht die Wahrheit gesagt habe. Und außerdem: Was haben wir gegen Klaudius in der Hand? Wir wissen doch gar nicht, ob der am Verschwinden von Johannes Schuld ist."

„Der ist nicht unschuldig. Auch wenn er nichts Strafbares getan hat. Er versaut uns das Leben!"

„Okay, okay", lenkt Vulkan ein, „so habe ich das auch nicht gemeint. Aber wenn die Polizei jetzt zu ihm hingeht, falls sie das tut, dann ist er gewarnt, oder er ist durch Johannes gewarnt, falls der wirklich zu ihm gegangen ist und Klaudius vielleicht was gemerkt hat."

„Du bist etwas verworren", stellt Jenny fest. „Ich bin immer noch dafür, dass wir zur Polizei gehen. Aber was schlägst du vor?"

„Sieh mal, Johannes hat sich doch diese Adresse in der Altstadt notiert. Auf der Rückseite von Klaudius' Visitenkarte. Auf seinem Schreibtisch lag diese Karte mit einem Kreis um die Straße. Vielleicht ist er da etwas auf die Spur gekommen. Vielleicht hat Klaudius da sein Lager? Ich glaube, wir müssen uns da selbst auf die Suche machen."

„Und was ist, wenn der Klaudius wirklich was gemerkt hat, wenn er vielleicht sogar Johannes geschnappt hat? Uns kann das gleiche passieren!" Jenny ist hartnäckig.

„Wir sind zu zweit, und wir werden vorsichtig sein. Wir können ja irgendwo eine Nachricht hinterlegen, wo wir sind. Und die muss nach einer gewissen Zeit geöffnet werden."

„Da kann es aber zu spät sein. Ich denke, es ist besser, zur Polizei zu gehen."

„Aber dann ist es zu spät, bis die was machen. Ich werde allein gehen."

„Das ist doch Blödsinn, Vulkan! Du hast ein schlechtes Gewissen wegen eures Streits gestern. Und meinst, deswegen sei er losgezogen. Aber das ist totaler Quatsch!"

„Ist kein Quatsch. Genau deswegen ist Johannes los. Ich muss ihn nun finden. Und die Spur führt zu Klaudius. Du hast doch so einen großen Prass auf ihn. Du willst doch, dass er euch in Ruhe lässt, dass er am besten im Knast landet. Hier ist die Chance. Und du hast doch über die Polizei gemeckert, dass sie nichts macht und solche Typen noch unterstützt."

„Okay." Jenny wird nachgiebiger. „Aber hast du keinen Schiss?"

„Ich? Nein! Warum?" Er macht eine kurze Pause. „Doch, ein wenig schon, aber es geht."

Sie geht nahe zu ihm und gibt Vulkan einen schnellen Kuss auf die Wange.

32

Kurze Zeit später treffen sich Jenny und Vulkan wieder auf dem Goetheplatz. Sie haben eine Taschenlampe organisiert und den Weg auf der Karte zu der Adresse in der Altstadt genau studiert.

Sie machen sich auf, da es schon beginnt dunkel zu werden.

Es sind noch mehr Leute unterwegs als am Vortag. Das gute Wetter sorgt für ausgelassene Stimmung. Sie werden von niemandem angesprochen.

Das Haus in der kleinen Seitenstraße zur Augustinergasse finden sie auf Anhieb. Vulkan drückt gegen die Tür. Sie ist verschlossen. Jetzt fällt ihnen erst auf, dass sie sich keine Vorstellung davon gemacht haben, wie sie vorgehen sollen.

Sie beschließen, ein paar Meter weiter zu gehen, um nicht aufzufallen.

Sie setzen sich auf eine Mauer.

„Wie sollen wir da reinkommen?“, fragt Vulkan.

„Wir klingeln, drücken uns ganz dicht in die Türe und warten, bis aufgedrückt wird. Irgendwer im Haus wird schon aufmachen“, schlägt Jenny vor.

Vulkan überlegt. „War da nicht so eine Sprechanlage, über die man checkt, wer da ist?“

„Keine Ahnung. Ist mir nicht aufgefallen.“

„Ich schaue mal nach!“ Vulkan geht zum Haus zurück und versucht, so unauffällig wie möglich zu wirken.

Als er wieder bei Jenny ist, lacht sie. „Warum lachst du?“, fragt Vulkan.

„Weil du fantastisch auffällig unauffällig warst. Ein Meisterdetektiv."

Vulkan wirft ihr einen strengen Blick zu.

„Es ist eine Sprechanlage da."

„Scheiße!" Jenny überlegt. „Ich hab's. Es ist nicht einfach. Aber vielleicht schlagen wir zwei Fliegen mit einer Klappe."

Vulkan ist gespannt.

Jenny erklärt ihm ihren Plan: „Ich stelle mich ganz dicht an die Tür. Du klingelst. Falls der Klaudius da ist und öffnet, ohne zu fragen, ist es gut, und wir sind drin. Wenn er fragt, antwortest du ihm, dass du mit ihm reden musst. Es wäre dringend. Und wenn er öffnet, gehen wir hinein. Ich verstecke mich unten im Hausflur und versuche, in den Keller zu kommen, und du gehst zu ihm und lenkst ihn ab. Und kannst vielleicht noch einen Blick in seine Wohnung werfen."

„Moment mal. Was soll ich ihm denn sagen? Und wenn er Johannes wirklich geschnappt hat, vielleicht passiert mir dasselbe?"

„Machst du jetzt doch einen Rückzieher? Du wolltest unbedingt hierher."

„Ist ja gut, aber worüber soll ich mich mit ihm unterhalten?", fragt Vulkan.

Jenny überlegt.

„Die Wahrheit. Du sagst ihm, dass dein Freund Johannes verschwunden ist. Das Letzte, was du von ihm weißt, ist, dass er sich seinen Computer holen wollte. Und da die Afghanen all die Sachen klauen, wie Herr Klaudius gesagt hat, hätten sie ihm vielleicht was getan. Und jetzt weißt du nicht, was zu tun ist. Und der Herr Klaudius hat auf der Bürgerversammlung doch zu euch beiden gesagt, wenn ihr ein Problem habt, sollt ihr ruhig zu ihm kommen."

Vulkan ist tief beeindruckt. Dem kann er nur durch ein tiefes „Uff" Ausdruck verleihen. Auch Jenny ist stolz auf sich selbst.

„Okay, klingt gut", sagt er dann.

„Wir treffen uns nachher wieder auf dem Platz hinter dem Gässchen."

33

Sie gehen wie verabredet in Position.

Vulkan klingelt. Es passiert nichts. Die beiden schauen sich fragend an. Jenny nickt. Vulkan klingelt nochmals.

Nach ein paar Sekunden knarrt es kurz in dem Lautsprecher, dann ist eine gereizt klingende Stimme zu hören: „Ja, bitte?"

Vulkan sagt nichts. Jenny stupst ihn, gibt ihm Zeichen, was zu sagen.

„Hier ist Konstantin Nicodemus. Ich war vorgestern auf der Bürgerversammlung. Mit der Kamera. Sie wissen?!", stottert Vulkan.

Kurze Pause.

„Was willst du?"

„Ich muss mit Ihnen reden."

„Reden. Worüber?"

„Sie haben doch gesagt, dass wir zu Ihnen kommen können, wenn wir ein Problem haben."

„Bist du allein da?"

„Ja ... natürlich."

„Und ... dein Freund? Ist der nicht da?"

„Deswegen bin ich doch hier."

„Deswegen! Weswegen?"

„Wegen Johannes. Der ist verschwunden."

„Verschwunden? Wohin verschwunden?"

„Ich dachte, Sie können mir das sagen."

Pause.

„Ich? Ich habe nichts mit deinem Freund zu tun." Pause. „Was soll ich mit ihm zu tun haben?"

„Ich denke, Sie können mir helfen?"

„Aha." Pause. Vulkan schaut Jenny an. Die guckt ein wenig resigniert.

„Gut, komm hoch. Ich wohne im dritten Stock."

Der Summer ertönt. Vulkan drückt mit seiner Hand gegen die Tür und öffnet sie. Jenny schlüpft schnell hinein. Vulkan zeigt auf die Kellertür. Jenny hebt ihren Daumen. Vulkan nickt, atmet tief durch und geht nach oben.

Jenny wartet neben der Kellertür.

Als Vulkan im dritten Stock ankommt, steht Herr Klaudius in der Tür. Er ist sehr förmlich gekleidet. Er trägt einen dunkelgrauen Anzug und eine Krawatte. Er reicht seinem Gast die Hand.

„Komm herein", sagt er zu Vulkan. Er führt ihn ins Wohnzimmer und fordert ihn mit einer Handbewegung auf, sich zu setzen. Herr Klaudius bleibt stehen.

Jenny hat die Taschenlampe ausgepackt. Erleichtert stellt sie fest, dass die Kellertür nicht verschlossen ist. Sie zieht die Tür hinter sich zu. Einen Moment lang zweifelt sie, ob sie und Vulkan richtig handeln und ob es nicht ein Fehler ist, Vulkan allein zu Klaudius gehen zu lassen. Aber er war ja so scharf darauf, den Fall allein zu knacken – Jungenmist! – , da muss er auch ein Risiko eingehen.

Sie entdeckt den Lichtschalter, drückt auf den Knopf und geht die Treppe hinunter.

„Möchtest du etwas trinken?"

Vulkans erster Impuls ist, ‚Ja' zu sagen. Aber sofort kommt ihm der Gedanke, dass so ein Getränk vergiftet sein könnte oder dass ein Betäubungsmittel hineingemischt ist.

„Nein danke, ich habe eben erst was getrunken."

„Gut, aber wenn du Durst bekommst, sagst du es mir."

Vulkan nickt.

„Und nun erzähle mal, warum du glaubst, dass ich weiß, wo dein Freund ist. Vielleicht ist er bei seiner Freundin?"

„Bei welcher Freundin? Woher wissen Sie ...?"

Herr Klaudius geht um Vulkan herum und bleibt hinter ihm stehen. Vulkan folgt ihm erst mit seinen Augen, dann dreht er seinen Kopf um.

„Ich weiß gar nichts. Ich habe nur so überlegt. Hat er eine Freundin?"

„Nein."

Als Jenny die Treppe ganz hinuntergegangen ist, bleibt sie erst einmal stehen und schaut sich um. Dabei fällt ihr Blick gleich auf den Lageplan. Sie schaut ihn sich genau an und geht dann zu dem Kellerraum von Herrn Klaudius. Sie ist sehr aufgeregt.

„Dein Freund ist verschwunden?!" Herr Klaudius schaut Vulkan sehr eindringlich an. „Und du kommst so spät am Abend zu mir. Zu einer Zeit, zu der Jungs in deinem Alter eigentlich im Bett liegen sollten. Oder zumindest zu Hause bei ihren Eltern sind." Pause. „Wissen deine Eltern eigentlich, wo du bist?"

„Na klar!" Das ist etwas zu schnell geantwortet. Herr Klaudius zweifelt an der Wahrhaftigkeit dieser Antwort. Das verrät sein Blick.

„Sollen wir sie anrufen?"

„Wen?"

„Deine Eltern."

„Meine Eltern. Nein. Warum?"

„War nur so ein Gedanke? Also: Warum bist du zu mir gekommen?"

Herr Klaudius nimmt einen Stuhl und setzt sich Vulkan gegenüber. Er sitzt nun zwischen dem Jungen und der Wohnungstür.

Jenny rüttelt an der Tür zu dem Kellerraum. Sie ist offen. Sie schaltet ihre Taschenlampe an und macht einen Schritt in den Raum. Sie tritt auf etwas Metallenes und erschreckt. Sie schnauft kurz durch, dann sucht sie mit ihrer Taschenlampe den Boden ab. Gleich neben der Tür liegt ein Schloss. Eine Spur.

„Sie haben doch gesagt, dass wir zu Ihnen kommen sollen, wenn es ein Problem gibt."

„Und dein Problem ist, dass dein Freund weg ist?"

„Verschwunden. Einfach verschwunden. Ohne was zu sagen."

„Und wie kann ich dir helfen?"

Herr Klaudius hat in manchen Momenten einen Blick, der so forschend und durchleuchtend ist, dass Vulkan angst und bange wird. Er muss schwer mit sich kämpfen, um nicht seine Stimme zu verlieren.

„Sie haben doch auf der Bürgerversammlung gesagt, dass die Afghanen die Sachen klauen und ..."

„Entschuldige, wenn ich dich unterbreche. So etwas würde ich nie sagen. Was ich gesagt habe, ist, dass der Verdacht sehr groß ist, dass diese Leute dahinterstecken. Das ist was anderes. Wir leben in einem Rechtsstaat, und bis zu dem Beweis des Gegenteils ist jeder unschuldig. Das musst du dir merken."

„Aber Sie haben doch ..."

„Nein, ich habe nichts. Ich habe lediglich gesagt, dass mit dem Zuzug dieser Menschen in der Neustadt die Diebstahlsrate mehr als merklich angestiegen ist. Mehr nicht. Und dass man das sehr genau beobachten muss. Und nachdem einige Leute gesehen haben wollen, dass die Afghanen immer in der Nähe waren, wenn etwas gestohlen wurde, war auch ich der Meinung, dass man sie genauer beobachten muss. Im Sinne und zum Schutz des Gemeinwohls."

Vulkan schweigt. Er hat das Gefühl, dass ihm das Gespräch entgleitet.

Jenny durchwühlt die Kisten. Auch hier stellt sie fest, dass vor ihr jemand jede Kiste, die sie anfasst, schon geöffnet und sich nicht die Mühe gemacht hat, sie wieder ordentlich einzuräumen oder die Spuren des Öffnens zu verwischen. Langsam wird ihr mulmig zumute.

„Also. Du denkst, ich kann dir helfen. Komm jetzt bitte zur Sache. Ich habe noch einige eilige Dinge zu erledigen."

„Was ich sagen will ist, dass meinem Freund doch der Laptop weggekommen ist, und er war ziemlich sauer darüber. Und nach der Bürgerversammlung war er sich ganz sicher, dass die Afghanen den geklaut haben. Na ja, und er hat so Andeutungen gemacht, dass er sich den allein holt, wenn ihm niemand hilft. So ähnlich. Und ich schätze, dass er dann dahin gegangen ist. Und jetzt haben die ihn vielleicht erwischt. Und ich habe Schiss, dass die ihm was antun. Was meinen Sie?"

„Wie ich eben schon sagte, man sollte mit voreiligen Verdächtigungen vorsichtig sein. Möglich ist es schon, aber da muss man ganz, ganz behutsam vorgehen.

Herr Klaudius schaut auf seine Uhr, dann geht sein Blick zur Tür, schließlich wieder zurück zu Vulkan.

Jenny ist sich sicher, dass sie nichts mehr finden wird. Aber das, was sie gesehen hat, ist sehr aufschlussreich gewesen. Sie verlässt den Kellerraum und zieht die Tür zu. Sie steigt die Kellertreppe hoch, öffnet und schließt vorsichtig die Tür zum Hausflur.

Sie überlegt.

Ihr detektivischer Erfolg im Keller beflügelt sie. Vorsichtig und bedacht, keine lauten Geräusche zu machen, geht sie die Treppe zu den Wohnungen hoch.

„Ich verspreche dir aber, dass ich mich darum kümmern werde. Hast du noch die Karte, die ich dir gegeben habe?"

Vulkan überlegt.

„Warte. Kein Problem. Ich habe genug davon."

Herr Klaudius geht aus dem Raum.

Vulkan schaut ihm nach. Ob der wirklich die Karte holt?

Jenny hat die Tür zu Herrn Klaudius' Wohnung schnell gefunden. Sie versucht, durchs Schlüsselloch zu schauen. Sie drückt ihr Ohr an die Tür und versucht zu horchen, ob Vulkan noch da ist.

Herr Klaudius kommt zurück, in der Hand hält er die Karte.

„Tut mir leid, dass ich dir im Moment nicht mehr helfen kann. Ich rate dir, gehe zur Polizei. Die kann feststellen, ob die Geschichte mit den Afghanen stimmt. Wenn ja, ist es eine schlimme Sache, und ich drücke dir die Daumen, dass deinem Freund nichts passiert ist. Das Revier ist nicht weit von hier. Gleich in der Weißliliengasse. Gehe am besten sofort dahin. Und lass dich dann von der Polizei nach Hause fahren. Deine Eltern machen sich bestimmt schon Sorgen. Ich muss jetzt leider weiterarbeiten."

Vulkan hat verstanden und steht auf. Sie gehen zur Tür. Schick, diese Wohnung, schön, so ein Parkett. Nur ein bisschen laut für die, die unten wohnen.

Jenny hört die Schritte. Aber es dauert eine Weile, bis sie realisiert hat, dass sie auf die Tür zukommen, an der sie lauscht. In ihrer Panik springt sie auf und läuft die Treppe hinauf statt hinunter. Wohin?, überlegt sie im Laufen. Sie erblickt die Tür im Zwischenstock. Sie drückt die Klinke herunter, die Tür lässt sich glücklicherweise öffnen. Sie springt hinein. Dabei fällt ihr der Rucksack hinunter. Egal. Sie zieht die Tür schnell zu. Hoffentlich hat niemand den Krach mitbekommen. Sie hört die Stimme von Herrn Klaudius, der Vulkan viel Erfolg wünscht bei der Suche nach seinem Freund. Ob ihr lautes Atmen draußen zu hören ist? Vulkan verabschiedet sich. Sie hört seine Schritte. Sie versucht, so flach wie möglich zu atmen. Und dabei so genau wie möglich auf eventuelle Geräusche zu lauschen. Dann vernimmt sie das Schließen von Herrn Klaudius' Tür. Sie bleibt eine ganze Weile ruhig sitzen, ohne sich von der Stelle zu rühren.

Als Vulkan das Haus verlässt, atmet auch er erst einmal richtig kräftig durch. Er merkt, dass er anfängt zu zittern. Aber er ist mächtig stolz auf sich.

Er geht schnell zu dem Platz am Ende des Gässchens, um Jenny zu treffen und ihr alles zu erzählen.

Nach einer Weile wagt Jenny, sich zu bewegen. Es ist dunkel in dem Raum. Sie tastet nach ihrem Rucksack. Sie stößt mit ihrem Kopf gegen einen harten Gegenstand. Sie sucht weiter. Da spürt sie etwas Metallenes an ihrer Hand. Sie greift danach und befühlt es. Es ist nicht groß. Ihr kommt ein Verdacht. Sie hält den Gegenstand fest und sucht weiter nach ihrem Rucksack.

Vulkan ist überrascht, dass er Jenny nicht an der verabredeten Stelle trifft. Es kommt ihm so vor, als ob er sehr lange in der Wohnung gewesen sei, und dass Jenny schon längst mit ihrer Durchsuchung des Kellers fertig sein müsse. Ob sie was Entscheidendes gefunden hat? Aber dann kommt ihm ein anderer Gedanke. Wenn ihr was passiert ist? Er rennt zurück. Als er in das Sträßchen einbiegt, verlangsamt er seine Schritte. Vor dem Haus ist keine Jenny zu sehen. Er geht an dem Haus vorbei. Vielleicht ist sie in die falsche Richtung gegangen, hat ihre Verabredung falsch verstanden. Auch dort ist von Jenny keine Spur. Er wartet und postiert sich so, dass man ihn von dem Haus aus nicht sehen kann.

Jenny packt allen ihren Mut zusammen. In ihren Händen hält sie ihren Rucksack und den anderen Gegenstand. Sie öffnet die Tür, horcht in den Hausflur. Dann geht sie langsam und vorsichtig die Treppe hinunter. Immer wieder bleibt sie stehen und lauscht in den Hausflur. Sie wagt noch keinen Blick auf den Gegenstand. Sie ahnt, was es ist. Schließlich erreicht sie die Haustür, bleibt einen Moment stehen, senkt ihren Blick und betrachtet den Gegenstand. Es ist eine Kamera. Es ist die Kamera von Johannes. Sie packt sie in ihren Rucksack und öffnet die Haustür.

34

Vulkan sieht Jenny aus dem Haus kommen. Sein erster Impuls ist, zu ihr hinzulaufen. Er ist wahnsinnig erleichtert. Er beherrscht sich und schaut lediglich vorsichtig um die Ecke. Er lässt seinen Blick über die Fenster wandern. Da hat sich eine Gardine bewegt, er glaubt einen Kopf zu sehen. Er zählt die Fensterreihen von unten nach oben. Wenn er sich nicht verrechnet hat, ist es der dritte Stock. Bleib stehen, Jenny!, denkt er ganz intensiv. Die verharrt immer noch in der Tür. Dann löst sie sich, geht ganz dicht an die Hauswand gedrängt. Keine besondere Regung da oben. Der Kopf verschwindet. Vulkan kann Jenny nicht mehr sehen. Er geht ihr nach, drückt sich ebenfalls ganz eng an die Hauswand.

Endlich erreicht er die nächste Ecke und ist nun völlig aus dem möglichen Sichtfeld von Herrn Klaudius verschwunden. In dem Moment läuft er gegen Jenny und glaubt, sein Herz bleibe stehen, so sehr hat er sich erschrocken. Ihr ergeht es ebenso. Fast hätten sie geschrien.

Ein paar Sekunden verharren sie stumm voreinander. Dann laufen sie los. Sie rennen über den Leichhof, zwischen all den Menschen hindurch, die sich langsam fortbewegen, rennen übers Höfchen, achten nicht auf die Sprüche, die man ihnen hinterher ruft. Erst auf dem Schillerplatz verlangsamen sie ihre Schritte, bis sie schließlich stehenbleiben. Sie umarmen sich.

Zwischen den schon verschlossenen Ständen des Johannisfest-Büchermarktes, der sich von hier bis zum Ballplatz zieht, sind nicht mehr viele Menschen, und sie beide fühlen sich unbeobachtet. In der Nähe befinden sich Bänke zum Ausruhen. Da setzen sie sich hin.

Einige Momente lang bleiben sie stumm. Jenny greift nach Vulkans Hand und hält sie fest.

Endlich erzählt Vulkan von seinem Gespräch mit Herrn Klaudius. Immer wieder flicht er in seine Darstellung ein, dass er es nicht gut findet, dass Jenny so lange im Keller geblieben ist. Sie sagt nichts dazu. Sie hat ihren Trumpf noch in der Hinterhand.

Am Ende gibt Vulkan noch seine Einschätzung der Lage bekannt. „Ich weiß nicht, ob Klaudius dahintersteckt. Er ist raffiniert und lässt sich überhaupt nicht in die Karten gucken. Wenn er etwas damit zu tun hat, ist er ein ganz verdammt guter Schauspieler. Jetzt bist du dran."

Jenny macht eine Pause.

Dann legt sie los: „Ich glaube, wir sind ganz nahe dran. Im Keller war jemand. Ich war im Kellerraum von Klaudius, und den hat schon mal vor Kurzem jemand durchsucht. Außerdem lag das komplette Schloss neben der Tür."

„Und hast du was gefunden? Radios, Computer, irgendwas?"

„Nur Staub und wertlose Sachen. Aber ich habe was anders gefunden. Was Entscheidendes!"

„Mach es nicht so spannend. Was denn?"

Sie greift in den Rucksack und holt die Kamera heraus.

Vulkan bekommt große Augen. Er nimmt die Kamera und schaut sie sich genau an.

„Verdammt, das ist die Kamera von Johannes. Wo hast du die denn her?"

„Ich war noch mal oben, wollte horchen, ob du noch in der Wohnung bist, und als ich euch dann hörte, bin ich schnell die Treppe hoch gerannt und habe mich in so einer kleinen Kammer versteckt. Und da habe ich die gefunden. Die muss Johannes in der Kammer verloren oder versteckt haben. Der Monitor ist halb abgebrochen. Wahrscheinlich ist sie ihm runtergefallen."

„Du bist zur Wohnung gekommen, bist du verrückt!", ist Vulkans erste Reaktion und seine zweite, nach der Kamera zu greifen. Dabei bricht der Monitor endgültig ab.

„Mist! Pass doch auf! Wie sollen wir uns denn jetzt den Film anschauen?"

Jenny ist sauer.

„Aber was ist mit Johannes?“, fragt Vulkan. „Was heißt das? Hat er die Kamera auf seiner Flucht verloren? Oder hat Klaudius ihn erwischt?“

Jenny denkt einen Moment lang nach. „Ich weiß es nicht“, antwortet sie schließlich.

„Vielleicht sollten wir doch zur Polizei gehen.“ Dieses Mal ist es Vulkan, der diesen Vorschlag macht.

Das lehnt Jenny ab. Sie schlägt vor, zu ihr nach Hause zu gehen. Ihr Vater hat auch eine Videokamera. Da können sie sich die Kassette anschauen.

35

Es ist mittlerweile sehr spät geworden.

An der Haltestelle stehen viele Leute. Besucher des Johannisfestes, die auf dem Weg nach Hause sind.

Jenny und Vulkan spekulieren leise sprechend, was auf dem Band sein könnte. Warum dauert es so lange, bis der Bus kommt?

Endlich hält einer an. Sie steigen ein.

Sie sitzen einem älteren Ehepaar gegenüber, das sich ausgelassen unterhält. Sie schweigen, aus Angst, dass ihnen jemand zuhören könnte.

Die Strecke von der Haltestelle bis zu Jennys Wohnung laufen sie. Vorsichtig gehen sie die Treppe hoch, um keinen Lärm zu machen.

In der Wohnung lassen sie das Licht aus, um Jennys Vater nicht zu wecken.

Bald hat Jenny die Kamera gefunden. Es dauert eine Weile, bis sie die Öffnungsmechanismen für die Kassettenfächer bei beiden Kameras finden und bedienen können.

Dann der spannende Moment. Gleich werden sie sehen, was Johannes gefilmt hat. Vielleicht werden sie dann wissen, wo er sich befindet.

Vulkan reicht Jenny die Kassette, sie will sie in die Kamera ihres Vaters stecken. Sie lässt sich nicht einführen. Sie probiert es nochmals. Es klappt nicht. Vulkan nimmt ihr Kamera und Kassette aus der Hand und versucht es ebenfalls vergeblich.

Plötzlich geht das Licht im Wohnzimmer an. Beide sind geblendet von der plötzlichen Helle.

Geistesgegenwärtig steckt Vulkan die Kassette in seine Tasche.

Dann erkennen sie Jennys Vater, der im Pyjama vor ihnen steht.

„Was habt ihr denn da für Heimlichkeiten?", fragt er, nicht sehr freundlich.

„Wir wollten nachschauen, ob deine Kamera was für den Film in der Schule ist."

„Und das macht ihr wie Einbrecher. Du brauchst mich doch nur zu fragen. Das ist einfacher."

„Aber du bist immer so übervorsichtig mit der Kamera, da dachte ich, ich schaue erst einmal so nach. Und wenn sie nichts ist, brauche ich gar nicht zu fragen."

„Übervorsichtig?", wiederholt Herr Drusen wütend. „Da scheine ich ja auch allen Grund für zu haben. Gibt es sonst noch was? Ihr macht keinen besonders ausgelassenen Eindruck! Wo ist denn euer Freund?"

„Unser Freund? Ach, du meinst Johannes. Der durfte nicht mehr raus."

„Vielleicht sollte ich auch mal strenger sein." Und zu Vulkan sagt Herr Drusen: „Dich werde ich jetzt nach Hause fahren. Warte einen Moment, ich ziehe mir schnell was an."

Vulkans Einwand, er habe es nicht weit und könne die paar Meter auch allein gehen, lässt Herr Drusen nicht gelten. Er geht aus dem Wohnzimmer. Jenny flüstert Vulkan in der Zeit zu, dass sie ihn in einer Stunde zu Hause anrufen werde. Er solle das Telefon mit in sein Zimmer nehmen.

Dann kommt Herr Drusen und fordert Vulkan auf, ihm zu folgen. Vulkan nimmt die Kamera von Johannes an sich.

Vulkan und Jenny verabschieden sich voneinander.

36

Vulkan liegt im Bett und wartet auf den Anruf. Er ist so aufgeregt, dass er nicht schlafen kann. Er überlegt, ob er Jenny schon anrufen soll. Aber er fürchtet zu sehr, dass ihr Vater den Hörer abnimmt.

Endlich läutet der Apparat.

„Scheiße, Mensch. Das habe ich noch nie getan. Ich habe meinen Vater angelogen."

„Das war doch bloß eine Notlüge", versucht Vulkan sie zu beruhigen. „Es ist eine Ausnahmesituation. Es geht um Johannes. Wir müssen ihn retten."

„Hast du was von seinen Eltern gehört?"

„Nein. Ich traue mich auch nicht sie anzurufen. Mit denen habe ich es mir verbockt. Außerdem bin ich Schuld, dass Johannes weg ist, ich habe ihn provoziert."

„Konstantin", Jenny wird ganz eindringlich, „ich habe mir das eben überlegt: Wir müssen morgen früh zur Polizei. Mit dem Band. Es ist ganz eindeutig, dass der Klaudius was mit dem Verschwinden von Johannes zu tun hat. Die Adresse und die Karte auf seinem Schreibtisch, der aufgebrochene Keller und seine Kamera in dem Raum. So viele Zufälle kann es gar nicht geben. Morgen früh gehen wir direkt zur Polizei. Ganz früh. Ich rufe dich an. Bis dann."

„Ja, und hoffentlich ist Johannes nichts passiert."

Vulkan will noch etwas sagen, findet aber nicht die richtigen Worte.

„Du hast ...", fängt Vulkan an, zögert einen Moment, „du hast mich eben Konstantin genannt."

„Finde ich viel schöner als Vulkan. Er passt besser zu dir."

„Habe ich lange nicht mehr gehört, meinen richtigen Namen", erwidert er verlegen, dann legen sie auf.

MONTAG

37

Vulkan hat den kurzen Rest der Nacht kein Auge zugetan. Er muss was tun. Er überlegt, zur Polizei zu gehen, aber allein ohne Jenny will er das nicht machen. Und so früh kann er bei ihr nicht anrufen. Besonders nach dem Wutanfall ihres Vaters traut er sich das nicht. Wenn nur das Warten nicht wäre. Da hat er eine Idee. Er will die Zeit nutzen, um zu seiner Schule zu gehen, beim Hausmeister zu klingeln und den zu bitten, ihm die Tür zum Raum der Foto AG zu öffnen. Da steht eine Kamera und vielleicht passt da ja die Kassette rein.

Er zieht sich gerade seine Schuhe an, da läutet das Telefon. Vulkan hebt ab: „Ja?"

„Vulkan, bist du das?"

„Ja." Er erkennt nicht sogleich die Stimme.

„Hast du was von Johannes gehört?"

„Johannes?! Ja. Ich meine: Nein."

Endlich kann er die Stimme zuordnen. Es ist Herr Kippenberg.

„Was. Ja. Nein. Weißt du, wo er ist?"

„Nein, sag ich doch!"

„Du hast ‚Ja' gesagt. Wenn du was weißt, musst du es sagen!"

„Ich weiß es nicht. Waren Sie noch nicht bei der Polizei?"

„Gestern Abend haben wir eine Vermisstenanzeige aufgegeben. Du musst doch was wissen. Raus damit!"

„Ich weiß es nicht. Ich hab doch nur ..."

„Was hast du? Raus mit der Sprache! Du verheimlichst mir doch was. Habt ihr was angestellt?"

„Nein. Ich würde doch selbst gerne ..."

„Ich glaube dir einfach nicht. Wer so wirr redet, der muss doch was auf dem Kerbholz haben."

„Nein. Ganz sicher nicht. Ich bin nur eben ..."

„Das interessiert mich nicht. Du kommst jetzt auf der Stelle zu uns nach Hause, und dann fahren wir zusammen zur Polizei. Und da wirst du schön sagen, was du weißt. Und gnade dir Gott, du lügst!"

„Ich ..."

„Ich will jetzt keine Ausflüchte mehr hören."

Vulkan macht seinem Namen alle Ehre.

„Jetzt lassen Sie mich in Ruhe. Kümmern Sie sich selbst mal um Ihren Sohn. Ich werde nicht zu Ihnen kommen!"

Vulkan knallt den Hörer auf die Gabel.

Als es einige Sekunden später wieder klingelt, hebt er ab, schreit „Falsch verbunden" in den Hörer, unterbricht sogleich die Verbindung, um sofort wieder den Hörer abzunehmen, so dass bei einem neuerlichen Anruf das Besetztzeichen zu hören ist.

Hastig zieht er sich an, nimmt die Kamera, steckt seinen Schlüssel ein und verlässt die Wohnung.

38

Jenny ergeht es in der Nacht nicht anders als Vulkan. Sie liegt lange wach.

Aber nicht allein die Sorge um Johannes hält sie wach, noch etwas anderes nagt sehr tief in ihr: Noch nie hat sie ihren Vater angelogen.

Und was ihr Vater am meisten hasst sind Lügen. Sie weiß um seine Radikalität in solch grundsätzlichen Dingen. So stark ihr Vater ist, so klar und unbestechlich, so wenig rückt er von seinen Prinzipien ab. Das ist einer der wenigen negativen Züge an ihm: diese Prinzipientreue. Darüber entstehen die einzigen schwerwiegenden Kräche zwischen ihnen. Alles andere ist banal: Wenn sie ein härteres Vorgehen gegen Klaudius einforderte und ihr Vater diplomatisch kam, da konnten sie sich bis aufs Messer streiten.

Jenny hat gelernt zu streiten. So sehr, dass es Teil ihrer Persönlichkeit geworden ist. Sie bemisst Menschen danach, wie sie streiten können. Und deshalb provoziert sie gerne Streit.

Auch den mit Johannes. Es ärgert sie nämlich, dass er sich auf einen Streit, einen richtigen Streit, nicht einlassen will.

Soll sie die Lüge zugeben oder erst einmal mit Vulkan allein an die Lösung des Problems ‚Johannes' gehen?

Sie hört ihren Vater in der Wohnung herumlaufen.

Sie springt aus dem Bett, zieht sich schnell was über und geht in die Küche.

Da sitzt ihr Vater und trinkt eine Tasse Kaffee. Er stellt die Tasse ab und schaut seine Tochter an. Entsetzt fragt er sie: „Wie siehst du denn aus? Was ist passiert?"

„Ich habe gestern Nacht totalen Mist gemacht."

„So? Den Eindruck habe ich auch."
„Was ich dir erzählt habe, stimmt nicht."
„Was stimmt nicht?"
„Das wir uns deine Kamera ausleihen wollten und deshalb ..."
„Und was habt ihr denn damit gewollt?"
„Uns eine Kassette anschauen."
„Aber was ist dabei? Zumindest kein Grund, die Unwahrheit zu sagen."
„Doch, denn du solltest es nicht wissen."
„Was nicht wissen? Bitte, Jenny, lass dir doch nicht alles einzeln aus der Nase ziehen. Erzähle von Anfang an."

Und Jenny beginnt, die Geschichte zu erzählen. Die ganze. Ihr Vater merkt schnell die Brisanz und Gefahr, schimpft sie und ist stocksauer, dass sie nicht gestern schon zur Polizei gegangen sind mit ihrem Wissen.
„Zieh deine Jacke an, wir fahren zur Polizei. Die müssen sofort was unternehmen."

Herr Drusen ruft im Flüchtlingsheim an, um zu sagen, dass er wegen einer dringenden Angelegenheit später kommt.

Sie eilen die Treppe hinunter, gehen zum Auto und fahren los.

39

Vulkan rennt zu seiner Schule. Außer Atem erreicht er den Haupteingang und rüttelt am Tor. Es ist verschlossen. Der Lärm, den er dabei macht, stört ihn nicht. Er geht zu zwei weiteren Nebeneingängen. Sie sind ebenfalls zu. Er beschließt zur Hausmeisterwohnung zu gehen und dort zu klingeln. Obwohl er ziemlich Schiss vor der wahrscheinlichen Wut des Hausmeisters hat, der es bestimmt nicht leiden mag, wenn man ihn so früh aus dem Bett schmeißt. Egal, denkt Vulkan, soll er schimpfen wie ein Rohrspatz, es geht jetzt um Wichtigeres.

In der Nähe des Haupteingangs sieht er eine Bewegung. Er eilt zurück und sieht den Hausmeister vom Tor weg über den Hof gehen.

„Herr Bergher“, ruft er, „Herr Bergher!“

Der dreht sich um und schlurft ein paar Schritte auf Vulkan zu.

„Hast du eben am Tor gerüttelt und so einen Krach gemacht?“

„Ja“, gibt Vulkan zu, „tut mir leid, aber es ist total dringend.“

Ein wenig verständnislos schaut Herr Bergher Vulkan an.

„Bitte schließen Sie das Tor auf. Ich muss in die Foto AG, eine Kamera holen“, bettelt Vulkan.

„Hast du auf die Uhr geschaut? Was willst du denn jetzt da? Komm in zwei Stunden wieder, dann können wir mal weitersehen. Aber jetzt nicht. Es sind Ferien, ich gehe wieder ins Bett.“

„Bitte, Herr Bergher!“

Vulkan überlegt, wie er den sturen Hausmeister herumkriegen kann.

„Ich muss in den Raum der Foto AG. Ganz dringend. Wir machen doch einen Film mit Herrn Paul, der die AG leitet. Und jetzt habe ich die Kassetten vergessen und soll heute auf dem Johannisfest was drehen. Das hat der Herr Paul mir aufgetragen.“

Der Hausmeister schaut ungläubig. Solchen Lerneifer kennt er eigentlich nicht von den Schülern.

Vulkan hält ihm die Kamera vor die Nase, aber so, dass er den kaputten Monitor nicht sehen kann.

„Einen Film drehen?“ Der Hausmeister ist ein skeptischer Mensch. An Schulen müssen Hausmeister skeptische Menschen sein.

„Auf dem Johannisfest? Für Herrn Paul?“

Herr Bergher grübelt. Vulkan kann nicht ruhig stehenbleiben, ständig ist er in Bewegung.

„Ein Film übers Johannisfest? So, so. Macht ja keiner. Jeder Dreck wird gezeigt. Aber unser schönes Johannisfest. Nee, das habe ich im Fernsehen noch nie gesehen. Ihr müsst den Film im Fernsehen zeigen. Das musst du mal dem Herrn Paul sagen. Ganz bestimmt!“

„Haben Sie den Schlüssel für die Foto AG?“, fragt Vulkan ungeduldig.

„Junge“, antwortet der Hausmeister, „es gibt keinen Schlüssel, den ein Hausmeister nicht hat, und kein Schloss, das er nicht öffnen kann. Folge mir!“

Der Mensch ist ein seltsames Tier, sagt sein Vater manchmal, und jetzt weiß Vulkan, was er damit gemeint hat. Er sollte einen Film über den Hausmeister als Mainzer Persönlichkeit machen.

Sie gehen durch das Gebäude zu den Räumen der Foto AG. Der Hausmeister schließt die Tür auf.

„Ich finde schon, was ich suche“, versucht Vulkan ihn loszuwerden, aber der lässt sich nicht beirren und bleibt in seiner Nähe.

Vulkan geht umher und macht, als suche er die Kassetten. Dabei öffnet er die Schränke, lässt dann und wann ein ‚Mist‘ vernehmen. Die Kamera der AG findet er gleich. Mit jedem Rundgang kann er sie ein wenig zur Seite schieben, in einen Winkel, von dem er glaubt, dass ihn der Hausmeister nicht einsehen kann. Aber letztlich ist der immer zu nahe bei ihm, als dass er ungesehen den Tausch vornehmen könnte.

„Scheinen keine Kassetten da zu sein. Pech gehabt. Mach Schluss, ich will wieder ins Bett. Blöd genug bin ich ja, dich überhaupt um diese Zeit reingelassen zu haben.“

Das Handy des Hausmeisters klingelt, und er ist für eine kurze Zeit abgelenkt.

Schnell nimmt Vulkan die Kamera aus dem Schrank und steckt sie zu der anderen in seine Tasche.

Der Hausmeister taucht wieder auf. Er schimpft. Vulkan versteht nicht, was er sagt, und er will es auch nicht verstehen.

„Ich kann die Kassetten nicht finden. Ich werde Herrn Paul mal zu Hause anrufen. Vielleicht hat er die Kassetten ja mitgenommen. Vielen Dank aber noch."

„Kann ich drauf verzichten. Aber sag mir Bescheid, wenn ihr den Film zeigt. Einen Film übers Johannisfest, find' ich klasse. Werde ein paar Freunden Bescheid sagen. Heute Abend, beim Feuerwerk."

Vulkan sagt kurz ‚Tschüss' und verschwindet schnell. Erst einmal will er Jenny anrufen. Er greift in seine Tasche, um sein Handy herauszuholen. Nichts. ‚Verdammt', flucht er in sich hinein, er hat es zu Hause liegen lassen.

Ein paar Meter von der Schule entfernt entdeckt er eine Telefonsäule. Er wählt Jennys Nummer und wartet. Niemand hebt ab. Auch beim zweiten Versuch nimmt niemand ab. Vielleicht hat er sich verwählt. Keine Antwort.

40

Jenny und Herr Drusen sind auf dem Weg zur Polizei.

„Hast du dein Handy dabei?“, fragt sie ihren Vater.

„Greif mal hier in die Tasche meiner Jacke, da müsste es sein.“

Jenny greift hinein und hält das Handy in der Hand.

„Was willst du damit?“

„Jemanden anrufen“, gibt sie schnippisch zurück.

„Wen willst du anrufen?“

„Konstantin. Er sollte auch hinkommen. Außerdem hat er die Kassette.“

„Richtig. Er sollte dabei sein.“

Jenny wählt, aber es ist besetzt.

Sie flucht.

„Fahre mal schnell bei ihm vorbei, er wohnt in der Hindenburgallee. Ich klingele.“

Auch dieser Versuch, Vulkan zu erreichen, ist erfolglos. Niemand öffnet ihr.

Sie fahren weiter und finden direkt vor der Polizeistation einen Parkplatz. Sie laufen in das Gebäude.

Jenny hat den Beamten alles erzählt, wie schon zuvor ihrem Vater. Die beiden Männer, die ihr zugehört haben, sind skeptisch und stellen viele Fragen, um eventuelle Ungereimtheiten aufzudecken. Das macht Jenny sauer, und sie giftet die Polizisten mehrmals ziemlich ausfallend an. Ihr Vater, obwohl er sie sehr gut versteht, versucht zu vermitteln.

Schließlich sind die Polizisten bereit, etwas zu unternehmen. Einer der beiden Beamten greift zum Telefon, wählt eine Nummer und fragt: „Habt ihr noch Leute frei? Befragung, vielleicht mehr.“

Er wartet einige Momente.
„Wie, keiner frei? Das kann doch nicht sein?“
Er lauscht wieder in den Hörer.
„Was, alle verfügbaren Leute? ... Im Rheingauwall?“
Jenny und Herr Drusen werden hellhörig.
„Was machen die da? Und warum sagt uns keiner Bescheid?“
Wieder entsteht eine Pause.
„Gut, danke, ja, ich verstehe.“
Der Beamte wendet sich an Jenny und ihren Vater.
„Tut mir leid, im Moment ist nichts zu machen. Alle verfügbaren Leute sind im Einsatz. Wenn es wieder ruhiger geworden ist, werden wir jemanden bei diesem Herrn Klaudius vorbeischicken.“
Herr Drusen ist außer sich. „Sie haben niemanden, um nach dem Jungen zu suchen. Sie haben doch selbst gesagt, dass eine Vermisstenanzeige vorliegt. Und wo sind Ihre Leute im Einsatz? Im Rheingauwall?“
„Dazu kann ich Ihnen leider nichts sagen.“
„Im Rheingauwall liegt das Flüchtlingsheim, und das leite ich, und deshalb darf ich wohl erfahren, was da los ist!“
„Tut mir leid!“, sagt achselzuckend der Beamte.
„Ich bin verantwortlich für die Menschen dort. Und wenn ich für eines meine Hand ins Feuer legen kann, dann dafür: Diese Menschen stehlen nicht. Und wenn wegen irgend so einer anonymen Anzeige dem Jungen was passiert, dann sehen wir uns vor Gericht wieder.“
So mag Jenny ihren Vater.
Sie gehen raus. Die Tür schlägt laut in den Rahmen.

41

Vulkan setzt sich ein paar Meter von der Telefonzelle entfernt auf eine Mauer. Er holt die beiden Kameras aus seiner Tasche. Er klappt den Monitor aus und schiebt die Kassette vorsichtig in das Magazin. Sie passt. Vulkan zittern die Hände vor Aufregung.

Dunkel ist es. Sehr dunkel auf dem Monitor. Vulkan erkennt einen dunklen Keller. Kisten. Alles ist mehr schemenhaft als klar und deutlich zu erkennen. Noch mehr Kisten. Entnervt spult er vor. Wenn alles umsonst war? Nun ist es sehr dunkel auf dem Monitor. Mal ein Lichtfleck, sonst nichts. Nur ein paar Stimmen. Er will die Kamera ausschalten, da ist ein Satz ganz deutlich zu hören: „Wir haben jetzt noch mehr Material da, alles ganz superheiß."

Er spult zurück bis zu der Stelle, an der die sehr dunkle Phase beginnt. Er hält sein Ohr ganz nahe an den Lautsprecher.

„Da habt ihr totalen Bockmist gebaut, das letzte Mal!" „Wer weiß, ob da jetzt so schnell noch mal eine Razzia gemacht wird. Alle denken doch jetzt, die armen Ausländer seien zu Unrecht verdächtigt worden. Das darf nicht mehr passieren, ist das klar?! Das war absolut stümperhaft!" „Chef, auf dem Gelände war die Hölle los. Bei den Amis ist irgendwas passiert. Es war einfach eine Menge Polizei da, und die waren teilweise ganz in der Nähe von unserem Lager." „Dann hättet ihr wenigstens was aus dem Lager vom Heinz nehmen können. Hauptsache, es hätte was bei den Ausländern im Keller gelegen. Warum habe ich den Schuppen auf dem Panzergelände in Mombach wohl anmieten lassen? Weil es niemanden so richtig interessiert, was da los ist! Weil da einfach eine Menge Gesocks auf dem Gelände ist! Darum! Weil ihr da gar nicht aufgefallen wärt. Warum riskiere ich all den Kram? Es ist auch euer Anteil, der flöten geht. Jungs, ich habe mich bis jetzt immer auf euch verlassen können." „Beim nächsten Mal läuft's, ganz sicher, Herr Klaudius, wir haben jetzt noch mehr Material da, alles ganz superheiß. Da werden sich die Kanaken voll die Fresse verbrennen." „Vorsicht, mein Junge. Rede nicht in der Öffentlichkeit so. Das gibt nur Ärger. Mach ja nur den Ausländerfreund. Denken und Reden sind zwei Sachen. Und so draußen zu reden, bringt nur Nachteile. Noch zumindest. Es gibt immer noch genug Idioten, die Mitleid mit denen haben. Verstanden?"

Dann hört Vulkan schnelle, laute Schritte auf einer Treppe, eine Tür, die ins Schloss fällt, dann einen ohrenbetäubenden Lärm, darauf: „Scheiße, der hat uns belauscht. Los, ab in die Wohnung zum Klaudius. Den machen wir fertig." Dann ist es nur noch schwarz.

Ich hab's – Scheiße, denkt Vulkan. Ich weiß, wer Johannes hat und wo er ist.

42

Herr Drusen läuft so schnell er kann zu seinem Auto. Jenny beeilt sich, ihm nachzukommen. Gegen jede Verkehrsregel und ohne die Geschwindigkeitsbegrenzungen in der Stadt im Entferntesten zu beachten, rast Herr Drusen zum Flüchtlingsheim.

Als sie um die Ecke in die Straße fahren, in dem der Eingang zu dem Gelände liegt, sehen sie mehrere Menschen davorstehen und zwischen diesen auch eine nicht geringe Zahl Polizisten. Sie parken ihren Wagen so nahe wie möglich an der Einfahrt und eilen zum Tor.

Es ist schon schwierig genug, ruhigen Blutes zwischen den pöbelnden Menschen hindurch zu gehen, aber als ein Polizist am Tor Herrn Drusen barsch den Eintritt mit dem Hinweis auf laufende Ermittlungen verweigert, platzt ihm der Kragen.

Er hält dem Mann seinen Ausweis unter die Nase, fordert ihn auf, das gleiche zu tun, damit er wisse, über wen er sich beschweren werde.

Jenny ist ebenso entsetzt wie ihr Vater, aber irgendwo in ihrem Inneren auch amüsiert, dass ihr Vater sein diplomatisches Mäntelchen so vollständig ausgezogen hat.

Nach einigem lautem Hin und Her und manchen Drohungen und Androhungen von beiden Seiten lässt der Polizist Herrn Drusen und Jenny endlich durch, nachdem er sich bei einem Vorgesetzten vergewissert hat, dass es einen Herrn Drusen gebe und dieser der Leiter dieser Institution sei.

Beide eilen über den Hof ins Haupthaus. Im Flur bleiben sie geschockt stehen: In dem langen Gang stehen Kisten, und auf den Kisten liegen Computer, Laptops, Kameras, Fotoapparate und einiges Kleinzeug.

Herr Drusen schnappt nach Luft. Dann fragt er sich nach dem Leiter des Einsatzes durch. Nach einiger Zeit hat er diesen gefunden. Es dauert eine Weile, die Herrn Drusen nicht gerade ruhiger macht, bis dieser sich die Zeit nimmt, oder nehmen kann, wie er es selbst bezeichnet, um mit Herrn Drusen zu reden.

Der Einsatzleiter teilt ihm mit, dass sie aufgrund eines sehr konkreten anonymen Anrufes diese Durchsuchung durchgeführt hätten. Man habe lange überlegt, ob nach dem falschen Alarm vor ein paar Tagen eine solche Aktion wiederholt werden könne, aber schlussendlich habe man sich dazu entschieden. Zum Glück, wie er nicht ohne Stolz hinzufügt.

Herr Drusen stellt vehement in Abrede, dass dies die Menschen im Heim getan hätten. Er versucht, dem Einsatzleiter klarzumachen, dass dies eine Falle ist. Dass jemand die Sachen hier untergestellt habe, damit die Flüchtlinge als die Schuldigen gelten.

Der Einsatzleiter ist davon nicht zu beeindrucken, und er sieht Herrn Drusen seine Wut und seinen Zorn, die ihn ausfallend werden lassen, nach. Er teilt ihm allerdings mit, dass er als Heimleiter mitverantwortlich gemacht werde, dass ihn dies wahrscheinlich seinen Job kosten und auch die Schließung des Heimes nach sich ziehen werde. Daran werde kein Weg vorbeiführen. Fürs Erste bestehe für die Bewohner der Institution striktes Ausgehverbot. Sobald ein Dolmetscher eintreffe, werde man mit den Verhören beginnen. Das alles hätte natürlich auch Auswirkungen auf eventuell laufende Asylverfahren.

Herr Drusen ist am Boden zerstört.

Von der Straße sind die Rufe der Demonstranten zu hören. Sie sind nicht wörtlich zu verstehen, aber dass sie die sofortige Schließung des Heimes fordern, das bringen sie deutlich zum Ausdruck.

43

Vulkan versucht nochmals, Jenny anzurufen. Wieder nichts. Im Flüchtlingsheim bekommt er nur eine automatisierte Mitteilung, dass dieser Anschluss im Moment nicht funktioniere.

Er macht sich auf den Weg zum Panzerwerk, das Klaudius in dem Gespräch, das Johannes belauscht und aufgenommen hat, erwähnte. Zum Glück weiß er, wo das ist. Ihm fällt kein Bus ein, der direkt dorthin fährt. Also läuft Vulkan los. Er besitzt eine gute Kondition, trotzdem muss er zwischendurch Gehpausen einlegen.

Als er den Eingang des Panzerwerks erreicht, ist er außer Atem. Er verschnauft einige Momente. Der Mann in der Pforte schaut interessiert zu ihm hin.

Das Panzerwerk ist ein ehemaliger militärischer Betrieb der Amerikaner, die hier ihre Fahrzeuge und Panzer repariert, gewartet und für den jeweiligen Kriegseinsatz umgespritzt haben. Der Krieg in der Wüste fordert eine andere Tarnlackierung als der Krieg im Dschungel. Zeitweise war hier eine große Anzahl Menschen beschäftigt gewesen. Nach dem Ende des Kalten Krieges und der Reduzierung der amerikanischen Truppen auf dem europäischen Kontinent und insbesondere in Deutschland wurden viele Standorte frei und konversiert, das heißt, sie gingen von der militärischen in die zivile Nutzung über. So sind viele Housings, die Wohnareale amerikanischer Soldaten und ihrer Familien, umgebaut worden: Heute werden sie zum Teil als Studentenwohnheime betrieben, andere sind zu großen Wohnungen für kinderreiche Familien geworden. Das Panzerwerk hat eine besondere Konversion erfahren. Ein buntes Gemisch verschiedener handwerklicher Kleinbetriebe, Künstler-Ateliers, Design-Büros und Dienstleistungsunternehmen hat sich hier im Laufe der Jahre angesiedelt. Das Gelände ist riesig und beherbergt eine hohe Zahl unterschiedlich großer Gebäude. Die nächsten bewohnten Stadtteile sind ein ganzes Stück entfernt, so dass Lärmbelästigung kein Problem darstellt. Mittelpunkt des Geländes ist eine Halle riesigen Ausmaßes, in der früher die Lastwagen und Panzer bearbeitet wurden. Mehrere davon hatten darin neben- und hintereinander Platz. Heute ist in diese Halle ein Haus gebaut, das während des Umbaus des städtischen Theaters als Ausweichbühne für Schauspiel und Oper diente und seit dem Abschluss dieser Renovierungen als Konzert- und Aufführungsraum genutzt wird.

Vulkan steht also am Eingang des Geländes, das er einmal bei einem Theaterbesuch mit seinen Eltern besucht hatte. Ihm wird bewusst, dass er keinen Anhaltspunkt hat, wo er mit seiner Suche beginnen soll.

Er geht an der Pforte vorbei. Rechts und links stehen lange Gebäude. Er geht weiter. Die Straße teilt sich. Nach links fällt die Straße etwas ab und verbreitet sich zu einem quadratischen Platz. An den Gebäuden, die diesen Platz begrenzen, sind viele große Garagentore. Über ihnen Schilder, die auf verschiedene Betriebe hinweisen. Johannes kann überall sein, denkt sich Vulkan, es ist wie die berühmte Nadel im Heuhaufen. Er setzt seinen Weg geradeaus fort. Rechts ist ein riesiges Gebäude mit ebenso riesigen Rolltoren. An einem versucht er, durch eines der kleinen, lukenartigen Fenster zu schauen. Er kann nichts erkennen, wendet sich ab und schreitet weiter, bis er vor einer Art Treppenturm steht. Drinnen ist es sehr dunkel. Das Licht von draußen gibt eine weitere Tür im Inneren frei. Er lässt die erste Tür zufallen und tastet sich im Dunkeln zur zweiten, die aber verschlossen ist. Enttäuscht verlässt Vulkan den Treppenturm. Gegenüber, auf der anderen Seite der sehr breiten Straße, befindet sich ein flacher Bau mit großen Fensterflächen. Vor diesem Gebäude stehen einige Autos. Er geht hinüber. Auch hier ist die Tür verschlossen, durch das Fenster erkennt Vulkan Fitnessgeräte. Er geht weiter, an den Autos vorbei. In seinem Rücken hört er erst das kurze Aufheulen eines Motors, der gleich wieder leise wird und sich ihm langsam nähert. Als das Auto Vulkan erreicht hat, dreht er sich um. Im Wagen sitzt ein Mann und telefoniert. Intuitiv senkt Vulkan seinen Kopf. Das Gesicht des Fahrers hat er schon mal gesehen. Wo war das nur? Aus dem Augenwinkel bemerkt er den Blick des Mannes, der zu ihm herüberschaut. Der Wagen fährt langsam weiter. Vulkan versucht, mit gesenktem Kopf dem Wagen nachzuschauen. Noch einen unbemerkten Blick auf das Gesicht des Fahrers zu erhaschen. Es kann noch nicht lange her sein, dass er diesem Menschen begegnet ist. Wo hat er dieses Gesicht bloß schon gesehen? Der Wagen ist weitergefahren und hat sich von Vulkan entfernt. Es ist keine angenehme Erinnerung, die sich mit dem Bild dieses Mannes verbindet. Vulkan geht weiter und überlegt und überlegt. Der Wagen hat fast das Ende des langen Gebäudes erreicht. Plötzlich weiß Vulkan, wo er dem Mann schon einmal begegnet ist. Er läuft los, dem Wagen nach. Hier liegt die Lösung des Rätsels. Der Mann wird ihn zu Johannes' Versteck führen. Der Fahrer dieses Autos ist der kräftige Mann, der ihn und Johannes während der Bürgerversammlung nach vorne zu Herrn Klaudius gebracht hat.

Vulkan ist aufgeregt. Jetzt darf er keinen Fehler machen. Aufpassen, dass er dem Mann nicht in die Arme läuft.

Am Ende des Geländes ist der Wagen hinter dem großen Gebäude nach rechts abgebogen. Vulkan läuft ihm nach. Kurz vor der Stelle, an der der Wagen abgebogen ist, verlangsamt er seine Schritte. Er könnte ja gleich um die Ecke stehen. Vorsichtig schleicht sich Vulkan an die Ecke und lugt vorsichtig in die Quergasse. Von dem Wagen ist nichts zu sehen. Vulkan geht weiter. Mehrere schmale Gänge führen nach links, die wieder auf eine breitere Querstraße führen. Er läuft an zwei, dann einer dritten solchen Querstraße vorbei, schaut jeweils in die Gänge, aber er kann keinen Hinweis auf den Wagen oder den Mann finden.

Der Wagen kann sich doch nicht in Luft aufgelöst haben, denkt Vulkan.

Er beschließt, in den nächsten Quergang hineinzugehen. Erst schaut er vorsichtig um die Ecke, dann geht er hinein. Ein Auto würde hier nur gerade so durchfahren können. Nach etwa dreißig

Metern hat er wieder eine breitere Straße erreicht. Erneut schaut er erst um die Ecke. Von dem Wagen immer noch keine Spur. Vulkan setzt seinen Weg fort. Auf der linken Seite ist ein flacher Bau. Dahinter scheint das Gelände zu Ende zu sein. Vulkan überkommt ein Gefühl der Ohnmacht. Er fühlt sich hilflos. Erst glaubte er ganz nahe dran zu sein, und jetzt ist nichts. Das Auto kann doch nicht vom Erdboden verschwunden sein, flucht Vulkan stumm in sich hinein. Aber er darf nicht aufgeben. Er muss Johannes finden. Und da darf er keine Angst haben und sich entmutigen lassen. Er muss ganz cool überlegen, wo der Mann, den er auf der Versammlung gesehen hat, hingefahren sein könnte. Der Wagen ist sein einziger Anhaltspunkt.

Als Vulkan um den Flachbau herumgegangen ist, erblickt er endlich den Wagen. Er steht vor einem kleinen, schon recht heruntergekommenen Häuschen.

Der Mann ist nicht zu sehen. Im Auto sitzt er nicht. In das kleine Gebäude kann Vulkan nicht schauen. Er ist zu weit weg. Außerdem scheint das Haus keine Fenster zu haben.

Ob er nähergehen soll? Vielleicht ist es ja eine Falle.

Vulkan wartet.

Kurz darauf erscheint der Mann in der Tür des Hauses. Er verriegelt das Schloss, geht zu seinem Wagen und setzt sich hinein. Vulkan kann beobachten, wie er telefoniert. Dann legt er das Telefon zur Seite, startet den Wagen und fährt davon. Vulkan wartet einige Sekunden, bis das Auto verschwunden ist und er es nicht mehr hören kann, dann rennt er so schnell, wie er kann, zu dem Gebäude.

Auch wenn das Äußere dieses Hauses der Bezeichnung einer Bruchbude alle Ehre macht, das Schloss sitzt gut und fest, und die Tür lässt sich keinen Millimeter bewegen. Vulkan ist außer Atem. Er wartet einen Moment, sammelt seine Kräfte, aber gegen das stabile Schloss hat er keine Chance. Was soll er machen? Er muss hinein!

Er rüttelt nochmals an der Tür, erst vorsichtig, dann fester.

Zur Sicherheit schaut er sich um. Es ist nichts und niemand zu sehen. Er braucht ein Werkzeug, überlegt Vulkan, aber es liegt nichts herum, was er als solches gebrauchen könnte und das stabil genug wäre, um damit die Tür aufzubrechen.

Soll er zurück zur Pforte? Aber vielleicht kommt dann der Mann im Wagen wieder. Oder er ist immer noch auf dem Gelände, und er läuft ihm in die Arme.

Vulkan geht um das Gebäude herum. Es ist nicht groß, hat nur ein Stockwerk und keine Fenster. Auf der Rückseite stehen mehrere Kisten an das Haus gelehnt.

Vulkan überlegt nicht lange. Er stapelt sie so, dass er ohne große Mühen auf das Dach des Hauses klettern kann. Vorsichtig bewegt er sich auf der leichten Schräge. Am Ende des Daches erkennt er ein Oberlicht. Langsam geht er dort hin. Das Dach macht keinen stabilen Eindruck. Es knirscht und knackt unter seinen Füßen. Dann hat er das Fensterchen erreicht. Er legt sich flach auf den Bauch und schaut durch das Oberlicht in den darunterliegenden Raum. Er kann nichts erkennen, es ist zu dunkel. Vulkan dreht sich ein wenig zur Seite, um mehr Licht hineinzulassen. Aber er kann immer noch nichts erkennen. Er greift unter den Fensterrahmen und versucht, ihn nach oben zu drücken. Doch der gibt nur ein ganz klein wenig nach. Vulkan sammelt alle seine Kräfte, das Ergebnis bleibt das gleiche.

Er rutscht etwas zur Seite, legt sich auf den Rücken und hebelt seinen Fuß unter den Rahmen, um mit der größeren Kraft der Beine das Oberlicht zu öffnen.

In dem Moment gibt das Dach unter seinem Rücken nach, es kracht fürchterlich im Gebälk. Vulkan greift mit seinen Händen um sich und bekommt einen Balken zu fassen. Es zieht heftig in seinen Armen, dann hängt er über dem Raum. Es gelingt ihm nicht, sich nach oben zu ziehen. Sein Herz rast vor Aufregung.

Langsam gewöhnen sich Vulkans Augen an die Dunkelheit. Das Loch in der Decke lässt ein wenig Licht in den Raum, und er erkennt einen Stapel von Decken unter sich. Vulkan überlegt kurz, dann lässt er den Balken, an dem er sich festhält, los. Trotz der Decken ist der Aufprall hart. Benommen bleibt er ein paar Sekunden liegen, bevor er aufsteht. Er scheint sich weder etwas gebrochen noch verstaucht zu haben. In dem Raum erkennt er eine Menge Kisten in verschiedenen Größen.

Erst leise, dann lauter ruft er Johannes' Namen. Keine Reaktion. Was, wenn er ...? Er wagt nicht, diesen Gedanken weiter zu denken. Er hat fürchterliche Angst. Da entdeckt er eine Tür.

Langsam nähert sich Vulkan dieser Tür und bleibt einige Sekunden vor ihr stehen. Wirr schießen ihm die Fantasien durch den Kopf, was dahinter, was mit Johannes ... Endlich traut er sich und drückt die Klinke nieder, doch die Tür ist verschlossen. Vulkan kniet sich auf den Boden und blickt durch das Schlüsselloch, aber er sieht nur schwarz. Jetzt rüttelt Vulkan ganz heftig an der Tür. Ihm ist es nun egal, ob ihn jemand draußen hören kann. Er will wissen, ob Johannes da drin ist. Die Tür gibt nicht nach. Vulkan spürt die Wut in sich. Sie gibt ihm in diesem Moment Kraft und lässt ihn die gefährliche Situation vergessen, in der er sich selbst befindet. Er geht zwei Meter zurück in den Raum, um sich mit Schwung gegen die Tür zu werfen. Er hat schon Anlauf genommen, verdreht etwas seinen Körper, um die Tür mit seiner Schulter zu treffen, da entdeckt er, dass an einem Nagel neben der Tür ein Schlüssel hängt. Er bremst seinen Anlauf, aber er hat schon zu viel Schwung und kracht gegen die Tür. Nichts passiert: weder der Tür noch ihm, außer einem kurzen heftigen Schmerz in der Schulter. Nachdem er sich aufgerappelt hat, nimmt er den Schlüssel von dem Haken. Ungeduldig steckt er ihn in das Schlüsselloch. Er ist nervös und braucht mehrere Anläufe, bis er den Schlüssel richtig hineingesteckt bekommt. Er passt. Aber er lässt sich nur ein kleines Stück drehen. Er versucht es mit mehr Druck. Vergeblich. Dann erinnert er sich an die Tür im Keller ihres Hauses. Eine Zeitlang, bevor der Hausmeister nachgeschaut hatte, ließ sie sich nur öffnen, wenn man den Schlüssel im Schloss drehte und gleichzeitig die Tür mit einem Ruck zu sich zog.

Er probiert diesen Kniff. Beim dritten Versuch dreht der Zapfen des Schlosses. Im ersten Moment wagt Vulkan es nicht, die Tür aufzudrücken.

Endlich fasst er sich ein Herz und öffnet die Tür. Vulkan muss viel Kraft aufwenden, um sie zu bewegen. Die Geräusche, die das verursacht, klingen sehr gedämpft. Als der Spalt groß genug ist, tritt Vulkan ein. Seine Augen gewöhnen sich langsam an die Dunkelheit des Raumes. Eine alte Schreibtischlampe steht in einer Ecke auf einem kleinen Holztisch und beleuchtet den Raum nur sehr spärlich.

Vulkan braucht einige Sekunden, bis er Johannes entdeckt. Der sitzt zusammengekauert in einer Ecke auf Stroh und einer alten Decke.

„Johannes!", sagt Vulkan, aber vor Aufregung und Angst kommt der Name fast tonlos über seine Lippen.

Er macht zwei, drei schnelle Schritt zu ihm hin.

„Johannes!", wiederholt er nochmals.

Fassungslos schaut Johannes seinen Freund an. Der kniet sich neben ihn und nimmt ihn in den Arm.

Dann beginnt Johannes zu weinen.

Es dauert einige Zeit, bis Vulkan Johannes so weit beruhigt hat, dass sie sich gemeinsam an die Flucht aus diesem Gefängnis machen können.

„Meinst du, du schaffst das?", fragt Vulkan.

Johannes nickt und versucht, seinen Retter anzulächeln.

„Hast du genug Kraft? Hast du genug zu Essen bekommen?", will Vulkan wissen und kramt in seinen Taschen nach einem Schokoriegel oder etwas Ähnlichem.

Johannes wehrt ab. Mit gedämpfter Stimme sagt er: „Nein, nein, ich brauche nichts. Ein Mann hat mir zweimal am Tag was gebracht."

Vulkan schaut nochmals in den Raum und entdeckt neben dem Tisch mit der Lampe ein Tablett, auf dem verschiedene Essutensilien stehen.

„Die haben mir nichts getan. Der Mann war sogar ganz freundlich. Er hat mir ein Buch mitgebracht, damit mir nicht so langweilig ist. Aber sein Gesicht war immer verdeckt", sprudelt es mit einem Mal aus Johannes heraus. Vulkan hört zu, dann macht er eine Geste, dass sie nun aufbrechen müssen.

Als sie in den anderen Raum treten, in den das Licht durch das Loch in der Decke scheint, hält Johannes seine Hände schützend vor sein Gesicht. Nach der Zeit in dem fast dunklen Raum schmerzt selbst dieses wenige Licht seine Augen. „Bleib hier stehen“, fordert Vulkan ihn auf, „ich baue uns eine Rampe, über die wir aufs Dach kommen.“

Er stapelt verschiedene Kisten, die recht schwer sind, übereinander, bis sie fast an das Loch unter der Decke reichen. Die Konstruktion sieht sehr wackelig aus und entsprechend vorsichtig klettert zuerst Vulkan nach oben. Als er sich durch das Loch gezogen hat, legt er sich flach auf das Dach und streckt für alle Fälle seinen Arm hinunter.

„Nimm meine Hand, ich helfe dir!“, fordert Vulkan Johannes auf.

Johannes ist dankbar für diese Hilfe. Die Angst lähmt ihn noch immer.

Vorsichtig steigt Johannes auf die Kisten und greift nach der dargebotenen Hand.

Plötzlich ist das Aufheulen eines Motors zu hören. Vor Schreck hätte Vulkan beinahe die Hand von Johannes losgelassen. Er versucht herauszufinden, ob sich der Wagen dem Häuschen nähert. Einige Momente ist es still, dann hört er das langsam leiser werdende Geräusch des Motors.

Mit einem Ruck hat es Johannes aufs Dach geschafft. Besorgt schaut ihn Vulkan an. „Geht's noch?“ Johannes nickt. Langsam wird er sicherer.

„Dahinten bin ich aufs Dach.“ Vulkan zeigt auf die Stelle, an der er hochgeklettert ist. „Da können wir auch wieder runter.“ Er legt sich auf den Bauch und robbt vorsichtig zu der Stelle.

Johannes folgt ihm. Von dem Auto ist nichts mehr zu hören. Sie nutzen die Kisten, über die Vulkan aufs Dach geklettert ist, um hinunter zu gelangen. Bald haben sie festen Boden unter ihren Füßen. Schnell eilen sie in einen der Gänge und verschnaufen dort erst einmal.

„Vulkan!“, spricht Johannes seinen Freund unvermittelt an. Der dreht sich zu ihm. „Vulkan, entschuldige bitte, dass ich dich Feigling genannt habe. Ich glaube, ich habe ziemlichen Mist gebaut.“

Vulkan nickt. „Das kann man wohl sagen.“

„Wie hast du mich denn gefunden?“, will Johannes wissen.

„Später. Erst mal müssen wir hier weg.“

Sie setzen ihren Weg fort. Immer erst um die nächste Ecke schauend, arbeiten sie sich bis zur Pforte vor.

Dort bitten sie den Dienst habenden Mann, die Polizei zu rufen. Der verweigert ihnen ihre Bitte und will sie aus der Pförtnerloge rausschmeißen. Vulkan versucht ihm zu erklären, dass es wirklich dringend ist. Doch der Mann bleibt stur. Er greift die beiden Jungs ziemlich rabiat an ihren Armen, um sie heraus zu komplimentieren. Das bringt das Fass zum Überlaufen und Vulkan zur Explosion. All die Wut und die Angst der letzten Stunden entladen sich jetzt in dem Pförtnerhäuschen, und er geht den Mann so brutal an und schlägt nach ihm, dass der schnell das Feld räumt. Vulkan ruft bei der Polizei an, die verspricht, sofort einen Wagen vorbeizuschicken.

44

Johannes und Vulkan sitzen in einem Zimmer der Polizeistation in der Weißliliengasse zusammen mit Frau und Herrn Kippenberg. Johannes und Vulkan haben schon mehrmals ihre Geschichte erzählt. Die Beamten haben sie immer wieder nach Details gefragt. Nun warten sie in diesem nicht sehr freundlichen Zimmer. Frau Kippenberg sagt immer wieder, wie froh sie sei, dass Johannes wieder da ist und dass er nie wieder so was tun dürfe.

Als sich alle auf dem Revier wiedersahen, ein Polizeiwagen hatte Johannes und Vulkan sogleich vom Panzerwerk abgeholt, gab es eine Menge Tränen. Besonders Frau Kippenberg und Jenny weinten und umarmten Johannes ständig aufs Neue. Vulkan saß erschöpft daneben. Nun, nach überstandenem Abenteuer, fiel erst einmal alle Spannung von ihm ab. Das Lob und der Dank für seine rettende Tat, aber auch der Tadel, dass er das allein und ohne jemandem was zu sagen, gemacht hatte, nahm er gar nicht richtig wahr. Er saß einfach da, glücklich, dass Johannes wieder bei ihnen war.

Vulkan, Johannes und dessen Eltern werden nochmals in das Vernehmungszimmer gerufen. Hier sitzen Jenny und ihr Vater. Sie sind soeben verhört worden.

Der Ältere der beiden Beamten eröffnet das Gespräch:

„Sie haben einen Menschen sehr schwer belastet. Ich muss Ihnen und euch sagen, dass es nicht einfach ist, diesem Herrn Klaudius das nachzuweisen. Wenn es stimmt, was ihr da sagt! Und die Person, die ihr beschuldigt, ist ein angesehener Bürger dieser Stadt und hat einflussreiche Freunde. Sehr viele sogar!“

„Natürlich stimmt, was wir sagen! Und ob er einflussreiche Freunde hat, ist mir egal. Das ist ein Verbrecher!", wirft Herr Drusen ein.

„Nun ja, vorausgesetzt, es stimmt, was Sie sagen, dann haben wir aber immer noch nichts Konkretes gegen ihn in der Hand: Unser junger Detektiv hat sich die Nummer des Wagens nicht gemerkt, eine Videokassette, die ich a) bisher noch nicht gesehen habe, weil sie angeblich im Moment nicht auffindbar ist, und auf der b) nur Stimmen zu hören sein sollen, wird vor keinem Gericht der Welt Beweiskraft haben. Und der Schuppen, in dem der Junge gefangen war, ist von jemandem angemietet worden, der nirgends gemeldet ist und der auch in keiner Akte steht. Was wir dort gefunden haben, ist eine Menge Diebesgut, aber das beweist noch nichts. Wir haben Herrn Klaudius vorgeladen, der alles abstreitet, und es sieht so aus, dass er unbeschadet aus der Sache herauskommt. Was ich für Sie nicht unbedingt sagen kann. Wenn er Sie wegen übler Nachrede anzeigt, können Sie sich sogar plötzlich auf der Anklagebank sitzen sehen. Das Diebesgut im Panzerwerk entlastet möglicherweise Ihre Leute, aber das muss alles noch genau untersucht werden."

„Es kann doch nicht sein, dass dieser saubere Herr Klaudius noch als Gewinner aus der Sache herauskommt. Er ist verantwortlich für die Diebstähle, stellt das Diebesgut bei den Flüchtlingen ab, um sie loszuwerden, entführt ein Kind und hält es schändlichst gefangen – das darf doch nicht sein!", ereifert sich Jennys Vater. Die anderen stimmen ihm zu.

„Tut mir leid", beschwichtigt ihn der Polizist, „ich kann Sie sehr gut verstehen, aber ich kann nicht einfach jemanden verhaften aufgrund von vagen, nicht bewiesenen oder beweisbaren Aussagen. Ich bin schon sehr weit gegangen, Herrn Klaudius überhaupt vorzuladen und zu verhören. Wenn er will, kann er mir ganz schön Ärger machen. Er ist eine nicht ganz uneinflussreiche Persönlichkeit in Mainz. Aber das habe ich ja bereits gesagt."

Ob es gut war, dass ich nicht gesagt habe, dass ich die Kassette bei mir habe?, fragt sich Vulkan.

„Und nun?“, fragt Jenny, mehr für sich, aber der Polizist hat die Frage als an sich gerichtet empfunden.

„Nun? Nun sollten Sie alle erst einmal nach Hause gehen, sich ausruhen, dafür sorgen, dass der Junge seinen Schock verarbeitet. Ich habe schon einen Psychologen benachrichtigt, der wird sich bei Ihnen melden und sich um den Jungen kümmern. Der Arzt hat ihn ja schon untersucht und nichts festgestellt. Und wir tun unsere Arbeit. Wir versuchen den oder die Täter zu fassen. Das ist alles, was ich Ihnen vorerst sagen kann. Ich hoffe, Sie verstehen, dass ich mich an die Gesetze halten muss. Nun möchte ich mich entschuldigen. Auf Wiedersehen.“

Sie verabschieden sich von den Beamten und treten auf den Flur hinaus.

Dort kommt ihnen gerade Herr Klaudius entgegen. Als er die Personen erkennt, die ihm diese Vorladung eingebrockt haben, wird sein Gesicht wutverzerrt.

„Da sind sie ja, die Herren und Frauen Verleumder. Da ist man freundlich und kümmert sich um die Kinder, nimmt sie ernst, und was kommt raus: nur Lügen und Verleumdungen. Das kenne ich bisher nur von Ihnen, Herr Drusen. So was ist mir noch nie passiert. Sie werden von meinen Anwälten noch hören. Sie alle. Einen Ehrenmann so zu beschuldigen. Wissen Sie überhaupt, wen Sie vor sich haben? Nein, sicher nicht. Sie werden es noch erfahren. Rechtzeitig erfahren. Heute habe ich wichtige Verpflichtungen auf dem Johannisfest. Aber so was verstehen Sie nicht. Und wegen Ihnen habe ich jetzt die Vorbereitungen für meine Rede heute Abend verpasst. Sie hören noch von mir.“

Und er verabschiedet sich mit einem sehr zynischen Unterton: „Auf Wiedersehen!“

45

Die sechs, Johannes und Vulkan, Johannes' Eltern, Jenny und ihr Vater, stehen auf dem Flur der Polizeistation. Sie beraten, was sie jetzt machen sollen.

„Auf jeden Fall hören jetzt die Detektivspiele auf, verstanden?", fordert Herr Kippenberg mit strengem Blick von seinem Sohn. „So was macht deine Mutter nicht noch mal mit. Heute Abend zu Hause werden wir uns über die Angelegenheit noch mal in Ruhe unterhalten! Jetzt muss ich zurück ins Büro. Das alles hat schon Zeit genug gekostet."

„Bringst du mich noch heim?", bittet seine Frau.

„Natürlich. Kommst du, Johannes? Du kannst ja gleich mitfahren."

„Ich komme in einer Stunde nach, ja?", erklärt Johannes, dem es sichtlich schon wieder viel besser geht. „Vulkan soll noch eine Phantomzeichnung des Autofahrers machen, und ich muss dabei sein, weil ich seine Stimme kenne und ihn auf der Versammlung gesehen habe."

„Ich verstehe zwar nicht, warum du dabei sein musst, aber gut, wenn die Polizei das für richtig befindet. In einer Stunde erwartet deine Mutter dich zu Hause."

Johannes' Eltern verabschieden sich von den anderen.

Herr Drusen schaut auf die Uhr.

„Gleich vier Uhr! Ich habe eine Idee. Ich weiß in der Nähe ein schönes Lokal, wo es den besten Kuchen von Mainz gibt. Wie wär's? Kuchen, Kakao oder Cola satt?"

Jenny unterbricht ihren Vater: „Aber wir können doch jetzt den Klaudius nicht so einfach ziehen lassen. Wenn der jetzt durchkommt, ist das Heim zu. Dann hat er alles erreicht, was er wollte."

„Deshalb sage ich: Lass uns gleich mal beraten, was wir tun."

Sie warten, bis Johannes und Vulkan von ihrem Termin wegen der Phantomzeichnung zurückkommen, dann gehen sie zu dem Lokal, das Herr Drusen vorgeschlagen hat. Es ist nicht weit entfernt, direkt in der Altstadt und keine fünf Minuten von der Wohnung von Herrn Klaudius entfernt.

Das Lokal und der Garten liegen nicht ebenerdig. Herr Drusen und die drei müssen eine Treppe hinaufsteigen, um dorthin zu gelangen. Kaum sind sie oben, kommt ihnen gleich ein kleiner Hund gemütlich entgegengetrottet, um sie zu beschnuppern. Nachdem er von allen eine Brise genommen hat, zieht er sich wieder in seine Ecke zurück.

Alle Tische sind noch frei, und die junge Frau hinter dem Tresen ist noch mit Vorbereitungen beschäftigt.

„Ist schon offen?", fragt Herr Drusen freundlich.

„Setzen Sie sich. Ich komme gleich zu Ihnen. Ich muss nur die Maschine noch fertig machen."

Sie setzen sich an den Tisch unter dem großen Kastanienbaum.

Herr Drusen empfiehlt den Käsekuchen. „Der ist der absolute Knaller! Weltklasse!" Die drei vertrauen ihm und bestellen jeder ein Stück. Johannes ist misstrauisch. „Meine Oma backt den besten Käsekuchen der Welt. Da ist noch keiner gegen angekommen."

„Wir werden sehen", sagt Herr Drusen, „das wird ja ein spannender Wettkampf."

Es freut ihn, dass sich die Gemüter etwas entspannen. Und besonders, dass Johannes seine Zeit in Gefangenschaft offenbar gut überstanden hat. Aber er weiß auch, dass die Auswirkungen oftmals erst später richtig zu Tage treten.

Der Kuchen kommt. Erwartungsvolle Blicke liegen auf Johannes. Der lässt sich Zeit, nimmt langsam seine Gabel, schaut sich den

Käsekuchen noch mal von allen Seiten an, macht einen Drucktest und verzieht bei alledem keine Miene. Dann sticht er mit der Gabel vorsichtig in der Nähe der Spitze in den Kuchen und trennt ein kleines Stück ab, das er nahe vor seine Augen führt, um es einer weiteren Inspektion zu unterwerfen. Er riecht daran.

Die anderen sind erstaunt ob solcher fachmännischen Vorgehensweise, und wissen nicht so genau einzuschätzen, ob Johannes eine Show abzieht oder es ernst meint.

Er führt die Gabel mit dem Kuchenstück in den Mund. Genüsslich kaut er das Stück. Die anderen schauen ihn an, warten auf eine Reaktion. Johannes lässt sich Zeit.

Er nimmt ein weiteres Stück. Es ist größer als das erste. Man kann richtiggehend durch seine Backen hindurch sehen, wie er es auf der Zunge zergehen lässt. Er nimmt ein drittes Stück. Die anderen sind still, schauen ihn nur an.

„Nicht schlecht“, sagt Johannes endlich, „nicht schlecht. Da bekommt meine Oma zum ersten Mal ernsthafte Konkurrenz.“

„Und? Ist er besser?“, will Jenny wissen.

„Besser! Schlechter! Solche Kategorien zählen bei Käsekuchen nicht. Käsekuchen sind wie ein Gedicht, da zählen selbst kleinste Faktoren.“

So geht es noch eine Weile weiter, dann würgt Jenny die Nettigkeiten ab.

„Wir müssen uns Gedanken um unseren Herr Klaudius machen. Es kann doch nicht sein, dass der jetzt frei rumläuft und weitermacht, als wäre nichts gewesen.“

„Aber was sollen wir denn machen?“, fragt Vulkan, „wir haben doch nichts gegen ihn in der Hand.“

„Doch“, widerspricht ihm Jenny, „du hast nämlich klugerweise bei der Polizei ein wenig gelogen, als du sagtest, dass du die Kassette nicht mehr hast.“

„Ich weiß auch nicht warum, es war ein Reflex.“

„Und ein sehr guter dazu“, sagt Jenny.

„Mit dem wir aber nichts anfangen können“, ergänzt Johannes. „Der Polizist hat doch gesagt, dass eine Sprachaufnahme auf Kassette keine Beweiskraft hat. Das wird vielleicht nicht angenehm für

Herrn Klaudius vor Gericht sein, aber passieren wird ihm deswegen nichts."

„Ich glaube, ich weiß, worauf Jenny hinaus will", beteiligt sich jetzt Herr Drusen an dem Gespräch. Stolz schwingt in seiner Stimme mit. „Herr Klaudius weiß nicht genau, was wir da haben. Wenn die Polizei ihm nichts von dem Band erzählt hat, was ich glaube, dann könnten wir ihn ja in dem falschen Glauben lassen, dass wir nicht nur seine Stimme, sondern auch das dazugehörende Bild haben."

„Das war auch meine Überlegung", bestätigt Jenny ihren Vater. „Und nun müssen wir ihm mit dem Band eine Falle stellen. Er muss glauben, wir hätten einen Beweis in der Hand."

„Wir rufen ihn an und spielen ihm das Band vor. Und dann verlangen wir, dass er das Heim in Ruhe lässt und dass er alle Beschuldigungen fallen lässt", schlägt Johannes vor.

„Genau", nimmt Vulkan den Gedanken auf, „aber damit haben wir ihn noch nicht fertiggemacht."

„Dass er das Heim nicht schließen soll, ist nur der Köder für was anderes", fährt Herr Drusen fort.

„Wir werden das Gespräch filmen. Wir werden ihn filmen, wenn er darauf eingeht. Und der, der ihn anruft, muss ihn dazu bringen, dass er zugibt, dass er hinter den Klauereien und dem Diebesgut in dem Heim steckt." Jenny ist jetzt ganz Detektivin.

„Genau", bestätigt Herr Drusen seine Tochter, „und so cholerisch wie der eben reagiert hat, haben wir gute Chancen. Der Klaudius hat eben auf der Wache gesagt, er sei auf dem Johannisfest heute Abend. Da müssen wir ihn finden. Ich werde ihn anrufen und ihm das Band vorspielen, sobald wir ihn entdeckt haben. Johannes und Vulkan werden das Gespräch filmen. Ich werde noch einen Freund von mir bitten, mit den beiden herumzuziehen. Er ist dann Zeuge dessen, was der Klaudius sagt. So kann er später nicht behaupten, dass wir das nur zusammengeschnitten hätten. Und ihr müsst zusehen, so nahe an ihn mit der Kamera heranzukommen, dass ihr in dem Lärm seine Stimme mit auf dem Band habt."

Johannes macht einen Vorschlag: „Wir könnten doch ein langes Kabel für das Mikro besorgen, und Vulkan stellt sich unauffällig in seine Nähe."

„Ist das Kabel in der Menge nicht hinderlich?"

„Damit ist es sicherer, dass wir wirklich alles drauf kriegen."

„Aber ihr müsst euch was anziehen, damit er euch nicht erkennt. Hut, Mütze, irgendwas, das man weit ins Gesicht ziehen kann."

„Und was mache ich?", fragt Jenny.

„Du hast die sehr wichtige Aufgabe der Koordinatorin. Du bist die Telefonzentrale. Wenn jemand Klaudius gefunden hat, muss er bei dir anrufen und du musst dann die anderen an die Stelle dirigieren und alles zeitlich koordinieren. Damit Johannes und Vulkan wissen, wann ich ihn anrufe, und tatsächlich auf ihrem Posten richtig stehen. Und dass Charly, mein Freund, auch in der Nähe ist. Den rufe ich jetzt gleich auch mal an. Der wird sich freuen. Wie früher."

Jenny schaut ihren Vater an. Hat er ihr da was aus seinen jüngeren Tagen verschwiegen? Da müssen sie später noch mal drüber reden.

46

Um sieben Uhr treffen nacheinander Jenny, Herr Drusen, dessen Freund Charly und dann Vulkan auf einem Platz in der Nähe des Erbacher Hofes ein. Hier soll ihre Zentrale sein, von wo aus Jenny ihre Aktion koordiniert. Jeder hat ein Handy dabei.

Johannes fehlt. Sie warten.

Charly ist etwa so alt wie Herr Drusen. Er stellt ihn den anderen als Herrn Münz vor. Herr Münz gibt allen die Hand. Sie erschrecken, weil er einen so festen Händedruck hat. Vulkan reibt sich danach seine Hände. Herr Drusen lacht. „Was Vulkan, da ist Schmackes dahinter? Charly hat früher mal geboxt."

Das sieht man ihm gar nicht an, denkt Vulkan. Herr Münz hat einen runden Bauch und sieht auch sonst ganz gemütlich aus, hat ein freundliches Gesicht. Und keine platte Nase. Alle Boxer, die Vulkan schon gesehen hat, in der Zeitung oder im Fernsehen, hatten platte Nasen.

„Charly war gut", ergänzt Herr Drusen, „einmal hat er durch einen K.O. verloren, sonst nur gewonnen."

„Übertreib mal nicht, Michael", verbessert Herr Münz und spricht Herrn Drusens Name englisch aus, Meikel, „da waren auch noch drei Unentschieden."

„Die zählen nicht", widerspricht Herr Drusen.

Beide lachen.

„Wo Johannes nur bleibt?", unterbricht Jenny ihren Vater und Charly Münz.

„Vielleicht haben seine Eltern ihn nicht gehen lassen. Das wäre typisch", versucht Vulkan eine Erklärung zu finden.

Jenny geht nervös umher.

„Ohne die beiden Kameras sind wir aufgeschmissen. Dann können wir die Aktion abblasen. Du hättest sie behalten sollen, Konstantin."

Herr Drusen beruhigt die anderen: „Nun werft mal nicht gleich die Flinte ins Korn. Wir haben noch Zeit. Und die können wir nutzen. Zuerst einmal programmieren wir uns alle die Nummern der anderen in die Handys ein. Und dann geht einer von uns, am besten Vulkan, los und schaut sich um, ob er irgendwo den Klaudius sieht. Dann bleibt er an ihm dran, und wir haben uns die Sucherei nachher gespart."

Sie tauschen ihre Nummern aus, programmieren sie ein.

Vulkan geht los.

Die anderen warten. Jenny macht ein Testtelefonat zu Vulkan. Der geht über den Fischtorplatz zum Rhein.

„Ob wir bei Johannes zu Hause anrufen sollen?"

„Aber was sollen wir sagen; wie sollen wir ihn da loseisen?"

Sie überlegen mehrere Ideen und verwerfen sie.

Es ist mittlerweile neun Uhr.

Jennys Telefon klingelt: „Ja? – Du hast ihn? Wo? Vor dem Hilton. Okay. Johannes ist noch nicht hier. Nein? Wir rufen jetzt mal an. Ja. Du beschattest den Klaudius weiter. Wir melden uns. Okay. Bis später."

„Habt ihr gehört?", spricht Jenny die anderen an. „Konstantin hat Klaudius gefunden. Er sitzt draußen vor dem Hilton. Konstantin beschattet ihn. Wir müssen jetzt unbedingt Johannes erreichen. Soll ich ihn anrufen?"

„Das ist blöd. Wenn er zu Hause abgehauen ist, merken seine Eltern es spätestens dann. Und wenn sie es schon gemerkt haben, werden sie wissen wollen, wo wir sind."

Jennys Handy klingelt wieder: „Ja?", meldet sie sich und sagt weiter nichts. Die anderen schauen sie gespannt an, um irgendwas aus ihren Antworten oder ihrer Mimik herauslesen zu können.

Endlich legt Jenny auf. Vier Augen blicken sie erwartungsvoll an.

„Das war Konstantin. Er sagt, Johannes ist auf dem Weg. Konstantin hat eine Freundin von Johannes' Schwester angerufen und sie gebeten, mal die Schwester zu fragen, ob Johannes noch zu Hause sei. Kompliziert, nicht? Auf jeden Fall hat Susann gesagt, es hätte einen Riesenkrach gegeben und dann ist ihr Bruder einfach gegangen. Die Eltern sind total sauer."

Fünf Minuten später trifft Johannes ein. Auf dem Kopf trägt er einen großen schwarzen Schlapphut. Er entschuldigt sich und will ausholen, die Geschichte zu erzählen. Herr Drusen unterbricht ihn: „Keine Zeit, Johannes. Wir wissen schon alles von deiner Schwester." Nun schaut Johannes etwas verdutzt. „Das ist Charly Münz, unser Zeuge. Also: Vulkan hat Klaudius schon gefunden. Hast du Kameras, Mikro und Kabel?"

Johannes nickt. Die Kamera mit dem defekten Monitor und der Kassette mit der Aufnahme aus Herrn Klaudius' Wohnung gibt er Herrn Drusen.

„Ich habe schon an die richtige Stelle gespult", teilt ihm Johannes mit.

„Okay. Wir programmieren noch schnell unsere Nummern in dein Handy und dann gehen wir drei zum Hilton. Dort ist Klaudius." Herr Drusen ist jetzt sehr bestimmend.

Jenny macht einen Einwand: „Ich rufe noch mal schnell Konstantin an, ob der Klaudius noch da ist."

Sie telefoniert kurz. Johannes schaut verwundert zu dem Mädchen, als sie Vulkan bei dessen richtigen Namen nennt.

„Alles klar, aber ihr müsst euch beeilen. Klaudius hat wohl eben den Kellner gerufen, um zu bezahlen."

„Wir fliegen. Bis später."

„Toi toi toi!", ruft Jenny ihnen nach.

Glücklich ist sie mit ihrer Rolle nicht. Typisch, denkt sie, das Mädchen muss den Telefondienst machen. Da können die mir noch so viel erzählen, wie wichtig die Zentrale ist. Es ist der blödeste Job dabei. Außerdem ist eine Zentrale in Zeiten von Handys wohl das Dämlichste und Überflüssigste überhaupt.

Die drei sind auf dem Weg über den Fischtorplatz. Sie verabreden, getrennt zu gehen, sobald sie am Rhein sind, für den Fall, dass ihnen Klaudius entgegenkommt.

Es ist nicht einfach, sich auf der Rheinpromenade zwischen all den vielen Menschen durchzukämpfen und einigermaßen eilig voranzukommen.

Johannes erblickt Herrn Klaudius als erster. Sofort verschwindet er in einer Gruppe von Leuten. Hoffentlich haben die anderen auch so schnell reagiert. Da kommt auch schon Vulkan an ihm vorbei. Johannes packt ihn am Arm. Vulkan erschreckt zuerst, dann will er eine abwehrende Handbewegung machen. Schließlich erkennt er Johannes als den Verursacher.

„Da bist du ja?"

„War ein Mordsstress zu Hause. Ich erzähl's später!"

Zusammen folgen sie Herrn Klaudius in einigem Abstand. Es ist gar nicht so einfach, in dem Gedränge an ihm dranzubleiben. Entweder sie sind ihm so dicht auf den Fersen, im sprichwörtlichen Sinne, dass die Gefahr, von ihm erkannt zu werden, sehr groß ist, oder sie halten einen sicheren Abstand, und es kann leicht passieren, dass sie ihn sehr schnell verlieren.

Vulkan wählt die Nummer von Herrn Drusen.

„Wir haben ihn. Wir sind jetzt bei den Köln-Düsseldorfern. Er geht in Richtung Winterhafen."

Sie folgen ihm weiter.

Herr Drusen und Herr Münz gehen nach dem Telefonat von der Uferpromenade auf die Uferstraße. Hier kommen sie ein wenig schneller voran. Aber viele andere Besucher der Johannisnacht sind auch auf diese Idee gekommen.

Auf der Höhe des Fischtorplatzes stellen sie sich an das Geländer der Grünfläche, die oberhalb der Uferpromenade liegt. Hier haben sie einen guten Blick auf den Weg und sind nicht so leicht zu erkennen. Sie stellen sich so hin, dass Charly Herrn Drusen immer ein wenig verdeckt. Für alle Fälle.

Auch andere haben diese Stelle gewählt, um später das Feuerwerk gut sehen zu können. Zwei Männer stehen ganz in der Nähe. „Ah, so macht das Spaß, in Gottes freier Natur. Hier kannste rauchen, ohne ein Fenster öffnen zu müssen. Hier gibt's keins! Haha." „Mensch Reiner, schnell, schmeiß die Kippe weg!", sagt der andere, „da kommt die Rita, schnell!" Der Reiner Genannte guckt sich entsetzt um, als der andere lauthals anfängt zu lachen. „Reingefallen!“ Dafür bekommt er einen ziemlich festen Schlag auf den Hinterkopf.

Die Fortsetzung dieses Gesprächs können Herr Drusen und Herr Münz nicht mehr verfolgen. Herr Klaudius kommt gerade vorbei. Er hat es offenbar sehr eilig. Ziemlich rabiat geht er durch die Menschenmassen, die sich langsam und träge an der Rheinpromenade entlang bewegen. Ihm folgen in einem sicheren Abstand Vulkan und Johannes.

Herr Drusen und sein Freund machen sich auf und laufen parallel zu ihnen in der Parkanlage.

Es wird dunkler.

Herr Drusen gibt einen kurzen Zwischenbericht an Jenny.

Als sie an die Stelle kommen, wo die Parkanlage aufhört und in eine Art Plattform übergeht, haben sie Herrn Klaudius aus den Augen verloren.

Sie rufen Vulkan an.

Wegen des Lärms überall ist es nicht leicht zu telefonieren.

„Wir haben ihn verloren, seid ihr noch dran?“, fragt Herr Drusen.

„Er geht in Richtung Hotel, Moment, wie heißt das …“

„Hyatt“, ergänzt Herr Drusen schnell.

„Jetzt stellt er sich an einen Bierstand. Er begrüßt einen Mann. Der Stand ist mitten auf dem Platz. Er unterhält sich mit dem Menschen da.“

„Gut, wir sind ganz in der Nähe. Glaubst du, dass man da die Aktion starten kann?“

„Ich glaube schon!“

„Hoffentlich wird es nicht zu dunkel zum Filmen!“

„Das schafft die Kamera schon, und hier an den Ständen ist viel Licht. Hauptsache vor dem Feuerwerk, da versteht man sein eigenes Wort nicht mehr.“

„Okay, dann wartet, bis Charly nahe genug bei Klaudius ist. Und versuche, mit dem Mikro so nahe wie möglich an ihn heranzukommen. Sonst haben wir bei dem Lärm nichts drauf.“

„Kein Problem. Ist außerdem ein Mikro, das gute Richtqualitäten hat. Müsste hinhauen."

„Also, dann los. Gebt Charly ein Zeichen, wenn ihr so weit seid. Over."

„Over!"

Er ruft Jenny an: „Wir beginnen unsere Aktion in wenigen Minuten. Wir sind jetzt vor dem Hyatt."

Charly geht an den Bierstand, bemüht sich so unauffällig und beiläufig wie möglich neben Herrn Klaudius zu stehen und bestellt sich ein Bier.

Johannes und Vulkan nähern sich auch dem Stand. Sie verstecken sich hinter einigen Bierkästen. Johannes nimmt die Kamera aus der Tasche und schließt das externe, längliche Mikrophon an. Sie geben Charly ein Zeichen, dass sie startklar sind.

Ein Handy klingelt.

Charly schaut unauffällig zur Seite.

Es ist das Mobiltelefon von Herrn Klaudius.

Er trinkt einen großen Schluck Bier.

Wieder klingelt ein Handy.

Herr Klaudius nimmt ab.

Charly hat sich so positioniert, dass er ihn gut im Blick hat, ohne aufzufallen.

Hinter den Bierkisten hockt Johannes mit der Kamera im Anschlag.

Zwischen Johannes und Herrn Klaudius hat sich Vulkan ein paar Leute als Deckung gewählt. Das Mikro hält er in dessen Richtung. Die Leute schauen einen Moment interessiert und neugierig, was das mit dem Mikrofon soll. Aber schnell ist ihnen ihr Bier und das Gespräch wichtiger, und sie achten nicht auf den Jungen mit dem Mikrofon.

Nachdem Herr Klaudius abgenommen hat, hört er einen Moment dem zu, was ihm da mitgeteilt wird, dann verzerrt sich sein Gesicht zu einer wütenden Fratze.

„Was soll die Scheiße. Lassen Sie mich in Ruhe! Sonst gibt es richtigen Ärger!"

Er legt auf und wendet sich seinem Gesprächspartner am Bierstand wieder zu.

„So ein Verrückter. Will mir drohen. Idioten. Lassen Sie uns jetzt den Abend genießen und nicht mehr darüber reden."

Enttäuschung bei allen Beteiligten.

Wieder klingelt das Handy von Herrn Klaudius. Er nimmt ab und legt gleich los: „Wenn Sie nicht sofort aufhören, mich zu belästigen, werde ich die Polizei rufen. Das macht für Sie den Kohl auch nicht mehr fett, aber ich habe meine Ruhe. Wenn Sie nicht endl ..."

Mit einem Mal ändert sich der Gesichtsausdruck von Herrn Klaudius radikal.

„Entschuldigen Sie bitte, Herr Stadtrat, nein ... das war nicht gegen Sie. Ich werde von so einem Verrückten belästigt. Schlechter Verlierer. Nein ... Entschuldigen Sie ... Nein. Ich erzähle Ihnen das mal bei einem Schoppen. Nein, das machen wir. Ja. ..." Er lacht. „Nächste Woche. Ich sehe zu, was ich tun kann. Und nochmals: Das ging nicht gegen Sie, sondern diesen Menschen. Ich weiß auch nicht, woher der meine Mobilnummer hat. Okay. Ja, tschüss."

Er steckt sein Handy in die Tasche.

Kopfschüttelnd wendet er sich wieder seinem Gesprächspartner zu.

Das Telefon klingelt ein weiteres Mal. Jetzt ist er vorsichtiger, aber nach ein paar Sekunden hat er seinen Anrufer erkannt und will ausfällig werden. Sein Gegenüber in der Leitung sagt etwas, das ihn zuhören lässt.

„Wie? Eine Aufnahme? Sie haben mich gefilmt? Wo?"

Er hört nochmals eine Zeit zu: „Warten Sie einen Moment."

Charly spitzt seine Ohren. Er muss sich bemühen, auch alles ganz genau zu sehen und zu hören. Es wird immer voller um den Stand herum. Und es wird immer dunkler.

Mit einem Seitenblick vergewissert er sich, dass Johannes alles filmen kann und dass niemand im Weg steht.

„Warten Sie einen Moment!", spricht Herr Klaudius ins Handy, und zu seinem Gesprächspartner am Stand: „Entschuldigen Sie mich bitte einen Moment, Herr Krausser, ich geh mal ein paar Meter zur Seite, hier ist nichts zu verstehen. Ich bin gleich wieder bei Ihnen. Dann mach ich das Handy aus. Sonst kommt man ja zu gar nichts."

Damit geht er einige Schritte zur Seite und stellt sich, welch glücklicher Zufall, nur ein wenig von Johannes' Versteck entfernt hin.

Charly Münz folgt ihm.

„So, jetzt können wir reden. Was wollen Sie?"

Pause.

„Was soll ich? Meine Finger vom Flüchtlingsheim lassen? Und was bekomme ich im Gegenzug dafür?"

Pause.

„Wer sagt mir denn, dass Sie nicht bluffen?"

Pause.

„Okay, ich verspreche Ihnen, dass ich nichts mehr gegen das Flüchtlingsheim unternehmen werde."

Pause.

„ ... und mich bei meinen Freunden im Stadtrat dafür einsetze, dass das Heim bleibt, dass festgestellt wird, dass die Ausländer nichts mit den Diebstählen zu tun haben. Und die Kassette. Bekomme ich die oder zerstören Sie die – vor meinen Augen?"

Pause.

„Wie ‚Nein!'?"

Pause.

„Warum sollten Sie mir nicht vertrauen. Ich bin ein Ehrenmann."

Pause.

„Und wer sagt mir, dass Sie nächste Woche nicht mit neuen Forderungen kommen?"

Pause.

„Warum wollen Sie wissen, wie die Sachen in Ihr bescheuertes Heim, entschuldigung, haha, in Ihr ehrenhaftes Heim gelangt sind? Das kann Ihnen doch egal sein."

Pause.

„Meinen Sie, ich mache mir meine eigenen Finger schmutzig? Dafür lasse ich meine Spezialisten arbeiten."

Pause.

„Wollen Sie mir drohen? Ihr sauberer Junge war doch zu blöd, sich das Kennzeichen zu merken. Er soll froh sein, dass er so glimpflich aus der Sache herausgekommen ist."

Pause.

„Wir werden sehen."

Ein Elternpaar mit einem aufgeregt herumrennenden Kind im Alter von Johannes und Vulkan nähert sich dem Stand. „Papa, wann geht das Feuerwerk endlich los? Das ist ja Pressluft!" Herr Klaudius kann seinen Anrufer kaum verstehen. „Warum dauert das so lange, Mama? Kracht das sehr laut?" Angestrengt versucht Herr Klaudius, sein Gegenüber zu verstehen. Plötzlich schreit der Junge auf. „Da ist ja Johannes. Warum versteckst du dich denn? Mit der Kamera? Was filmst du denn da? Guck mal, der Johannes ist da! Und da vorne steht Vulkan. Das gibt Pressluft!"

Herr Klaudius dreht sich um und folgt der Stimme und dem Blick des Jungen. Er erkennt Johannes. Er sieht die Kamera und erkennt sofort die Falle, in die er gelockt wurde. Er reagiert sehr schnell und macht einen Schritt auf Johannes zu. Der zieht geistesgegenwärtig den Mikrostecker aus der Kamera, springt auf und läuft davon. Mit der Kamera in der Hand. Herr Klaudius verfolgt ihn.

Vulkan und Charly brauchen einen Moment, um sich in der neuen Situation zurechtzufinden, dann laufen sie hinter den beiden her.

In dem Moment beginnt das Feuerwerk, der alljährliche Abschluss des Johannisfestes.

Alle Menschen auf dem Platz eilen zum Rhein, um nichts zu verpassen. Viele Ahs und Ohs hallen über das Gelände, ständig sind neue Lichtfontänen am Himmel zu sehen. Es kracht andauernd und laut. Dadurch verlieren Charly und Vulkan Herrn Klaudius und Johannes aus den Augen.

In all dem Krach hört niemand die Hilferufe von Johannes.

Der rennt, was er kann. Herr Klaudius ist ihm dicht auf den Fersen. Und er ist für sein Alter und seine Statur recht flink. Immer, wenn Johannes beim Laufen über seine Schulter hinter sich schaut, ist sein Verfolger noch hinter ihm.

Er rennt an der Brücke am Winterhafen vorbei. Keiner der Menschen, die hier stehen, nimmt Notiz von den Vorbeilaufenden. Niemand versteht die Hilferufe. Oder will es nicht. Aus einem Parkplatz setzt ein Wagen zurück. Johannes wäre fast angefahren worden. Er kann gerade noch zur Seite springen. Herr Klaudius kann nicht mehr ausweichen. Da der Wagen im Schritttempo gefahren ist, passiert ihm nichts, aber immerhin bringt es ihn zu Fall. Dadurch gewinnt Johannes einen Vorsprung. Der Fahrer des Wagens steigt aus und beschimpft Herrn Klaudius. Der stößt den Mann einfach zur Seite.

Johannes drängt sich durch die Menschen, die ihm entgegenkommen, die aber nur Augen für das Feuerwerk haben. Er schaut über die Schulter. Er kann Herrn Klaudius nicht mehr sehen. Sein Herz geht rasend schnell. Er schaut sich noch mal um. Kein Verfolger hinter ihm. Er muss eine Pause machen. Vielleicht sind Charly und Vulkan in der Nähe. Er hockt sich hinter ein Auto und atmet erst einmal durch, bevor er vorsichtig über die Motorhaube schaut, ob er Herrn Klaudius entdecken kann. Da sieht er ihn gar nicht so weit entfernt stehen. In dem Moment schaut Herr Klaudius in seine Richtung. Hastig duckt sich Johannes wieder hinter den Wagen. Ob Herr Klaudius ihn entdeckt hat? Nein, kann nicht sein. Ganz langsam hebt er wieder seinen Kopf über die Haube. Herr Klaudius steht immer noch da. Jetzt schaut er in eine andere Richtung. Ob er die Gelegenheit nutzen soll, sich davonzuschleichen? Er linst nochmals, Herr Klaudius' Blick geht noch immer woandershin. Er erhebt sich ein wenig, um sich gebückt davonzumachen, da fällt ein Betrunkener über ihn und flucht. Geistesgegenwärtig duckt sich Johannes wieder. Ob Herr Klaudius was von der Szene mitbekommen hat? Der Betrunkene mault ein wenig herum, dann zieht er torkelnd weiter. Nach ein paar Sekunden wagt es Johannes, wieder Ausschau zu halten. Herr Klaudius ist nicht mehr zu sehen. Angestrengt sucht Johannes den Bereich vor ihm ab. Nichts. Weg, denkt er, einfach nur weg. Aufstehen und loslaufen! Er steht auf. In dem Moment greift ihm eine Hand in den Nacken. Völlig erschrocken dreht Johannes sich blitzartig um. Durch die beiden Bewegungen, das Aufstehen und die Drehung, kann er sich aus dem Griff lösen. Er rennt davon. Herr Klaudius, sich seines Opfers schon sicher, verliert den Halt, stolpert und fällt auf seine Knie.

Johannes rennt. Die Kamera hält er fest an sich gedrückt. Er hat wieder einen kleinen Vorsprung. Er kann Herrn Klaudius nicht hinter sich sehen. Links liegen die Boote des Yachtclubs. Johannes läuft die Böschung hinunter auf einen der Bootsstege. Wahllos springt er auf eines der vielen Schiffe und legt sich unter eine Abdeckplane. Er hält den Atem an. Und mit beiden Händen die Kamera fest. Der Beweis. Sein Schatz.

Oben auf der Straße steht Herr Klaudius und hält Ausschau.

Er geht die Straße auf und ab. Wenn Johannes weitergelaufen wäre, müsste er ihn noch sehen können. Nach etwa fünfzig Metern sind beide Seiten der Straße begrenzt, mal durch die Zäune eines Tennisplatzes, mal durch eine Mauer, die zu hoch ist, um einfach so darüber zu klettern.

Er geht ein Stück zurück.

Er schaut zu den Booten. Nur nach dort kann der Junge gelaufen sein.

Auf welchem Steg soll er zuerst nach ihm suchen? Die unablässig aufsteigenden Raketen und Feuerbälle tauchen die Szenerie in dem Hafen in ein gespenstisches Licht.

Er geht einen der Zuwege zu den Bootsstegen hinunter. Unten schaut er sich um. Vorne ist eine Art Bootshaus, dahinter liegen einige Boote. Ein Teil von ihnen ist abgedeckt, andere offen.

Er geht weiter auf dem Steg entlang.

Johannes hört die Schritte. Sie nähern sich ihm. Er hält die Luft an.

Soll er ins Wasser springen? Und dann? Springt der Klaudius vielleicht nach und ist am Ende ein guter Schwimmer? Der ihn ertränkt? Die Kamera ginge dabei auch kaputt. Das Beweisstück.

Er bleibt in seiner Stellung unter der Plane und versucht, so flach wie möglich zu atmen. Dennoch meint er, dass die Schläge seines Herzens lauter als das Gekrache des Feuerwerks sind.

Die Schritte kommen immer näher, bis sie direkt neben ihm sein müssen. Dann ist es still auf dem Steg. Nur das Böllern und Zischen der aufsteigenden Raketen hört Johannes. Und sein Herz. Herr Klaudius muss direkt neben seinem Versteck stehen. Dann hört er die Schritte wieder. Sie entfernen sich. Johannes bleibt liegen.

Er hat das Gefühl, dass es ihn überall zwickt. Seine Beine sind schon ganz steif.

Angestrengt lauscht er auf jedes Geräusch. Die Schritte sind wieder verstummt. Soll er raus? Er versucht, sich zu bewegen. Dann hört er das Auftreten der Schuhe auf den Holzbohlen wieder. Herr Klaudius war also nur bis zum Ende des Steges gegangen, ist einen Moment stehengeblieben und kehrt nun zurück. Die Schritte haben sein Versteck erreicht und gehen daran vorbei. Er atmet auf.

In dem Moment klingelt Johannes' Handy. Er greift in seine Tasche, wühlt, sucht das Handy, will es ausmachen. In der Hektik kriegt er es nicht zu fassen. Die Schritte kommen wieder näher. Sie sind jetzt direkt neben dem Boot. Hände versuchen die Abdeckung wegzureißen. Johannes hat endlich das Handy und schreit hinein: „Hilfe, er will mich umbringen, ich bin im Winterhafen, auf einem Boot, Hilfe." Jennys Rufe durch das Handy kann er nicht verstehen.

Das Boot wackelt. Herr Klaudius ist auf dem Schiff und sucht eine Möglichkeit, unter das Verdeck zu gelangen. Johannes hält die Öffnung zu. Die Kamera schiebt er unter ein paar Seile, die er neben sich spürt. Er versucht, mit einer Hand einen Gegenstand zu finden, mit dem er sich verteidigen kann. Er findet nichts. Wie wild reißt Herr Klaudius jetzt an dem Verdeck. Er hat die Öffnung gefunden und hat stehend und als Erwachsener natürlich mehr Kraft als Johannes. Zudem treibt ihn seine Wut und die Angst, alles zu verlieren.

Einige Zeit kann Johannes Widerstand leisten, und für einen Moment lässt der Druck auch nach. Aber die Ruhe währt nur ein paar Sekunden. Dann prasseln Schläge mit einem Stock oder einer Eisenstange auf ihn nieder. Johannes rollt sich von der Öffnung weg und gibt sie frei. Das nutzt Herr Klaudius gleich aus und reißt das Verdeck zur Seite. Johannes kauert in einer Ecke.

Herr Klaudius nähert sich ihm mit der erhobenen Stange. Johannes verschränkt seine Arme vor seinem Kopf.

„Los, wo ist die Kamera?", faucht Herr Klaudius ihn an. „Los, rück schon mit der Sprache raus. Sonst tu ich dir schrecklich weh!"

Und um zu zeigen, dass er seine Drohung ernst meint, schlägt er mit der Eisenstange auf Johannes' Beine. Nicht so fest, dass er ihn ernsthaft verletzt, aber hart genug, dass es ordentlich schmerzt und dass Johannes begreifen muss, dass er es sehr ernst meint.

„Nein, bitte nicht!", fleht Johannes, aber Herr Klaudius hat kein Erbarmen. Er lässt die Stange ein zweites Mal auf Johannes' Beine herabsausen. Dieses Mal fester. Johannes schreit auf. „Hören Sie auf! Hören Sie auf, Sie Schwein!"

Herr Klaudius lacht ein böses Lachen. „Ein Schwein nennst du mich. Das ist für das Schwein!" Und er schlägt Johannes abermals mit der Stange und lacht: „Haha, wer quiekt hier wie ein Schwein, haha?"

„Ich weiß von nichts. Ich sage nichts!" Johannes hält sich sein Bein.

„Der nächste Schlag geht gegen die Arme. Und von da ist es nicht mehr weit bis zum Kopf. Du wirst schreckliche Schmerzen haben. Sag mir jetzt, wo die Kamera ist und du bist frei."

„Ich habe sie weggeschmissen."

„Was hast du? Soll ich lachen? Willst du mich belügen?"

Herr Klaudius gibt jetzt ein schreckliches Lachen von sich. Fast schrecklicher als die Schläge. Johannes kann kaum klar denken, aber im Innersten weiß er, dass Herr Klaudius ihn hier niemals lebend wird weggehen lassen können. Seine Versicherung ist die Kamera. Die darf dieser Mann nicht finden. So lange hat er eine Chance. In diesen Gedanken trifft ihn ein fürchterlicher Schlag auf dem rechten Oberarm. Es brennt wie Hölle. Er kann ihn nicht mehr bewegen. Er kriecht ganz in eine Ecke und versucht, sich so klein wie möglich zu machen. Das Handy hat er fallenlassen. Herr Klaudius nimmt es und schmeißt es mit Schwung ins Wasser.

Herr Klaudius folgt Johannes nach. Dabei rutscht er aus. Wütend lässt er die Stange wieder niedersausen. Zum Glück trifft sie nur ein Stück Holz. Johannes schreit laut „Hilfe!“, aber durch den Lärm des Feuerwerks ist nichts davon auch nur einige Meter weit zu hören.

„Ein schönes Feuerwerk, nicht wahr?“, sagt Herr Klaudius sadistisch. „Dies ist jetzt deine letzte Chance – wo ist die Kamera?“

„Ich ... ich habe sie ins Wasser geworfen, ich habe sie verloren, als ich hier aufs Schiff bin.“

„So, ein Lügner bist du auch noch. Das gehört natürlich bestraft.“ Und er holt weit aus mit der Stange, umgreift sie mit beiden Händen. Johannes sieht den Ansatz der herabsausenden Bewegung. Er schließt seine Augen und erwartet den finalen Schlag. Aber es passiert nichts. Er wartet. Nur das Feuerwerk ist zu hören. Er öffnet seine Augen. Nichts ist zu sehen. Lediglich das Boot schwankt plötzlich, mehr als es die Wellen verursachen könnten. Er richtet sich auf. Sein Arm schmerzt fürchterlich. Er kann ihn nicht bewegen. Und er kann nichts sehen. Mühsam rappelt er sich auf, ohne den verletzten Arm zu belasten, um etwas zu erkennen. Da sieht er Charly, der auf Herrn Klaudius kniet. Und hinter Charly stehen Vulkan, Jenny und Herr Drusen.

Dann fällt er nach hinten um und weiß nichts mehr.

Die letzte Lichtgirlande verlischt am Himmel über Mainz und mit einem Mal ist es sehr ruhig.

Einige Tage später

47

Im Krankenhaus stehen alle um das Bett von Johannes. Gerade verabschiedet sich der Bürgermeister der Stadt von ihm. Er hat dem Jungen im Namen des Stadtrates und aller Bürger und Bürgerinnen von Mainz gedankt für sein Engagement und seinen selbstlosen Einsatz für das Flüchtlingsheim, das natürlich nicht geschlossen wird. Auch Herrn Drusen hat er nochmals ausdrücklich gedankt und ihm sogar ein zweites Mal die Hand gedrückt, als der Fotograf von der Presse kam und ein Bild machen wollte. Dann hat er Johannes ein schön eingepacktes Geschenk von der Stadt als Dankeschön und Anerkennung übergeben.

Als der Bürgermeister und mit ihm seine Referentin und der Fotograf das Zimmer verlassen haben, lösen sich die anderen von ihren Plätzen an der Wand. Alle sind da: Vulkan und Jenny, Herr Drusen, die Eltern von Johannes und sogar die Eltern von Vulkan. Das freut Johannes ganz besonders, da sie doch nie Zeit haben. Und Charly Münz ist auch gekommen und hat Johannes ein paar Boxhandschuhe mitgebracht. Damit er sich das nächste Mal besser zu verteidigen weiß. Er bietet ihm auch einige Gratis-Trainingsstunden an. Vulkan schaut ganz neidisch auf das Geschenk. Johannes' Eltern versprechen hoch und heilig, dass es keinen Ärger gibt wegen der Angelegenheit. Wer hat auch schon einen Sohn, der am nächsten Tag zusammen mit dem Bürgermeister auf einem Bild in der Zeitung zu sehen sein wird? Und Jenny trägt nochmals alle ihre Einwände gegen Telefonzentralen im Kommunikationszeitalter, sprich, in Zeiten, wo alle Leute mit Handys ständig erreichbar sind, vor. Die Frage, ob sie nun mit ihrem Anruf Johannes in

Lebensgefahr gebracht oder damit Herrn Klaudius in letzter Konsequenz endgültig zur Strecke gebracht hat, bleibt hier unbeantwortet.

Herrn Drusen fällt es schwer, sich Gehör zu verschaffen, um Johannes die besten Grüße von Herr Ramini auszurichten, der sich entschuldigen lässt, dass er nicht persönlich kommen kann.

Dann verlangen alle, dass Johannes das Geschenk des Bürgermeisters auspacke. Er macht es spannend und lässt sich viel Zeit.

Es ist eine nagelneue Videokamera, ausgestattet mit allen Extras.

„Bevor wir aber mit der allerneuesten Technik arbeiten, müssen wir noch einen Film mit der alten Technik fertigstellen“, sagt er und grinst vielsagend.

Vulkan nickt zustimmend, ebenso Jenny. Johannes nimmt das ohne Widerspruch zur Kenntnis und lacht.

„Bis du die Kamera bedienen kannst, dauert es sowieso noch ein wenig“, stellt Vulkan fest und zeigt auf den Gipsarm von Johannes. „Kleinigkeit!“, gibt der zurück. „Schon mal was von einem Stativ gehört?“

Und sie hätten noch lange da zusammengestanden, gelacht und Spaß gehabt, wenn nicht die Krankenschwester gekommen wäre und sie alle gebeten hätte, das Krankenzimmer zu verlassen und dem Patienten die nötige Ruhe zukommen zu lassen.

Einige Wochen später

48

Der große Saal des Kurfürstlichen Schlosses ist voll bis auf den letzten Platz. Der Ministerpräsident hat den Siegern in der Kategorie ‚Oberstufe' den ersten Preis übergeben, und im Anschluss wird der fünfzehnminütige Film über einen verdienstvollen ehemaligen Kulturreferenten der Landeshauptstadt gezeigt. Dann tritt der Jury-Vorsitzende noch einmal ans Mikrofon.

„Meine Damen und Herren, ich hoffe, Sie hatten ebenso viel Spaß wie die Jury mit diesem so informativen wie unterhaltsamen Film. Es ist doch auch schön zu sehen, dass die Jugend, die angeblich nichts als Disco, Computerspiele und sogenanntes Komatrinken im Kopf haben soll, sich in solcher Weise mit der älteren Generation und deren Wirken in der Gesellschaft um Verständigung und Versöhnung auseinandersetzt.

An dieser Stelle, nach dem Ende des offiziellen Wettbewerbs und der Bekanntgabe aller Preisträger, sollte ich nun ein Schlusswort sprechen und das Buffet eröffnen. Jetzt möchte ich Sie doch noch einmal um Ihre Aufmerksamkeit und Ihre Geduld bitten.

Der Bürgermeister der Stadt Mainz möchte zusammen mit dem Polizeipräsidenten der Stadt einen Sonderpreis vergeben. Die Preisträger sind drei couragierte junge Schüler, die dank ihres selbstlosen Einsatzes geholfen haben, dass einem Mann, der sich auf Kosten armer und hilfsbedürftiger Menschen bereichern wollte, das Handwerk gelegt werden konnte. Dieser Mensch hat in infamster Weise auch versucht, Mitglieder des Stadtrates für seine niederträchtigen Ziele zu benutzen. Da bei den Nachforschungen der drei Schüler eine Videokamera eine große Rolle spielte, haben sie beschlossen, aus ihrem gedrehten Material sowie nachgestellten Szenen und Interviews einen Film zu machen. Daraus ist eine spannende Detektivgeschichte geworden. Lassen Sie sich überraschen von dem Film von Johannes Kippenberg, Konstantin Nicodemus und Jenny Drusen, drei Gymnasiasten aus Mainz. Ich darf die drei jetzt bitten, aufs Podium zu kommen."

Jenny, Vulkan und Johannes schauen sich mit großen Augen an.

„Los", fordert sie Herr Paul auf, „geht nach vorne. Ihr seid gemeint."

Keiner will den ersten Schritt machen.

Herr Paul steht auf, schaut die drei an und beginnt zu klatschen. Frau Marten folgt ihm, dann beginnt der ganze Saal es ihnen nachzutun und endlich wagen sich die Preisträger aufzustehen und auf das Podium zu gehen. Der Juryvorsitzende begrüßt alle mit Handschlag. Dasselbe wiederholt sich mit dem Ministerpräsidenten und dem Bürgermeister.

Dann tritt der Polizeipräsident ans Mikrofon.

„Liebe Schülerinnen und Schüler, sehr geehrte Damen und Herren, es ist mir wirklich eine große Freude, diesen Preis zu übergeben. Hier ist ein tolles Beispiel für couragiertes Engagement. Dank eures Mutes ist ein gewissenloser Mensch gefasst worden und kann durch die Beweise, die ihr gesammelt habt, verurteilt werden. Ich will natürlich nicht auch einen gewissen Tadel verhehlen: Denn was ihr da gemacht habt, war sehr gefährlich. Einer von euch hat es sprichwörtlich am eigenen Leib erfahren. Hier wäre ein früheres Hinzuziehen der Polizei der richtige Weg gewesen. Vergessen wir das für heute. Ich danke euch im Namen der Polizei für euren Mut und couragierten Einsatz."

Er gibt ihnen die Hand, überreicht jedem eine Urkunde.

Dann kommen der Bürgermeister und der Ministerpräsident und gratulieren ihnen. Jenny bekommt einen Strauß Blumen überreicht. Sie wird ganz rot.

In dem Augenblick wird die Tür zum Saal geöffnet, Lärm ist von draußen zu hören, ein Saaldiener sagt, „Sie können jetzt nicht rein, haben Sie eine Einladung?" Die Zuschauer drehen sich um. Ein Mann mit einer Ledertasche in der Hand schiebt den Saaldiener beiseite. „Sondereinsatz! Ich muss zu meinem Neffen.“ Er winkt nach draußen, eine Frau mit kurzen dunklen Haaren folgt ihm. Die beiden stellen sich an die Wand. Johannes, der wie alle anderen die Szene beobachtet hat, erkennt seinen Onkel Arthur und Klaudia. Arthur winkt ihm mit der Ledertasche zu, Johannes lacht und winkt zurück.

Nachdem wieder Ruhe im Saal eingekehrt ist, tritt der Juryvorsitzende zu Jenny, Vulkan und Johannes und reicht ihnen ebenfalls die Hand. Er wendet sich ans Publikum.

„Ich darf Sie noch einladen, sich den bemerkenswerten Film dieser drei jungen Detektive anzuschauen. Er ist wirklich sehr kurzweilig und spannend. Und ich verspreche Ihnen, dass anschließend das Buffet eröffnet wird und sich Ihre Geduld reichhaltig lohnen wird. Vielen Dank und viel Spaß mit dem Film ‚Johannisnacht‘.“

Er gibt ein Zeichen. Der Saal verdunkelt sich. Auf der Leinwand beginnt es zu flimmern:

Ein Klassenraum ist zu sehen. Die Lehrerin hat große Mühe, ihre Schüler und Schülerinnen ruhig zu halten. Ein Junge schreibt eine Nachricht auf ein Blatt Papier. Er faltet das Papier und drückt es mehrmals fest zusammen. Die Lehrerin ist mit einem Jungen beschäftigt, der seinem Vordermann auf den Kopf geschlagen hat und ihm zuzischelt: „Das ist Pressluft.“